U0721252

心结

好记

著

台海出版社

图书在版编目（CIP）数据

心结 / 好记著 . -- 北京：台海出版社，2021.4
ISBN 978-7-5168-2934-9

Ⅰ . ①心… Ⅱ . ①好… Ⅲ . ①长篇小说－中国－当代
Ⅳ . ① I247.5

中国版本图书馆 CIP 数据核字（2021）第 054913 号

心 结

著　　者：好　记

出 版 人：蔡　旭　　　　　　　　　　封面设计：中尚图
责任编辑：姚红梅

出版发行：台海出版社
地　　址：北京市东城区景山东街 20 号　　邮政编码：100009
电　　话：010-64041652（发行，邮购）
传　　真：010-84045799（总编室）
网　　址：www.taimeng.org.cn/thcbs/default.htm
E-mail：thcbs@126.com

经　　销：全国各地新华书店
印　　刷：天津中印联印务有限公司
本书如有破损、缺页、装订错误，请与本社联系调换

开　　本：710 毫米×1000 毫米　　1/16
字　　数：227 千字　　　　　　　印　　张：18
版　　次：2021 年 4 月第 1 版　　　印　　次：2021 年 4 月第 1 次印刷
书　　号：ISBN 978-7-5168-2934-9

定　　价：59.00 元

版权所有　翻印必究

目 录

Contents

当姚连芳几乎是拼了最后一口气硬撑着跑到家门口的时候，隔着防盗门便听到屋里的电吹风的确还在"呜呜呜"地响，与此同时，一股刺鼻的焦煳味告诉她屋里已经有东西起火了。

糟了，糟了，糟了！姚连芳心里惊慌地喊叫着，哆哆嗦嗦地从手提包里取出钥匙，战战兢兢地将其插进锁孔，拧了两下却不见锁孔转动，这才记起自己刚才出门时是从外面把门反锁了的，复又将锁簧反扭了两圈，门才被打开。姚连芳顾不得关门就直接冲进了儿子乐乐的房间，眼前的一幕顿时把她惊得目瞪口呆。啊呀呀！电吹风还在"呜呜呜"地吼叫，用来插放电吹风的那个圆筒型的白色塑料盒子被高温熔化成了一个奇丑的皱皮疙瘩，和电吹风紧紧地粘连在一起，瘫坐在那个老旧的棕箱子的盖子上。棕箱子的箱盖——表面是棕丝织成的艺术图案，棕丝下面的核心材料是木板，都是易燃之物。现在，被电吹风的持续高温所熔化的塑料筒子已经把箱盖的很大一部分烫得焦煳了，塑料、棕丝、木板三种材料产生的混合烟尘和气味已经弥漫了整个房间。姚连芳愣怔了一下，第一反应便是一把拔掉了电源线，然后用三个指头试了试电吹风的把子，想要把它从塑料疙瘩上分离下来，没有成功，反倒把指头烫得钻心的痛。她犹豫了一下，向手指头上吹了几口凉气，然后伸手抓住电吹风把子猛一用力，硬是把它抓起来扔到了地上。然而，也就是这一用力，姚连芳惊讶地发现箱盖子被她生生地撕出了一个大洞。

姚连芳吓了一跳，她吐了吐舌头，刚想喘一口气，突然发现被自己撕开的那个大洞的周围弥漫着火星，而且在充足氧气的作用下，火星越来越明亮了。怎么办？怎么办？姚连芳呆站了几秒钟，忽然急中生智，转身跑进厨房，将一块抹布在水里扎湿又拧得半干，再跑回来，将其覆盖在燃烧的洞上。抹布下面立即发出了"滋滋滋"的响声，旋即又冒出了缕缕白烟。她揭开抹布一看，发现起了作用，便又如此这般地重复了几次，终于把箱盖子上弥漫的明火彻底扼杀了。

姚连芳如同刚从殊死搏斗的战场上退下来的人一样感到浑身稀软，顺势一屁股瘫坐在儿子乐乐的床上，但两只眼睛仍然死死地盯着箱盖子上的那个破洞。这样持续了十几分钟，直到她确认那个破洞再也不会死灰复燃了，便起身到厨房把抹布洗干净，然后才顾得张着眼睛察看，那个曾经着火的破洞对乐乐箱子里的东西有没有影响？

姚连芳的心跳得很厉害，她有一种偷窥他人隐私的心理压力。乐乐小时候曾经向她提出过抗议，不允许她看他的东西。多少年过去了，她一直和儿子保持着这个默契，从来不主动看他的东西。此时，姚连芳带着内疚，甚至是带着负罪感，急切地想知道刚才有没有将箱子里的东西炙烤坏？要是那样，怎么对得起乐乐呢？带着这样的心情，她仔细地把破洞下面的物件看了看，发现情况还不算糟。谢天谢地啊，刚才要是在外面多犹豫一下，那后果就会不堪设想！现在的问题是破损的洞太大，大得使箱子里的一切已不再是秘密了。瞧吧，现在不需要开锁，箱子里面的任何东西都可以轻轻松松地往出拿，轻轻松松地往进放。带着忐忑不安的心情，姚连芳通过那个大洞，又向箱子里细看了看，发现箱子里装得满满的，所幸的是最上面覆盖了一张牛皮纸。牛皮纸上面落了一层黑灰，看得出来，这层黑灰正是刚才箱盖子燃烧的时候落下的。

屋子里的焦煳味还很浓郁，姚连芳打开窗户，先贪婪地深吸了几口新鲜空气，然后任目光在院子里逡巡了一周，发现外面的天气很好，晨练回来的人们要么提着菜，要么仍然甩胳膊甩腿地在院子里溜溜达达，反正上班时候的喧嚣已经没有了。"滋滋滋"，一阵电锯切割钢材的声音响起，姚连芳扭头看看，发现这间屋子的窗口只能看到围墙那边新苑小区第二期建筑工地的一个角。楼下凌霄花架旁，传来老妇人打电话的声音："你莫说等一会儿回来，现在就赶紧回来！"

"现在就赶紧回来！"这句话提醒了姚连芳。她想，我也给杨梓国打个电话，叫他也赶紧回来商量商量，看乐乐箱子坏了这件事怎么办？

姚连芳的电话还没打过去，杨梓国的电话倒先打过来了，"别做饭啊，中午我和万师傅一块儿出去尝菜，你也去。"

姚连芳知道杨梓国对特色菜很敏感，只要听说哪家菜馆有特色菜，他就会带着厨师长万师傅去品尝，然后从中借鉴变化，很快就能让自己的菜馆推出新菜。她也知道，这对杨梓国来说很重要，却还是坚持说："你赶紧回来一下！"

"出啥事了？"

"我早上出门时急急忙忙地用了乐乐的电吹风，忘了拔电线，结果把他的棕箱子盖烫了个大洞——箱子没用了。"

"弄成火灾怎么得了？"杨梓国责备说，"晚上再不敢拼命地看电视了！"

昨天晚上，杨梓国睡觉的时候曾经提醒姚连芳说："哎，十一点半了哦！"

　　她没理他，一直到把电视剧《打狗棍》的最后三集看完了才上床。那时候她已经很困很困，也没看是几点钟，反正是倒在床上就睡着了，就连今天早上杨梓国是什么时候起床出门的，她都不知道。后来，还是楼下清洁工拖垃圾桶进大门时发出的"砰嗵砰嗵"的撞击声，才把她从熟睡中吵醒。她揉揉眼睛，见天已亮了，还是困得不想起来。屋里安静得出奇，院子里却很嘈杂，有大人呼唤孩子的声音，有晨练者跑步的声音，有鸟儿竞相亮嗓子的声音，有两只关系亲密的小狗狗在各自家里憋了一夜现在幸而相逢彼此打招呼的声音。最后，还是七号楼那个爱吹口哨的人又吹起了《陪你一起看草原》的旋律，这才让她蓦然记起了一件事：今天早上，老师在广场教练草原歌曲《让我们好好爱》——哎呀，不敢再贪床了！姚连芳一骨碌坐了起来。

　　记得昨天下午跳舞结束的时候，老师曾宣布说："告诉大家一个好消息，你们要的《让我们好好爱》这首歌的歌伴舞我已经练好了，明天早上开始学习。"

　　听到这个消息，大家都为之欢呼，姚连芳更是兴奋不已！

　　这首歌及其歌伴舞，是姚连芳和齐小丽等姐妹夏天在青海玉树旅游的时候，无意中在格萨尔王广场发现的。当时，她们就产生了学唱、学跳的强烈愿望，可惜的是她们第二天清早必须离开，没有学习的机会。回来之后，她们多次建议老师教唱这首歌，教练这个舞，老师一直以这样那样的理由推辞，令她们十分沮丧。原本对此不抱希望了，没想到老师突然间宣布了这样的消息，真可谓喜出望外！

　　院子里的动静更大了，姚连芳虽然有点着急，但她还是忍不住站在窗子下，看了看围墙那边新苑小区二期的建筑工地。看什么呢？看到了什么呢？说真的什么也没看见，隔了一个晚上，能有什么变化？没变化也要看，这已经是姚连芳生活的一部分了。至于为什么？姚连芳自己也不清楚。姚连芳用目光在那工地上检索了一遍，然后急慌慌地到洗漱间完成作为一个体面女人出门前必须完成的一系列程序，接着准备出门。一只脚都已经搭在门外了，姚连芳突然觉得她的右膝盖关节酸疼得厉害，这种情况怎么能跳舞呢？她意识到可能是昨天晚上睡得太沉，被子没盖好。这可不敢马虎，以往的经验告诉她，这种情况如若不及时处理，弄不好就要持续几天。而最好的办法，就是当即用电吹风把关节吹热，然后活动活动，一般不会有事。一想起电吹风，姚连芳心里就责怪自己昨天看电视剧看得太投入了，硬是一天没出门。她常用的电吹风是前天坏的，原本计划昨天买新的，结果因为看电视剧而耽误了，怎么办？只好先借用乐乐的了。

乐乐住在进门的第一间屋子，姚连芳和杨梓国一般不进去。那个电吹风常年放在进门左手边的破旧的棕箱子上，用来安置电吹风的是一个圆筒状的乳白色塑料盒子。姚连芳取下电吹风，插上电源，就开始吹膝盖。当热风透过裤子使膝盖感到烫意的时候，关节里的酸疼感也就减轻了。她本来还想把热度再加强一下，但电吹风要怪，不响了。姚连芳举起电吹风细看了一眼，发现这上面有两排按钮，再加另外两个不知有何用的按键——真是，把个电吹风做这么复杂干啥！姚连芳把两组开关来回推拉了几遍，还是没响声，又将两个按键拨了几下，还是没有动静。毕竟不是她自己常用的东西，弄不清是出了故障还是因为有温度或者时间的限制。姚连芳把电吹风放在眼前看了看，发现红着的钨丝已经黑了，料定不会有什么问题，就把它重又插回了那个塑料圆盒子里。这时，广场上的音乐已经响起，继而传来了那首她心仪已久的草原歌曲——

风儿吹过圣湖的时候

　　你牵住了我的手

　　宽宽的草原我为你停留

　　从此美丽在我左右

　　姚连芳按捺不住内心的激动，想马上冲出去，又担心电吹风没有关好，就把开关来回再操作了几遍，的确没发现什么问题，倒是广场上的歌曲声音更加响亮了——

　　你是我最深最深的爱

　　让雪山依然洁白，我心永不变

　　你是我最后最后的情

　　那云在千里外

　　世界再大我们好好爱

　　不敢再耽误了！姚连芳催着自己，重新把电吹风插进塑料盒里，随手从门口挂钩上取下装钥匙的小包，匆匆地锁了门就往广场跑。

　　待姚连芳赶到广场时，老师已经站在队列前面，正式开始教大家练舞了。

　　姚连芳见好友齐小丽在最后一排，一边跳一边向这边看，心里明白她是有意等她，便向她点头表示了感谢。齐小丽马上就向她抛来个鬼脸。姚连芳知道，她是在问："干什么坏事了？"她眯了一下眼，意思是："睡忘了。"齐小丽低声说："你把我急坏了！"姚连芳眼睛盯着前面的老师，嘴里轻声说："昨晚上看电视剧了。"

齐小丽是姚连芳在这座城里认识的第一个姐妹，也是迄今为止关系最好、无话不说的唯一姐妹。她就住在大路对面的春天景色小区，比姚连芳只小一岁，退休前是一个工厂的工会干部。这人整天乐呵呵的，嘴里没有几句正经话。据齐小丽自己说，她和老公退休前在一家工厂上班。老公是跑购销的，退休后又被原厂返聘回去了。儿子已经工作，跟丈母娘家住一个小区。所以，齐小丽跟姚连芳一样，大多数时候是一个人宅在家里。齐小丽还说她的父母和她丈夫的父母是世交，她比老公大一岁半，从小就是她欺负他，结婚以后更是她欺负他。每次说到她欺负老公的事，她就很陶醉似的，经常是未说先笑，有时候甚至笑得蹲在地上站不起来。姚连芳曾经不解地问："你怎么总是欺负老公呢？"齐小丽就打她一巴掌，说："好玩儿——情趣，夫妻情趣嘛！"姚连芳则总是笑一笑而已，脸上显露的尽是不解。不解就不解吧，反正两个人在一块儿玩得挺好。

　　齐小丽见姚连芳到了，就全神贯注地学起舞来。姚连芳因为没听到老师在教舞前的讲解，有些跟不上节奏，就一边跟老师学一边瞄着齐小丽的动作。学了一会儿，她心里又想到了乐乐的那把电吹风——到底关上了没有呢？怎么会突然不响了呢？是不是她按错了哪一个不该按的按钮呢？如果是定了时，时间一到重又响起来了怎么办呢？她越想心里越不踏实，越不踏实就越要想，心里一慌，手脚就乱，手脚一乱就对身边的姐妹产生干扰。姚连芳的不正常很快就被前面的老师发现了，她善意地连续两次用手势提醒她注意。见老师警告自己，姚连芳脸就红了，强自镇静了一会儿，终究还是克服不了心里对那个电吹风的担心。等一个节拍跳完短暂休息的时候，姚连芳顾不得和任何人打招呼，转身就往家里跑，路上遇到两个熟人，她也没顾得上搭理。一到家她就看见了闯祸的电吹风，好在回来得及时，真是不幸中的万幸啊。

"叮叮叮——"手机响了，是齐小丽打来的电话。她焦急地问："你怎么啦？"

"没啥，我出门的时候忘了拔电吹风。"

"没事吧？"

"幸亏我赶回来了，要不然可能就惹大祸了。"

"要我帮忙吗？"

"不用。"

挂了电话，姚连芳就痴痴地看着那个基本报废了的棕箱子。看着，看着，仿佛看见了乐乐正抱着箱子站在她眼前。

这个棕箱子曾经是外婆的陪嫁，后来又成了外婆给母亲的陪嫁，姚连芳初中毕业外出打工的时候，母亲又把它给了她。那年搬家的时候，她觉得它太旧了，与新房的环境格格不入，便把它扔进了垃圾堆。然而，令姚连芳没有想到的是，她刚扔了箱子回来，就听乐乐在外面喊："妈，开门。"

她正剁着肉馅，便问："你不是有钥匙吗？"

"我手占着。"

姚连芳赶紧抓着抹布把门打开，惊讶地发现乐乐手里竟然抱着她刚才扔了的旧箱子。她赶紧把箱子接过来放在地上，问："乐乐，你把我扔了的破箱子捡回来干啥呢？"

乐乐说："我要用它装画。"

"装画？"姚连芳说，"太旧了，我给你买个皮箱怎么样？"

乐乐说："不，我就要这个箱子，你没看那上面的图案多好看？"

"好看吗？"姚连芳从来没有认真看过这箱子。听乐乐说好看，她就认真地看了一遍，发现那上面编织的牡丹、喜鹊、柳梢等图案确实精致。

看来，在袁爷爷的熏陶下，乐乐对美术的欣赏水平已经在她之上了。

晚上，乐乐对杨梓国说："我要用妈的那个箱子装画，你给我买个放箱子的木柜子好吗？"

"好啊！"杨梓国高兴地问，"要个什么样子的柜子呢？"

"什么样子的呢？"乐乐想了想说，"我给你画，画好了你再给我买。"

晚上临睡前，乐乐从他房间出来，把一张图纸交给父亲，说："我就要这个样子的。"

杨梓国接过图纸，仔细地看了一遍，然后交给姚连芳，说："你来看看你儿子画的柜子。"

姚连芳接过图纸看了一遍，把舌头伸得长长的，说："我的乖乖！有的木匠怕都画不出这个图哟！"

杨梓国写下了棕箱子的长、宽、高几个尺寸，拿着乐乐画的图纸到木器店定做了一个柜子。等箱子放到柜子上之后，乐乐反反复复地欣赏了好几遍，脸上露出满意的光彩。这是乐乐刚上四年级的事。

"唉，我还没老，怎么就不中用了呢？好好的箱子，硬是叫我烫了那么大个窟窿！"姚连芳抬手抽了自己一个巴掌，然后像一个做错了事的孩子一样蔫蔫的开始收拾屋子。她想，湘楚秦百姓特色菜馆离家不是太远，等她把屋子收拾好的时候，杨梓国也就该回来了。

果然，姚连芳刚歇下，杨梓国就进屋了。

"不严重吧？"杨梓国一进屋就问。

"你自己看。"姚连芳拉着杨梓国的手来到棕箱子旁边，说，"箱盖子没用了。"

杨梓国细心地看了一会儿，说："还好，他在画上盖了张牛皮纸。"

姚连芳试探着问："我们能不能揭开看看，再给他还原？"

009

杨梓国说："反正盖子烂了，我们说没动他的，他也未必相信。这样，我们好好地把牛皮纸揭起来，灰尘保留着，看完了再好好地盖上去。"

姚连芳不放心杨梓国，把他拉开，自己小心翼翼地两手伸进窟窿，把牛皮纸轻轻取出来放在乐乐的床上，然后从最上面揭起了一幅画，发现画的是一组田园风光，看不出和他们在别处看到的田园风光画有什么不同。再取出一幅，发现画的是一口水井，面对着井看去，左边有一棵树。从井口和树身的比例看，树很粗，很高，长得也很旺。从树的叶子判断，应该是一棵中国槐。再看另一幅画，画的是一块有牛身子那么大的石头，石头顶端的凹穴处栽了一根杆子，杆子顶端挂了一个方形的灯，有四个大孩子和一个小孩子在杆子旁仰着头往上看。奇怪的是，每隔几幅就会重复出现这两幅关于水井、大树以及杆子和灯的画。怎么总是重复画这两个场景呢？虽然这两幅画内容重复，但越到下面画技越差，放在上面的都是近些年才画的，放在下面的则是早些年画的。问题是，画上的内容是凭空创作的，还是确有其物？如果确有其物，它又在哪里？乐乐是怎么看到的呢？两口子琢磨了一会儿，实在是不解其意。静静地站在一旁想了一阵，姚连芳不甘心地说："再揭几幅看看。"便又小心翼翼地往下揭了一幅，发现画的是农村常见的晒谷场，场子的一边是悬空的，看不清楚，或许是悬崖峭壁。晒谷场的另一边是不太规整的房子。再揭，又有一幅画的是南方农村常见的土坯瓦顶的房子。再往下揭，重又画的是水井、大树。再揭，又是大石头上的杆子和灯，旁边写了一首题名《梦里景象》的诗：

水井，大树，挂灯的木杆
晒场，石头，农家的大院
亦真，亦幻，朦胧点点

挽留，抹去，年复一年
斑斑驳驳的影迹似乎有我在其中
待要细看它却逃得那么远那么远
梦啊——是梦吗
你是想对他的前生进行点化
你是想对他的今生予以召唤

"不要揭了，全部给他放回去。"杨梓国心情沉重地说，"看来，乐乐还是有心事的。"

姚连芳没说什么，她按丈夫的意见又小心翼翼地把放在床上的画放了回去。她把落了灰的牛皮纸再盖上去后，轻松地说了一句："一点都看不出我们动过他的东西。"

姚连芳看了看，又忧心忡忡地问："是不是该把这事告诉乐乐？"

"还能怎么着？"杨梓国说，"等他闲的时候再说。把他的窗子、门都关好，不能让风进来。你跟我尝菜去。"

姚连芳全无尝菜的心思，她问："乐乐听说后会是什么反应？会不会像小时候那样生气不理我？"

"你太小看我们儿子啦。"杨梓国说，"尝菜去。"

到了地方，姚连芳抬头看了一眼菜馆的招牌就说："唉哟，我当哪里咧——那次从南方旅游回来，我们就是在这里吃的散团饭，都发了一场疯。"

"哦，晓得了。"杨梓国笑道，"野蛮文化人的命名地。"

"你！"姚连芳打了杨梓国一巴掌，说，"立保证不算数吗？"

那是前年夏天的事。齐小丽牵头组织了一场姐妹自助游，众人从南方回来，在这个菜馆吃散团饭的时候，儿子乐乐给姚连芳打电话说他的一篇论文得了学校的年度一等奖。姚连芳高兴得不能自已，就把这一喜讯告诉了齐小丽。齐小丽也很高兴，饭局一开始，她就向大家宣布了这一消息。于是，大家就轮番来敬姚连芳的酒。大概有半斤白酒下肚以后，姚连芳就特别兴奋，席上有个姐妹说了句："本姑娘六十了，没有爱情啰！"

姚连芳就一口抢过话头说："大姐说的不对，爱情还是有的，只是表达的方式不一样了。"

马上就有人逼问姚连芳："描述一下，怎么个不一样呢？"

她不假思索地说："年轻人的爱情是花前月下的卿卿我我；是脸对着脸，舌头顶着舌头；是坐在腿上，搂在怀里；是山盟海誓，大话无边；是六月的天，小孩子的脸。我们现在的爱情是发现对方衣服穿单了时的一声斥责；是发现对方熬夜时的一声抱怨；是听见对方咳嗽时递上的一杯热水；是过沟过坎儿时递过去的一只粗糙的老手；是听见对方吸溜牙齿时主动把饭菜做得软一点点；是见到对方生儿女气的时候，讲几句安慰的话语。大家说对不对？"

"哟，看不出老姚还是个文化人啦！"不知是谁喊了这么一句。

"老姚姐姐绝对算得上文化人！"齐小丽噘的一下站起来拍着巴掌，模仿着广东话怪腔怪调地介绍说，"我跟我老姚姐姐在一起的时间最长，我发现我老姚姐姐肚子里装的东西可多啦。跟她说闲话的时候，她一不留神就从嘴里溜出诗词文章来。我敢说，当时谁要是能把她说的话记下来发到微信上，没准也就成了心灵鸡汤啦。现在不是流行心灵鸡汤吗？我提议啦，让老姚姐姐也给我们说几句心灵鸡汤，好不好啊！"

"好！让文化人给我们来几句心灵鸡汤！"大家都有些醉了，便撇着广东腔齐声附和。

"我说，姐妹们，我们都什么年纪了，还需要什么心灵鸡汤？不需要了！生活的麻辣烫我们已经品了很多很多。我相信，我们在座的任何一个人都有资格写出一大本心灵鸡汤来！"

"哇，好厉害耶！"姐妹们起哄说，"当真是文化人啦，能说出这么深刻的话来！"

马上，有一个姐妹喊道："姚连芳，你说说，城市像个什么？"

"像个什么呢？"姚连芳用手挠挠头说，"我看城市就像我们老家农村的渠沟。"

"不对，不对，我也是农村出来的，城市怎么会像渠沟？"有个姐妹喊着。

姚连芳坚持说："真的，我就认为城市像我们农村的一条又一条的渠沟。渠沟沟多，渠沟沟宽，渠坎坎高，渠沟里流动的水多，就是大城市；渠沟沟少，渠沟沟窄，渠坎坎矮，渠沟里流动的水少，就是小城市。街道是渠沟的底子，街道两边的楼房是渠沟两边挡水的坎子，街道上跑的车、走的人就是渠沟里流动的水。姐妹们说，对不对？"

齐小丽和另一个姐妹就模仿了黄梅戏《天仙配》里面董永的道白，说："有道理，有道理呀！"

又有一个姐妹端了满杯酒，递给姚连芳说："我也是农村来的，我认为你比喻的差不多，敬你一个满杯！"

姚连芳接过酒来，一仰脖子喝了个干净，说："小样，本姑娘喝酒不用告饶！"

有个姐妹站起来反驳说："老姚同志唉，你这样比喻城市太简单了，不全面。城市里的东西太多太多，哪像渠沟那么简单？你刚才只说了楼房，可还有立交桥、超市、小区、大院、宾馆、网吧、雕塑，还有那个……太多，太多，我头都疼了。"那姐妹挠了挠脑袋，发现自己也不能把街道两旁的东西全部都列举出来。

姚连芳更加得意起来，她兴奋地喊道："说不全吧？那么，我把我刚才说的'楼房'两个字，换成'建筑'，变成街道两边的建筑物。姐妹们，可别小看了农村的渠沟，那里面的秘密可多可多啦。你说，城市两边的东西太多了说不全，其实渠沟里面的东西也多得说不全。这条渠沟和那条渠沟之间的田啊、地啊，就像城市里面的一个一个的单元，比如工厂、医院、学校等。渠沟坎子里面有大大小小的洞穴，洞穴里面有谁都说不清楚的秘密世界，有无数的小生命，至于水里面的小生命，那就更是神仙都说不清楚到底有多少。还有那个，那个……啊呀，我也说不清楚了。"

见姚连芳为难了，齐小丽就喊道："同意老姚大姐把城市比作渠沟的举手！"

"同意！"姐妹们都跟着起哄。

齐小丽又喊道："同意老姚大姐是文化人的举手！"

大家又起哄喊道："同意！"

齐小丽说："两项决议都获得了通过，老姚大姐再喝一个满杯酒！"

"小样！"姚连芳真的又喝了一个满杯酒，齐小丽她们笑得直不起腰了。

"文化人，文化人，老姚大姐是个文化人！"大家醉醺醺地喊着，乱哄哄地窜着，你追我打地笑着，直到完成了披着纱巾唱歌，披着纱巾、竖着拇指照相等一系列标配动作之后，才愉快地散团各自回家。

在十字路口分手的时候，同样也喝醉了的齐小丽拉着姚连芳的手还不放。姚连芳开玩笑说："快走，快走，我要回去陪老汉了！"

齐小丽就把嘴凑到姚连芳耳朵边上说："我回去欺负我老汉。啊，姚姐，我给你说，你也回去把老杨同志欺负一把嘛！"

姚连芳仗着酒兴问:"小样。你说,叫本姑娘怎样欺负他?"

齐小丽嘀嘀咕咕说了一串悄悄话。姚连芳红着脸打了齐小丽一巴掌,转身就往家里跑。

杨梓国在屋里听得门锁有动静,就知道是姚连芳回来了,赶紧起身去开门。不等走到门口,姚连芳已经进屋而且顺手就把门也反锁了。杨梓国伸手想替姚连芳从背上取背包,没想到姚连芳自己飞快地把旅行包从肩上褪下来,往地上一扔,伸手把杨梓国的两个肩膀扶住,说:"杨梓国,你知道我今天有多火吗?"

"火?怎么个火法?"

"我露了一把,发表了两次演说,一次说的是爱情,一次说的是城市像渠沟。啊呀,我都想不到我那么能说。我给你说,我第一次演说的话,那简直就是自由诗啊!我第二次演说的话,那,那绝对就是散文啊,你知道吧?我们那个旅游团里还有大学文凭的啦,但是啊,在旅游的时候我发现她几次读错字,所以我敢断定她说不出我那么有文采的话,信不信?要不要我给你学?"

"我信,我信,不用学了。"杨梓国劝慰姚连芳说,"你才回来,累了,快去洗洗。我给你切西瓜吃。"

"吃西瓜?那有什么好急的?你听我说,我恨我这一辈子没有工作。如果有工作,有单位,我保证也能考个什么文凭。我以往以为我不行,几次跟人家出去旅游才发现,有些有单位的人,甚至还是什么长的,出门在外还读错字,说脏话哪。命啊,我恨我的命!我今天的两次演说,真的,我觉得我说得挺好的!他们都给我鼓掌啊!我长这么大,还是第一次有这样的演说机会啊!他们,他们听了我的演说,都夸我是文化人,文化人哪,你知道吗?他们承认我是文化人哪!"

"他们没有说错，我早就认为你是文化人了。"

"真的？"

"真的，我真的很佩服你的学习精神。"杨梓国又劝姚连芳说，"洗去吧，洗了吃西瓜。"

"不！"姚连芳突然抱住杨梓国说，"我太高兴了，我能把你吃了。"话没说完，她就把杨梓国拱倒在了沙发上……

等姚连芳安静下来了，大汗淋漓的杨梓国开玩笑说："刚接受文化人的命名就这么生猛，叫野蛮文化人还差不多。"

虽说是老夫老妻，姚连芳在杨梓国面前从来还没有像今天这样放纵过，疯狂完毕，酒也醒了大半。听得杨梓国这样说，她扑哧一笑就红了脸，伸出两手习惯性地捏着杨梓国的胳膊说："立保证，以后不准再笑话人家！"

杨梓国被捏痛了，喊道："手重了，快松开！"

"你立保证！"

"我立保证，我立保证。"

姚连芳本来以为杨梓国早该把这件事情忘记了，没想到他心里还记着，遂轻声警告道："杨梓国，你立保证不算数是吧！"

"算数，算数。"杨梓国调皮地说，"现在就罚我请你的客。"

下午六点多钟，姚连芳估计乐乐闲下来了，就给他打电话说："乐乐，妈犯了一个大错误！"

"老娘同志，你是在背电视台词吧？"乐乐经常开玩笑把母亲叫老娘同志。

"不是，我是真的犯了一个错误。"姚连芳鼓起勇气说，"早上起来，我出门的时候感觉膝盖酸得很，我的电吹风坏了，就用了一下你的。用完后，我关了按钮，却忘了拔电源，没想到我出门以后它又响起来了。我从外面赶回来的时候，它已经把你那个塑料盒子吹化了，把棕箱子的盖子也烫了个大窟窿！"

"好危险啦！"乐乐说，"那算好的，就怕弄出火灾。没事的，妈，就算箱子全毁了也没事。我都多大了，箱子里面装的都是高中以前胡乱画的一些画。那会儿吧，自己不论画个啥都当成宝贝藏着，现在再翻着一看就脸红——哪里是画啊。妈，真的没事，我都几年没开过箱子了。"

"人都是一点一点进步的，画得不好，它也是画。"姚连芳说，"箱子烫坏了，我怪过意不去的！不过，估计里面的画没有受影响。"

"没事啊，妈。"乐乐说，"那个箱子本来就是你扔了的，没事。你晚上看电视啥的要在关节上搭个毯子。"

"好的。"姚连芳又补充说，"我听你的，以后晚上也不再熬夜看电视了。"

乐乐怕母亲心里放不下，又陪她聊了一会儿，才挂了电话。

把损坏箱子的事告诉乐乐之后，姚连芳的心里总算踏实了一些，至少她担心的乐乐会为此暴跳如雷或者满肚子不高兴的事情没有发生。她重新来到乐乐房间，细心察看了一遍箱子、塑料盒子，还有电吹风，最后决定明天清早进城，重新买一个和旧箱子一样的棕箱子，再买一个一样的电吹风、一样的塑料盒子。她把这几样东西都用手机拍了照，然后坐下来上网搜索这座城市哪里有卖的。还好，很快就搜到了，西部手工艺品展销商城有这种商品。

姚连芳的儿子小名叫乐乐，大名叫杨欣乐，眼下是西部农林科技大学的硕博连读的研究生。小伙子一米七六的个子，面皮白皙，算得上一表人才。刚才母亲给他打电话的时候，他刚从图书馆借回一本专业书准备晚上好好阅读。接完母亲的电话以后，书看不下去了，就暂时把头靠在椅背上一边休息一边在心里想，电吹风一直开着把棕箱子的盖子烫坏了，这有什么大不了的呢？可是从口气上听，母亲好像真的很内疚，没必要嘛。别说箱子坏了，就是全烧了又有什么？万幸的是没有酿成火灾。杨欣乐记得，这个箱子本来就是母亲扔了之后自己又拾回来的。这倒叫他这个做儿子的心里过不去了。箱子里有什么？没什么哟，都是自己上大学之前心里烦乱的时候随便画的一些素描画，其中有一部分是重复的内容，而重复的内容又基本上都是梦里的场景——后面的有些画其实已经不是梦里情景，而是画技提高之后对前面所作之画进行的再修改。现在那样的梦越来越稀少了，梦里的场景更是模糊不堪，所以，他也好几年没有再画了，基本上也没有再打开过箱子。关于梦里的那些场景、梦里的人，杨欣乐早年也曾隐隐约约地在心里问过，那到底是哪里？他们到底是谁？难道我曾经在那里生活过？但他很快就打消了这样的念头。怎么会有这样的想法呢？父亲母亲是这般疼爱自己，难道还需要怀疑什么吗？再说，自己的血型不是跟父亲一样也是 O 型吗？自己梦到的那些模糊的场景和人，也许是自己小的时候在爸爸的老家或者妈妈的老家经历过的。

杨欣乐记得他们一家是在他升六年级的时候从江西南边的一个城市搬到北边的另一个城市去的，搬家的原因到底是什么呢？是父亲生意上的需要吗？父亲母亲都是这样说的。不过，他总觉得这跟自己偷着到网吧里上网有关。记得第一次母亲从网吧里把他揪出来的时候，他跟母亲吵了一架，母亲就打了他。这是他唯一记得的一次挨打。情急之下，他好像说了一句类似"你不是我妈"的话，母亲听了以后非常伤心，一天都没吃饭，父亲要他给母亲道歉，他也就道歉了。没过多久，他又进了网吧，母亲把他从网吧里拖了出来，还把网吧老板骂了一顿。当母亲知道是两个同学出钱请他进的网吧之后，就在路上截住那两个同学骂了一顿，还逼着那两个同学向她赌咒以后永远再不跟杨欣乐玩。他记得这件事伤了他的自尊心，他赌气不去学校上课，还是楼下袁爷爷到家里来，说："哪个说乐乐不上学哪？乐乐这两天是在完成我给他布置的作业，我给老师请过假的，你们知道不知道？"袁爷爷一面嚷嚷妈妈一面牵着他的手送他去上学。在路上，袁爷爷说："乐乐是多么聪明的孩子。小孩子不上学就学不到本领，没本领的人就是没用的人。乐乐不愿意做没用的人，对吧？"

从那以后，他就再没有逃过学。那一学期上完，他们就从那里搬走了。

关于这次搬家，杨欣乐对别的都不留恋，唯一舍不得的就是袁爷爷。所以，到新城市以后，他第一时间就给袁爷爷打去了电话，之后也一直保持着联系。记得上初中的时候，他一度到处张扬着说以后只学画画了，导致语数理化成绩都直线下降。袁爷爷知道以后，就用毛笔小楷书工工整整地写来了一封长信，说一个真正有本领的大画家，文化功底也一定是很深厚的，劝导他不要因为喜欢画画就忽视文化课的学习。袁爷爷还说，喜欢画画不等于真的就能画好画，能画好画也不一定就能成为名家，所以，喜欢画画也不一定就非要终生以画画为职业。袁爷爷的这些话对他的教育启发很大，他沉静下来了，很快，学习成绩又跃居年级前列了。高考之前，杨欣乐给袁爷爷去了一封信，请教是报考美术学院还是报考别的学校和专业？袁爷爷在耐心看了他的信之后说："既然你理科的成绩那么好，文科成绩也不差，那我倒是劝你报考一个你喜欢的专业，继续把美术作为业余爱好，可以兼顾着进修。"杨欣乐接受了袁爷爷的建议，报考了自己喜欢的农艺专业，几年来，他也一直兼修着美术专业，把画画当成了调节情绪、观察和记录生活的一种手段。令杨欣乐高兴的是，导师还多次肯定他的绘画基础对所学专业很有帮助。

"袁爷爷，很久没联系了，你还好吗？"

母亲的一个电话，让他又想起了被他锁在箱子里的画，想起了画画的经过。这一回忆，仿佛又把梦里的那口井、那棵树、那木杆上的灯以及隐隐约约的几个人，重又拉回到脑海里跳啊跳的。蓦然间，他眼前又浮现出了前年在学校食堂打过一段工的那个师傅。

那是一天中午，杨欣乐去得晚，打饭的窗口只有稀稀拉拉的几个人。他来到三号窗口，一眼便觉得里面的那个师傅似曾相识，那师傅好像也认识他似的，两眼直直地看着他。他友好地冲师傅笑了笑，师傅也回以微笑，问："同学，你想打点啥菜？"

"四两米饭，一个莲藕片，一个西红柿鸡蛋。"

师傅一面给他打饭一面还不时地偏头看他。但见那师傅中等个子，五十几岁的年纪，细长的眼睛，右腮帮上有颗黑痣，是自带笑容的那种长相。当师傅把饭菜递给他的时候，又特意看了他一眼，他不禁看了回去，心里想："我应该是在哪里见到过他？没错，这师傅我绝对是在哪里见到过的！"他端着饭离开窗口走了几步，忍不住再次回头，把窗口里的师傅看了一眼，同时发现那师傅也还在看他。此后一连多日，杨欣乐每天都特意到三号窗口去打饭，和师傅四目相对，打个招呼。这样持续了有两个多星期，突然有一天，杨欣乐发现三号窗口没有那个师傅了，看看别的窗口，也没看见。他知道那师傅是位打工者，随时离开实属再正常不过的事情，不过他心里还是希望他一直在这里干下去。

一天下午，杨欣乐在路过一片小集市的时候，猝不及防被巷子里冲出来的一辆送快递的电动三轮车蹭倒了。开车的小伙子见撞了人，赶紧问："兄弟，没事吧？"

杨欣乐拍拍身上的灰尘，伸开胳膊，把身子活动了几下才说："没事，你走吧。"

"那我先走了啊。"看得出，骑车的急于离开。

车走了，杨欣乐也继续往前走，忽然觉得有只手从身后搭在了他的左肩上。他一回头，发现是学校食堂三号窗口的那个师傅，便惊喜地打起招呼："师傅，是你啊！你不在学校食堂干了？"

"我干满一个月以后，那边陕南菜馆的金老板硬要我到他那里去，我就去了。"

"工资高些吗？"

“工资高一点点，主要是小锅子炒菜才能找到感觉。”师傅急切地说，“我看你刚才叫三轮车挤倒了，你有没有擦伤哪里，有伤要抓紧治。”

“你看见啦？”杨欣乐有些感动。

“我看见了，也认出来是你，这才赶过来的。”师傅一面说话一面仔细地看杨欣乐，终于发现他左边的鬓角处有一点擦伤，就说，“你左边的鬓角擦破了，去包一下吧。”

杨欣乐用手摸摸，指头尖上沾了一点点血迹，便不在意地说：“哦，我记起了，是往下倒的时候让那只竹篾筐子擦的，没事。”

“医院离这里不远，我陪你去检查检查？”

“没事的，师傅。我是被车挤了一下，身子没站稳，一个趔趄，倒下去的时候头在竹篾筐子上擦了一下，真的没事。”

师傅又把杨欣乐上下左右细看了一遍，还是坚持说：“去看看医生吧。你父母要是知道了，多担心哦！正好，我本来也想到医院去看望一个熟人，顺路的事。让医生给你看看，没事最好，有事也好及时处理。刚才挤了你的那辆车的牌号，我替你记下了。万一有事，可以找到他。”

听师傅这样说，杨欣乐就跟着他往前走。到了医院，那师傅要自己掏钱为杨欣乐挂急诊。杨欣乐说自己银行卡里有钱，硬是拖着师傅没让他破费。医生给杨欣乐处理了伤口之后，又按那师傅的述说给他做了番检查，然后宣布：“没问题。”

“没问题好！没问题好！”师傅高兴地说。

杨欣乐局促地站了一会儿，对师傅说：“叔叔，我想请你到对门饭馆吃饭。”

“你个当学生的，请我吃什么饭？你没听说过‘天干三年饿不死做饭的’这句话吗？我是当厨师的，会饿着吗？”师傅见杨欣乐有些过意不去，就拍拍他的肩膀说，"好好上学，把博士文凭拿下。你是学农的，以后也跟袁隆平一样给我们农民造福，给中国人争光。哪一天我在电视上、报纸上看你成了农业科学家，我就满村子跑着、跳着喊：'都看看啊，都看看啊，我跟这个科学家面对面说过话！我跟这个科学家面对面说过话！'好不好？"

杨欣乐很感动，他不知道再说什么好，就弯下身子真诚地给师傅鞠了个躬说："谢谢叔叔，我一定好好学习！"

待杨欣乐转身要离开的时候，那师傅从后面问了一句："唉，同学，你是从哪个省考来的？"

"江西。"杨欣乐转过身说，"叔叔，我是从江西考来的。"

一个周末，杨欣乐因事回家，就把这件事给母亲讲了。母亲当即去商店买了件上好的羊毛衫，要他给那位好心的师傅送去。当杨欣乐拿了羊毛衫到那家菜馆去找那位师傅时，店里的服务员却说那师傅因为家里有急事不干了，走了。他问那师傅是哪里人、姓什么，服务员不耐烦地说："他在这里干的时间很短，又不爱说话，还没搭几回腔哩，他就走了。我们不知道他是哪里人，也不知道他叫什么名字，好像听老板叫他什么'茂哥'。"

杨欣乐心有不甘地问："能不能让我见见老板呢？"

服务员说："你想见老板啊？我们都很长时间才能见到他一次。"

杨欣乐怅怅地走了。再回家的时候，他又把那件羊毛衫退还给了母亲。记得当时，母亲接过羊毛衫时，还用双手托着它，说："这衣服是给他买的，你穿嫌老，你爸穿嫌小。我还给你放在柜子里，说不准哪一天你又见到他了。到那个时候，你再把这件衣服送给他，并且告诉他，你心里一直还惦记着他，还感激着他。你想想，那时候他的心里会感到多么温暖！"

"无巧不成书是吧？我看老娘同志是小说看多啰。"

杨欣乐嘴里虽然在和妈妈开玩笑，心里倒真是希望哪一天能奇巧地又遇到那位师傅。也正因为心存此念，在此后的很长一段时间里，他有事外出的时候总是专门绕道农民工劳务市场，并且还总是假装不经意地在人堆里细瞅一遍，只是每一次的结果都是失望复失望。

就在杨欣乐快要把这件事情彻底忘掉时，母亲的一个电话，又把那位师傅的面容重新推到了他的眼前。杨欣乐合上书，独自一个人来到了校园的林荫之中。

深秋了，天有点凉，校园里的草坪刚剪过不久，新长的嫩芽在微风中轻轻地摇曳。草坪里一丛丛伞状的蓝天竹在树尖上擎着一串儿一串儿红红的小果子，蘑菇状的石兰树上挂着一嘟噜一嘟噜半红半绿的果实，宛如正待采摘的花椒。本来南方才有的枇杷树，因环境的变化，不仅在这里长得郁郁葱葱，而且还在其他果树即将进入冬眠的时候，开出了长着绒绒黄毛花蒂的小白花。如果把它和来年春天才能开花的樱桃、杏子、李子相比，应该算是"笨雀先飞"吧？在这些品类繁多得不能尽数列举的树木中，最大的树还要算那棵国槐。这种树本来发芽晚、落叶早，可能是因为校园环境好，深秋已至，它们却没有落叶换装的意思。当初，杨欣乐一来到学校就注意到了这种树。他发现，可能是为了适应北方寒冷干旱的特点，国槐的叶子长得很特别，先是在树枝上生长出一个酷似鱼刺状、约有十六厘米的长条形叶柄，然后呈人字形地分左右两边各长出五至八片不等的只有小指头肚大的鸭蛋形叶子。杨欣乐是从南方来的，又一直生活在城市，印象里没见过这种"中国槐"。那天，他一眼看到这棵挂了"中国槐"牌子的树，心中纳罕，这就是他曾经梦到的那种大树！当天晚上，他还在网上详细搜索了关于中国槐的资料介绍，并且把它抄录了下来：

"中国槐，性寒，具有凉血、止血、清肝泻火的功效。中文名：中国槐；界：植物界；门：被子植物门；纲：双子叶植物纲；目：蔷薇目。形状特征：乔木，高达 25 米；树皮灰褐色或褐色，具有纵裂纹，荚果串珠状，长 2.5 ～ 5 厘米或稍长，径约 10 毫米，种子间缢缩不明显，种子排列较紧密，具肉质果皮，成熟后不开裂，具种子一至六粒。分布范围：现在南北各省区广泛栽种，华北和黄土高原地区尤为多见……"后面还有关于经济价值和药用价值的介绍，杨欣乐都是一字不漏地全部看了一遍。

也就是从这天起，此后他每逢从那里经过，都要把那棵挂了牌子的大槐树深深地看一眼。

杨欣乐继续一个人在校园里静静地徜徉着，回忆着，迎面走来了位老者。这老者手里牵着一只雪白的宠物犬，正悠闲漫步。宠物犬小跑几步，来到一棵大树旁，身子一歪，提起腿来挤了几滴尿。这个情景马上又让杨欣乐陷入回忆。记得是在一个春天，袁爷爷给他布置了写生作业并且亲自带他到院子里画那开花的夹竹桃。正画着，一只小狗跑过来，也是这样靠着树挤了几滴尿。他感到好奇，问袁爷爷："狗狗为什么要靠在树上只撒一点点尿呢？"袁爷爷说："狗狗不是为了撒尿，它是在做标记，告诉别的伙伴说它到这里来过，同时也宣布这是它的领地，不准别的狗狗霸占这里。还有一层意思，就是给自己记路。"他真佩服袁爷爷知道这么多，又问："人怎么给自己打记号呢？"袁爷爷说："人是最高级的动物，不需要打记号。"

他记得他还向袁爷爷问了一大堆问题，好像一个也没难倒他。想起这些往事，杨欣乐情不自禁地笑了。

这天晚上，杨欣乐在梦里又模模糊糊看到了那口水井，水井边上有棵大树，还有木杆子顶上的那盏灯在风中晃啊晃的。天空很模糊，身边的几个人也总是看不太清楚，老是出现这张脸和那张脸不断重叠的现象。正在他踌躇时，打谷场那边有人在喊叫，喊叫的什么听不清楚。他发现那个个子老高、后脑勺上有个小辫子的孩子来到了身边，拉着他的手一起往打谷场跑。跑到打谷场以后，他们就和先来的几个人开始了"玩狮子"的游戏。个子最高的一个孩子当狮子头，中间还有两个孩子，留辫子的孩子排在他的前面，他抓着那孩子的衣服乱跳。玩了几圈，累了，他就和他们躺在地上学牛叫。叫累了，又有一只小花猫爬到他的胸口上，向他"喵喵"地叫。接着，小猫推着个拳头大的花皮球在他眼前蹦啊蹦的，他站起来想追上小花猫，小花猫就调皮地在前面跑。跑着跑着，他就来到了一个有很多很多人的地方，这地方卖什么东西的都有。人越来越拥挤，突然听得锣鼓喧天，有人大声喊叫着大戏开始了。他就被人推着、涌着往前挤，挤着挤着，他好像被挤到了一条好宽好宽的河边。在他正要细看那河时，身边的人突然间全都不见了。他很惊恐，就到处找路，可路好像都变成了圆弧状，他走不出去，东撞西走中不知道怎么就进了一间光线不好的屋子，一个胖胖的女人给了他一个吃的东西。他确实饿了，但不敢吃。那女人手里拿了一根很长的尺子，恶狠狠地不准他喊叫。他很害怕，想跑却找不到出口。天，突然就黑了。他急得大声喊叫："妈妈！妈妈！"

杨欣乐一个猛子坐起，从噩梦中惊醒。

晨舞一结束，姚连芳就直接赶乘地铁去了西部手工艺品商城。商城很大，还好，她很顺利地找到了卖棕箱子的商铺。这里云集了全国各地手工制作的棕箱子，但任凭姚连芳怎样翻捡，就是找不到和乐乐的旧箱子图案一模一样的。姚连芳问营业员："请问，除了你们这里，还有哪里卖棕箱子？"

营业员是位三十来岁的女士，面容姣好，话音婉转，一个甜甜的笑就足以把想要从这里离开的人重新拽回来。她耐心地听了姚连芳的问话之后，微笑着回答道："阿姨，在这个城里就只有我们这里卖这种东西。我敢给你保证，就算还有我不知道的地方也卖这种商品，但也绝对没有我们这里的货齐全。"

姚连芳说："你这么自信啊？"

营业员说："我参加了全国手工商品订货会，哪里有这种商品我最清楚。"

看来是没有选择的余地了，姚连芳只好把她手机上存的旧箱子的照片递给营业员，说："我想买一个和这个一样的棕箱子。"

营业员看了照片说："阿姨，你真是一位非常珍视亲情的人。这个箱子肯定是老一辈的亲人留下的，少说也有一百年了！"

姚连芳说："你真识货，何止一百年，我母亲说这是她外婆的外婆的陪嫁。"

"老古董，宝贝疙瘩。"营业员说，"不过，你想买到和它一模一样的箱子是不可能的。阿姨，你想，一百多年前人们的审美趋向和今天相比肯定会有差异。退而求其次吧，我帮你物色一个和它基本相似的。"

营业员径直到一个角落里翻捡了一气，然后拎着一个箱子过来，对姚连芳说："阿姨，就这个吧。要是还不行的话，我估计就再也没有办法了。"

营业员把箱子放在另一个箱子上，让姚连芳过目。姚连芳看看手机，再看看箱子，惊喜地说："基本上跟旧箱子一样，定了，就是它！"

姚连芳再一次端详新箱子，同时用手机拍了照，用微信把照片发给杨梓国，叫他帮忙决断。杨梓国很快回复她："我看不错，就这个吧。"

姚连芳又发微信叮咛道："记着，电吹风和塑料盒子归你买。那都不是古董，必须和旧的一模一样。"

杨梓国回复："菜馆旁边有这一片最大的综合超市，我已经和手机上的照片对照过了，保证一模一样。"

"你今天就买，说不准乐乐突然就进门了。"

"放一百二十个心。"

姚连芳心里乐滋滋的，付了款，提着箱子出了商城的大门，便打了车往家里返。当出租车路过儿童公园的时候，姚连芳看见有个年轻的妈妈正领着一个四五岁的孩子，那孩子像极了小时候的乐乐，令她想起了一件有趣的往事。那天，她和乐乐也是站在一个公园门口。乐乐好奇地问："妈妈，我是你生的吗？"

姚连芳心里吃了一惊。她看看乐乐，发现他脸上的表情没有怀疑只有懵懂，心里才安定下来，回答："是啊，你就是妈妈生的啊。"

"你从哪里生的我呢？"

"从妈妈肚脐眼生出来的。"

乐乐找到她的肚脐眼看了看，然后把自己的肚脐眼看了看，问："妈妈，我的肚脐眼跟你的一样，我也能生孩子吗？"

"你不能，只有女人才能生孩子。"

"可是我们都有肚脐眼啊。"

"反正不行，生孩子是女人的事。"

乐乐想了想又问："我生下来的时候有多大？"

姚连芳用两只手比了比，说："这么大。"

"这么大是多大？"

"两个拳头加在一起那么大。"

乐乐看看自己的身体，问："我是怎么长这么大的呢？"

"开始的时候，我天天用嘴把你往大了吹，再后来你就开始吃奶、吃饭，慢慢就长大了……"

"嘎——"姚连芳正想心事，不料司机突然来了个急刹车，令她差一点撞在前排副驾驶的椅子靠背上。她往车窗外一看，发现是一个女孩子急急忙忙地边看手机边从一个巷子里往出走。若不是司机眼疾手快，这祸就闯下了。司机的年龄比较大，他没骂女孩子，只把头伸出车窗说："娃娃耶，走路的时候为什么还要看手机？"

那女孩子红着脸冲司机一笑，说："谢谢叔叔！"随即把手机放进了挎包。

车继续往前行驶，车窗外闪过一家儿童书店，从里面出来个老汉，很像当年院子围墙边住的沙家老汉。这又使姚连芳想起了乐乐刚上二年级时候的一件趣事。那天，她从外面回来，屋里不见乐乐，她急坏了，赶紧到院子里去找，结果在小区围墙边的两排简易储藏室的煤堆子上，发现乐乐正在一边和砸煤块的沙家老汉聊天，一边帮着用铁丝做成的耙子扒已经砸碎的煤块。他的脸蛋、鼻头全都被煤灰抹得漆黑。姚连芳又好笑又好气地喊："乐乐，你在干啥？"

乐乐抬起头认真地说："我帮沙爷爷砸煤块。"

"你没给爷爷添乱吧？"

"没有，没有！"沙老汉说，"乐乐说他帮我砸煤，是不想变成尺人兔马。"

"什么尺人兔马啊？"姚连芳听不明白。

乐乐说："我看了娃娃书，书上说古时候人的力气大，是因为干活才把体格变强壮的，以后要是活都让机器人干了，人不干活了，马不干活了，牛也不干活了，人就会退化，马啊牛啊也会退化，慢慢地就会变矮变小。那样的话，人就只剩一尺高，马就只有兔子那么大，最后就变成尺人兔马了。"

姚连芳说："那是科学幻想，人怎么会变得只有一尺高呢？"

"不对，老师说了，是劳动让猿变成了人。人不劳动，就会退化。"

姚连芳觉得这正是给乐乐灌输劳动光荣观念的好机会，便说："书上说的对，人是应该劳动的。凡是自己能做的事情，都应该自己做，即使是现在还做不到的，也应该努力去争取。妈妈上学的时候，老师也讲过，人是从猿变来的。猿能变成人，就是因为生活逼着他要不断地进步，也正是因为不断地进步，最后才变成了智人。光是被动地适应，人就强大不起来。"

"我们老师也讲了，猿是因为劳动才学会制造工具，学会使用工具的。老师还说，猿人也是因为动脑子制造工具、使用工具，才慢慢变聪明、变强大了的。"乐乐想了想又问，"妈妈，我怎样才能更聪明、更强大呢？"

"比别人更努力，比别人更勤快呀。"

乐乐点着头说："哦，我知道了。"

从这天起，姚连芳就有意识地喊乐乐帮她摘菜、擦地、掸灰尘，只要她喊，乐乐就帮她的忙。同时，她还教他动手洗自己的袜子。与此同时，她开始因势利导地用各种看似不经意的机会，向乐乐灌输一些她认为应该秉持和坚守的观念，有时候还故意出题把儿子考一考。最后一次交流式地"考一考"，记得是在乐乐去大学报到的前一天。那天，她故意很慎重地对儿子说："乐乐，你一去上大学，家里就只剩妈一个人了。我准备到你爸的菜馆去帮忙。"

"妈，你不能去。"

"你爸爸的菜馆，我怎么不能去呢？"

"正因为是我爸爸的菜馆，所以你才不能去。"

"我去给你爸帮忙啊。"

"你看啊，我爸是老板，菜馆是他做主。你是老板娘，你在店里上班，别人怎么办？听谁的？"

"听你爸爸的啊。"

"可是你看到一些事情的时候，你能保证不说话吗？你说的要是跟我爸爸说的不一样呢？打工的人到底听谁的呢？"

"哦！"姚连芳心里为乐乐的回答感到十分满意，但还是装作恍然大悟的样子说，"行，妈听你的，妈不去。"

看着乐乐一副认真的样子，姚连芳当时就在心里说："我以后不用再考他了。"

"到了。"司机的一句提醒把姚连芳从回忆中唤醒。她问："多少钱？"

"二十一块，给二十就行。"

见衣服口袋里有零钱，她还是给了司机二十一块。

姚连芳虽然抱着箱子下了车，但脑子里却还在想着乐乐小时候的一些趣事。到了小区的门口，她伸手掏门禁卡，却没找到钥匙链子，这才猛然发现自己的手提包落在了出租车上，顿时就煞白了脸，喊道："瞎了瞎了，包丢在出租车上了！"

虽说包里钱不多，但身份证、银行卡、门禁卡、钥匙都在里面，这可怎么办？门房师傅见姚连芳急成了这样，就主动问她："你坐的是出租车，还是顺路捎客的黑车？"

"是出租车。"

"你坐的是后排还是副驾驶？"

"后排。"

"后排？"师傅说，"司机一般不会瞒乘客的东西，怕就怕司机不知道，让下一个乘客顺手牵羊了。"

"怎么办啊？"姚连芳急得在原地直跺脚。

"我建议你到刚才下车的地方去等，再不行就给出租车公司打电话——你记得车的颜色吗？"

"没有印象。"

"那你赶紧到刚才下车的地方去等，说不准司机也在那里等你。"门房师傅安慰她说，"我老婆有一次把包落出租车上了，就是这么等回来的。"

姚连芳喘着粗气转身就往来时的路上跑，远远地看见一辆出租车在那儿停下了，她以为是等她的，便一只手提着箱子拼命地向前跑，另一只手就不断地向那车招手。姚连芳上气不接下气地跑到了车旁，却发现不是刚才的那个司机，便失望地说："你走，我要等的是刚才坐的那辆车。"

司机不高兴地白她一眼，遂将车开走了。

那辆车刚走，又有一辆出租车在她刚才下车的地方停下了。姚连芳又满怀希望地赶上去，发现依旧不是那个司机。希望，失望，又一次希望，又一次失望，姚连芳觉得自己快要撑不住了，便给杨梓国打电话，说："倒霉，我把包丢在出租车上了！"

"尽遇见撞鬼的事！"杨梓国上气不接下气地这么说了一句，估计正在上楼梯。

杨梓国平时不爱说话，也没见他发过火，骂过人，今天他遇到什么不顺心的事了？姚连芳焦急地追问："出啥子事了？"

"李宏建，李宏建个倒霉的叫公安局抓了，公司也被查封了！"杨梓国的喘息平静了一点。

"不会吧？"姚连芳吃了一惊。李宏建是经杨梓国的好朋友黑子介绍他们认识的。他一直做着药材生意，多少年来基本上不贷款不借账，前不久说要急着进一批药材，向他们借五十万元，说最多一个月就还，这还不到二十天，怎么就被抓起来了？完了，完了，这笔钱原本是留着准备日常应急用的。姚连芳见杨梓国心情很坏，便咽了口唾沫，放缓了语气说："他的生意不是很好的吗？"

"鬼晓得怎么说出事就出事了！"

姚连芳不再问了。她知道丈夫此时比她更窝火、更着急，可是一时又找不到合适的话来安慰他。借给李宏建五十万元现金的事，她是同意了的，唉，怎么搞的呢？

"包落在车上了？"杨梓国又恢复了平时说话的语气，"我都提醒你多少次了，一是出门不要总把两只手插在裤子口袋里，那很危险。二是叫你养成出门就把包包斜挎在身上的习惯，你总是不爱听。现在急也没用，希望那个司机折转回来，再不行只能给出租车公司联系，死马当成活马医。"

"我站在我下车的地方等……啊呀，来了，来了！"姚连芳话没说完，刚才拉她的司机已经把车停下，向她招手。姚连芳紧张得连气都喘不过来，"咚咚咚"地就向车跟前跑，跑到车身旁才长长地嘘了一口气说："谢天谢地呀！"

"你的包。"司机把包从车窗里递出来说，"我开始没发现，一直到万寿路药材市场，有个白头发老头上车坐到了后面。他给我说后面有个包。我一想，那肯定是你落下的，就把车开了回来。你看看，包里少没少什么？"

"太感谢你了，师傅！"姚连芳接过包打开，发现没少什么，遂从里面取出几张百元钞票递给师傅，说，"师傅，这是我的一点心意，请你收下！"

"不用，不用！"司机快速发动车子，开走了。

姚连芳本能地向前追了几步，哪里还能追得上？她十分歉意地站在原地行注目礼，直到出租车消失了，她才疲惫地往回走。待姚连芳进门把箱子放进乐乐的房间的时候，也听到了杨梓国用钥匙开门的声音。

杨梓国进门，直接走进乐乐的房间，说："你运气不错啊。"他一面说话一面把手里提着的电吹风和塑料盒往书桌上放。这时，天色已经暗了下来，两口子却像是忘了还没吃晚饭的事，马上就商量起旧箱子怎么处理。杨梓国问："旧的扔不扔？"

姚连芳说："我已经想好了，不扔，要扔也等乐乐自己扔。"

就在杨梓国端起新箱子要往旧箱子上摞的时候，姚连芳慌忙制止说："等等，我想选几幅画存在我的手机上。"

"跟你们姐妹在一块儿吃饭一样，要先照个相开开光？"

"不一样，那是发朋友圈的，这个只有我一个人悄悄地看，不会让任何人知道，包括乐乐。"

杨梓国重又把新箱子放在床上，然后屏息静气，看姚连芳从旧箱子的烂窟窿里往出取画。见姚连芳把前天看过的画都取了出来，他劝道："够了，你想照的话，把他反反复复画的那两张照下来就够了。"

"唉，有理。"姚连芳把取出的画摆在床上，仔细地看了一会儿说，"按你说的，只照两幅：一幅是这个画了水井、大树的；一幅是这个有大石头、木杆子、挂了灯的。我这几天就琢磨，他为啥要反复地画？"

"就是啊，反复画这两幅画——他是看到过这幅画才照着画的，还是见过这个地方呢？"

"都有可能。只是，这两幅画有啥好看的呢？"

将选中的两幅画拍下来后，姚连芳重又把画按原样放了回去。等姚连芳把落了灰的牛皮纸也放回原位后，因为担心乐乐看出那上面落下的灰不自然，杨梓国又端起箱子轻轻地摇了摇才放回去。

两口子对着棕箱子细看了一会儿，确认没有不妥，就开始琢磨那两幅画。姚连芳说："这个水井在一个斜坡上，画画的人像是站在井的背面从上面往下看，水井在画画人的脚下位置。这就是说，画画人经常活动的地方在水井后面的高处，对吧？这一幅呢，画画的人应该在石头的正面，石头的背面像是空的，是一道高坎吧？你看对不对？"

杨梓国仔细看了好一阵说："从上面下到水井跟前是一段石梯子坎，画的好像不太准确。像是取景的时候角度选的不合适，说明画画的人对那个地方不是太清楚，甚至记忆还比较模糊。"

"你这么一说，我也看出来了，好像画的有些为难。"姚连芳说，"这么说，是不是乐乐在很小的时候到过这里？如果是他长大以后看到的，凭他现在画画的水平，取景、构图会更加准确协调。"

"不过，画画的人对树和井口的样子记得还是清楚的，每次都画得一模一样。"

两口子就这么反反复复地看着、评着，评着、看着，最后还是杨梓国说："有啥菜？我想喝两杯。"

姚连芳看看满身疲惫的杨梓国说："把酒揣上出去吃吧。"

两口子商定到咖啡公园旁边的一家特色餐馆去吃小炒。路上，杨梓国想把李宏建的事说说，发现姚连芳神情有些恍惚，就没开口。吃完饭出来，杨梓国问姚连芳："直接回家还是遛遛？"

姚连芳想到丈夫心里不愉快，就说："环境好，遛遛。"

夜灯初上的咖啡公园显得异常安静，若明若暗的灯光透过浓密的景观树叶撒落在地上，给人一种特别的情调。走到一张双人椅子旁，姚连芳扯了一下杨梓国的胳膊，示意他坐。杨梓国借着灯光，依稀发现姚连芳头上又添了不少的白发，就说："伙计，又添了这么多白头发。"

"还不是为你们父子两个操心操出来的。"姚连芳也凑近一点看了看杨梓国，发现他眼角的鱼尾纹更多了，眼袋也突显出来，本来发际线就高，再加上最近头发脱落得厉害，前面的大半个脑袋已经完全暴露在了电灯光下。她禁不住心疼地问道："你最近愁啥呢？看看都老成啥样了？"

"老了吗？"杨梓国少有地幽默道，"我走在街上的时候，发现回头率还挺高哪。"

"啧啧。"姚连芳瘪瘪嘴，用手指指不远处树荫下那张椅子上的一对恋人悄声说，"你比那个小伙子年轻多了。"

杨梓国顺着姚连芳手指的方向望去，见一个姑娘正面贴着面地骑在一个小伙子的腿上，呢呢喃喃地说着悄悄话，遂问道："羡慕人家啦？"

"羡慕啥？"姚连芳仰着头，眯着眼，心中略一构思，遂调皮地说，"遥想当年，姚姑娘青春靓丽，楚楚动人，打工青年杨梓国仰慕于心，色胆勃发，某年某日乘着夜色掩护，在滚滚的长江江堤上巧言骗取了姚姑娘的信任，不也是那副德行吗？"

"哦，有这事？"杨梓国说，"我怎么不知道？"

"那个臭男人癫蛤蟆吃到了天鹅肉，得意至极，忘了呗。"

"这么说，那个臭男人挺坏的。"

"坏透了！"姚连芳用指头在杨梓国脸上戳了一下，说，"你占过本小姐多少便宜，记得吗？"

"臭男人真坏！"杨梓国伸手把姚连芳揽进怀里说，"《时间都去哪儿了》那首歌词写得真好，我们还没好好过呢，怎么就老了呢？"姚连芳捏住杨梓国的手，站起身来慢慢地往前走，一面走一面就用手指在杨梓国的手掌上划来划去。她发现她男人手上到处都是厚厚的硬茧子，心里就觉得自己亏欠了这个男人。是啊，这么多年，这个男人无论天晴下雨，无论春夏秋冬，天天都是早出晚归，从来都没偷过懒，正是因为有他的全力打拼，才有了自己给乐乐当全职母亲的条件，才有了乐乐安心上学的基础。如今，乐乐已经是研究生了，自己在家里没什么家务可做，大把大把的时间都用在了跳广场舞、看微信、打牌、旅游、看闲书这些悠闲生活上，而这个比自己大两个属相的男人却仍然一如既往地在为这个家庭打拼。你姚连芳老了，他杨梓国更是老了，青春还会回来吗？不会的，所以，你姚连芳也该心疼心疼这个男人了。正想着心事，又有一对恋人相拥着出现在面前，姚连芳羡慕地瞟了一眼，又看了看身边的杨梓国，把身子向他靠紧了点。她想起恋爱期间的情景，想起刚结婚时的情景，想起这二十多年的情景，发现人在结婚之前和结婚之后的区别其实是很大的。结婚之前，每一对准备结婚的男女，不管文化高低、身份贵贱，肯定都有过一段相对浪漫的时光，一旦结了婚，有了孩子，所有的浪漫都将给"过日子"让路。他们现在到了什么阶段呢？自己有房子住，给乐乐结婚用的房子也买下了。虽然房子都不算大，但总算有个落脚之处；积蓄虽然不多，但应付日常生活足够。唯一令人恼火的是李宏建借的那五十万元，不知道最后能不能讨回来。算了，不提这个，免得杨梓国怄气。不管怎么说吧，今后"过日子"应该不是多大问题。趁着乐乐还没结婚添孩子，他这一块儿暂时不需要操心，是有条件在"过日子"的成分里添加一点浪漫的。这样想着，姚连芳便把身子向杨梓国更靠近了一点，手上也更加有力了一点，嘴里说道："从今天起，我要更加细致地照顾你！"

"照顾我？"杨梓国说，"你也得照顾好自己。"

"走，回家洗澡。"

"不洗！"

"不洗就休想上本小姐的床。"

"啵啵啵。"姚连芳的手机响了，她掏出来看看，说："旅行社说最近到广西涠洲岛打折。"

杨梓国说："离供暖气还有一段时间，你可以约齐小丽她们结伴儿去。"

"不去，正因为还没供暖气，天冷，我才更应该留在家里给老汉暖身子。"姚连芳突然又想到了儿子，便问，"乐乐不会怀疑我是故意把他箱子烫坏的吧？"

"看看看，你又不放心了？"杨梓国转过身来，两只手扶着姚连芳的肩膀说，"他上大学之前，你多次对我说，你常常借交流的形式在考他。你还说，他每次就事论事谈的意见都很得体。现在，他已经长大了，如果在这件事情上还这样看待我们，那么，我们还有必要为他操心吗？"

第
四
章

不知道是从哪一天开始的，反正姚连芳每天早上起床之后的第一件事就是站在卧室窗子前，把围墙那边新苑小区的建筑工地看一遍；每次从外面回来，第一件事也是先到窗子前把那个工地看一遍。至于为什么要看，想看的是什么，都看到了些什么，连她自己也说不清楚。杨梓国就曾调侃她问："你们工地今天进展怎么样啊？"姚连芳说："莫笑话，反正我不看它心里就空空落落的像是缺个啥。"

要说隔壁那个工地的进度也确实是慢了点。姚连芳住进现在这套房子的时候，那边工地就已经在动了，如今又过去了四年，基坑里自然生长出来的栾树、柳树都几人高了，还是没见正式动工盖房子。要说工地没动静吧，它又有动静，先是在基坑里打桩，桩打完了之后停了一年，又支起了塔吊。姚连芳心想塔吊都支起来了，应该正式盖房子了，可是此后很长时间只能偶尔看到几个工人在这里挖挖，在那里量量，然后又没动静了。今年年初开始，先是推土机进到基坑里把小树、杂草推掉，然后搭起一个工棚，拉来了一些钢筋，几个钢筋工开始在工棚里干活。从此，死工地变成了活工地，姚连芳每次看工地的时候都会特别留意那几个钢筋工。夏天开始，钢筋工数量减少了，到现在都一直是三个人。姚连芳住的是八楼，这栋楼的墙根到东边的围墙大概有二十多米的距离，围墙那边就是加工钢筋的工棚，所以三个钢筋工的一举一动都被她看得清清楚楚。时间一长，一个年轻人引起了姚连芳的注意。那小伙子大概三十多岁，个子也就一米七几，始终穿着迷彩服。每次收工的时候，另外两个年龄大点的总是先走一步，留下这个年轻人把场地整理一下才离开。姚连芳发现这个年轻人喜欢吹口哨，吹的歌没有规律，一会儿吹半截民歌，一会儿又吹半截流行歌，完全是兴之所至地胡乱吹。有时候闲着了，小伙子也会抡几下膀子，或者两只手背在身后靠在柱子上做出打盹的样子，这当儿，他像个孩子。此时，姚连芳看到那个背有点微驼的中年人正在裁切钢筋，"滋滋滋"的电锯声中不时地夹杂着刺耳的"嘎嘎嘎"声，一缕缕火星子在这"嘎嘎"声中飞溅起来。姚连芳心里猜测那火星子应该是烫人的，但两个钢筋工好像根本就不知道它们的存在。

也不知在窗前站了多长时间，姚连芳觉得腿有点酸，拿起手机看看，发现已到了九点半，该做饭了。

自从儿子上大学之后，姚连芳就开始了一人做饭一人吃的历史。杨梓国虽然当着老板，但因为菜馆规模小，为了节约开支，他自己充任了采买的角色，基本上不在家里吃饭。昨天大门外的超市搞活动，大葱只要一块钱一斤，比所有的青菜都便宜。姚连芳多买了一些，决定奢侈奢侈，把本来做辅料的大葱当主菜吃一回。姚连芳是苦出身，她虽然从小就特别爱吃焖炮了的葱段，但就是没有放开吃过一次。

一个人吃饭，只需蒸一小碗米饭，菜也只需一盘。她今天准备做炒三丁。肉丁是前天做好放进冰箱的，葱段一下就切了半碗，先在锅里焖炮了备用，最后再切泡椒、胡萝卜丁。这东西不好切，本来脆脆的，被酸坛子一泡就疲了，需要用刀先切成片，再切成丝，然后横切成丁，稍微不注意就可能滚刀割破手。萝卜才泡了一周，味道很好，姚连芳尝了尝，心想乐乐最好这两天能回来一趟，这口味正适合他！想到这里，姚连芳放下菜刀，到客厅去把冰箱里特意给乐乐准备的那瓶泡菜端起来摇了摇，发现也可以吃了。她心里一想到乐乐，脑子自然就走神，退回厨房再切菜时，第一刀下去就连指甲带肉把左手的食指切掉了一大块。开始，伤口白的没有血，当姚连芳跑到阳台上从药箱子里取出创可贴时，血已经直往外面涌了。吃完饭以后的洗碗工作勉强地进行下去了，现在唯一的问题是昨天晚上换下来的衣服都还泡在盆子里，只好等杨梓国晚上回来洗。姚连芳拨起电话，想告知齐小丽，自己不去打麻将了，没想到齐小丽倒是把电话先打过来了。她说："打麻将活动取消。说起来挺有意思的，对门那家麻将馆的老板娘把别人的狗打了，狗主人要她给狗赔礼道歉。老板娘不干，那狗主人就到派出所举报他们开设赌场，聚众赌博。派出所现在正在这里调查。所以，麻将馆今天肯定开不成了。我们到轻工市场服装城去，怎么样？"

"好好好！"她听说去服装城，急问，"几点出发？"

"现在。"

二人乘坐公交车路过湘楚秦百姓菜馆时，齐小丽首先看到了杨梓国，她对姚连芳说："你看，你们老杨，你跟他说，我们下午到菜馆吃饭。"姚连芳靠着齐小丽，说："说好了啊，下午我们去菜馆吃饭？"齐小丽说："去。"于是，姚连芳便给杨梓国发微信说："我做菜时切到手了。我和齐小丽现在去服装城，回来在店里吃晚饭。"

杨梓国马上回道："好，我现在就铺红地毯，到时候组织菜馆员工仪仗队敲盘子叩碗迎接你。"

姚连芳笑着回微信："说到做到，做不到就是'汪汪汪'。"

"说正经的。我们明天想推出两个新菜，下午你们先尝。既然齐小丽要来，我索性把宁栓牢两口子也叫来。他们两口子都能喝酒，你和齐小丽正好跟他们热闹一下。"

宁栓牢是杨梓国请的律师，每逢叫他吃饭，杨梓国就让姚连芳去陪酒。杨梓国酒量太差，喝了酒总爱当着客人的面说："惭愧，我个大男人，还喝不过我们姚连芳一个零头。只可惜我们姚连芳有酒量没场合，白白浪费了。"

逛毕服装城回来，齐小丽却说什么也不愿意随姚连芳一块儿到菜馆吃饭。

姚连芳赶到菜馆的时候，宁栓牢两口子已经在坐了。见进来的只有姚连芳一个人，杨梓国就问："你的老闺蜜呢？"姚连芳说："那家伙自己说要来，到跟前又不来了。"杨梓国就对服务员说："人齐了，上菜。"

菜一摆好，姚连芳首先就打开手机拍照"开光"，宁栓牢的老婆也赶忙打开手机拍照。宁栓牢就对杨梓国挤了挤眼睛，杨梓国也就憨憨地跟着笑。宁栓牢老婆看见两个男人挤眉弄眼地笑她们，就说："笑啥呢？现在都兴这个，我才隔了两天没发朋友圈，今天就一连接了好几个电话问我怎么了？这几个菜漂亮，色香味都很诱人，我把它发在朋友圈里，正好一举多得，说不准明天慕名前来的人会挤破店门。"宁栓牢又给杨梓国挤挤眼睛，说："杨哥，看来女士们比我们男人更有活头。""既然两位夫人已经给菜开过光了，我们就开始吃吧。"杨梓国应声笑笑，遂端起酒杯说，"栓牢兄弟、弟妹，我们店开发了两个新菜想在明天正式推出，今天请你们来先品尝品尝。我酒量不行，特意叫你嫂子过来敬酒。来，第一杯酒我们共同干了。"

第一杯酒喝过，姚连芳又连着敬了宁栓牢两杯酒，然后说："谢谢宁律师，这几天害你为我们的事受累。说实话，听说这笔钱出问题了，我晚上连觉都睡不好。这笔钱原来是打算应付大事的。我和老杨都这个年纪了，打算把菜馆再开一段时间就闲下来养老。这笔钱要是丢了，一切又得从头再来，怎么办啊？"

宁栓牢说："我跑了这几天，已经有了一个思路，就是管他是什么，能抓到一点是一点。"

姚连芳说："我们是作为朋友把钱借给李宏建的，不是买卖关系，也不是图他利息参加的非法集资。法院查封了他，按说这并不影响他还我们的钱啊！"

杨梓国说："这几天我见你心情不好，一直就不愿意跟你说这事。你说的理是这个理，可是李宏建涉及一大堆债务，涉嫌欺诈行为，人被关着，账务被冻结着，公司被查封着，去哪儿要钱？栓牢兄弟这几天一直在辛苦地帮我们想办法。"

姚连芳有些激动地对宁栓牢说："宁律师，你一定多替我们操点心。也不知道为什么，我们家这几天尽是不顺的事！"

"嫂子，你莫急，再说急也没用。"宁栓牢说，"经过我这几天的探底，可以说，你们想要回那五十万块钱已经没有可能了……"

"为什么？"姚连芳激动地站起来，打断了宁栓牢的话。

"嫂子，你坐下。"宁栓牢说，"人啊，恼火就恼火在不能正确地认识自己，自己明明没有那方面的本事，却偏要去做那方面的事情。轻车熟路的药材生意，李宏建嫌不过瘾，一心想当大老板，非要去投资一点都不熟悉的铝矿。投资彻底失败了，别人交给他合伙做生意的钱全都打了水漂。

我今天到看守所去见了他，他痛哭流涕，很后悔。末了，他念及杨哥几次诚心诚意地帮过他，悄悄给我说，他还有一点商铺可以折价抵给杨哥。不过，商铺值九十多万，杨哥还得添点钱才能网签过户。公安局、法院我都跑了。他们说，鉴于杨哥的钱是借给他的，不是投资，他们初步同意把封存的那点商铺解冻，用于偿债。"

"天哪，前面借的五十万元还不了，还要加钱，我不干！"姚连芳气得直喘气。

"不干又怎么办呢？李宏建现在什么也没有了。下一步就是等法院宣布破产。要是破了产，他那点家当能轮得上偿还你们的债吗？"

姚连芳还是气呼呼地喘粗气，过了好一阵才无可奈何地问："杨梓国，怎么办？"

一直没吭声的杨梓国说："我不懂法律，请栓牢帮我拿主意。"

宁栓牢说："杨哥、嫂子，我们也不是一天两天的交情了。你们把事情委托给我，我一定把它当我自己的事情来办，尽最大的努力减少你们的损失，能不损失，当然是再好不过了。"

吃完饭，宁栓牢两口子就先走了。杨梓国喝了酒，开不成车，两口子也就慢慢地往回走。刚过了两个十字路口，天上突然大滴大滴地下起雨来。秋冬拉手之际，雨点凉得人直咬牙，两口子只好到一棵大树下暂避，哪晓得雨越下越大，树叶子很快就抵挡不住了。姚连芳穿得单薄，抱着膀子直打哆嗦，等了好久一辆出租车也见不着。正在为难之际，一辆只在城乡接合部才允许存在的三轮"拐的"停在面前，司机说："叔叔阿姨，雨大，让我将就着送你们好吗？"

姚连芳轻声对杨梓国说："这话说得人舒服。"

"舒服？那就坐吧。"

司机等杨梓国两口子上了车，就一面启动车子一面回头问："叔叔阿姨，到哪儿啊？"

"宏隆新城，知道地方吗？"

"很熟的。"

很熟吗？姚连芳伸出头去把司机看了看，发现这个穿着迷彩服的人似乎很眼熟，再细细地观察了一会儿便问："小伙子，我发现你很像一个在新苑小区二期工地上做钢筋活的小伙子。"

司机笑着回过头来，看了姚连芳一眼，承认说："阿姨，我就在那里做钢筋活。"

"怪不得我看你眼熟。"姚连芳问，"你喜欢吹口哨，对不对？"

"不好意思啊，阿姨，打扰你了吧？"

"不打扰！"姚连芳心里有种莫名的兴奋，就关切地问，"你白天上班，晚上再跑车，身体吃得消啊？"

"阿姨别笑话啊。"司机说，"我是从农村进城打工的，就想多挣点钱。"

"怎么能笑你呢？"姚连芳说，"我们也是从农村出来的。只要身体好，人勤快，过日子还是不难的。不过，你们年轻，今后日子长着呢，还是应该注意身体！"

"谢谢阿姨！我晚上一般只跑到十二点就收车了。"

"哦哟，那一晚上也就只能睡五六个小时哪！"

说话间，宏隆新城就到了。姚连芳问多少钱，司机说三块。姚连芳硬是塞给他五块钱。

有了这次相遇，姚连芳对那个穿迷彩服的年轻人更加关注起来。不过，可能因为那小伙子意识到这边楼上有人在关注他，举手投足间好像就没有以往那么随意了，吹口哨的次数也大大减少。有几次，他刚刚吹了几声，不经意间抬头看向了这边的楼房，马上就不吹了。在这期间，姚连芳还在路上遇到过小伙子两次。有一次，小伙子还帮她把东西提到了小区门口。姚连芳邀请小伙子上楼，他却说了句"我满身脏兮兮的"，一勾身子掉头就跑。这时候，姚连芳就发现那小伙子身上还有点孩子气，心里越发对他有了好感，有心想结交这位年轻人，但还得考验一下他的人品。姚连芳正在纠结，一次意外的相遇却帮助她解决了难题，实现了愿望。那天，姚连芳想到附近的窑头村买点新鲜又有特色的蔬菜，刚走到新苑小区营销中心的大门口，突然看到几个人从车上下来，提着整箱的方便面、苹果、糕点到里面的柜台打听什么。姚连芳就下意识地停下脚步想看个究竟，但听得从车上下来的人问："请问你们工地上现在有几个钢筋工？"

"三个。"柜台里面的姑娘警惕地说，"请问有啥事？"

"别误会，我们是来道谢的。谢你们工地的一位好心人。"

柜台里的姑娘问："好心人，他是谁呢？"

"我们只知道他是一位钢筋工。"问话的那个人指着他身边一个初中生模样的姑娘说，"这是我们姑娘。那天晚上，我们姑娘下夜自习一个人回家的时候，天下雨，路上没有人。突然路边窜出一只流浪的大野狗从后面追上来。我们姑娘跑得越快，野狗追得越凶，一口就把我们姑娘的裤脚撕下了一块。就在这非常危险的时候，幸好遇到你们工地这位师傅。他见野狗纠缠我们姑娘，马上就停了车，拿着他车上的大扳手下来吓野狗。等把野狗赶跑了，这位师傅又让我们姑娘上他的车，他一直开车把人送到小区门口才离开。我们姑娘进屋就把这件事给我们说了。我们一直想找到这位师傅。打听了好长时间，我们才听人说这位师傅是你们工地的钢筋工。今天，我们一定要当面向他表示感谢！请你帮我把钢筋工师傅叫来，我们姑娘能认出他。"

售楼部的人听说是这么回事，又看了看他们手里的东西，马上就换了笑脸说："请你们先在这里坐坐，我马上去给领导汇报。"

过了没多久，有个穿灰夹克装的人从营销中心旁边的除尘出土通道领出三个工人来，姚连芳发现其中就有她认识的那个小伙子。小伙子见外面有人在看他们，显得很不好意思，右手连续几次挠头发。等三个钢筋工到了售楼部门口，那个学生模样的姑娘径直跑上前去，拉着小伙子的手说："谢谢叔叔，谢谢叔叔！"她马上又回头对她父亲说："爸，那天晚上就是这位叔叔送的我！"

姚连芳心里很高兴，她从一大堆看热闹的人中间挤到前面去想知道那个小伙子叫什么名字。还好，正赶上那个穿灰夹克的人略带口音地说："他叫'黎'志，在我们工地干了四年多了。"

"哦，这个年轻人叫黎志，名字蛮不错的嘛！"姚连芳心里高兴地想，自己用不着再考验这个小伙子了，人家都来送他锦旗哪！姚连芳再向前挤了挤，看清了那锦旗上绣的小字是"为新苑小区在建工地点赞"，正中的大字是"见义勇为，民工楷模"。落款小字是"石玉亮敬赠"。

接下来就是双方的你推我让、拉拉扯扯，那年轻的钢筋工始终被动地傻傻地应对着，显得极其不自然。

有了这一次的印象，当姚连芳和杨梓国在一个黄昏时刻在路上无意间发现年轻钢筋工的时候，就隔着路大喊了一声："黎——志——"

年轻的钢筋工正一个人坐在驾驶座上啃馒头。他发现是姚连芳喊他，就极不好意思地从座位上跳下来打招呼。

"莫啃馒头了，走，阿姨请你吃饭！"

"不，不，阿姨，我等着跑车。"

"吃饭也就一小时的事，能耽误你多久？"

"不，不！"钢筋工有些窘迫。

"听我的，陪叔叔阿姨吃顿饭！"姚连芳不容置疑。

站在一旁的杨梓国也发话说："把车停前面台子上，吃饭去。"

"叔叔阿姨，我年轻，我请你们！"

"你下一次请我们，今天先吃我们的。"

第一次面对面，姚连芳发现这个年轻人长相不错，只是右眼眉楞上有道长长的伤疤。他的举止非常拘谨，在整个吃饭的过程中，几乎不敢拿正眼看姚连芳和杨梓国。吃完饭分手的时候，他十分拘束地对姚连芳说："叔叔阿姨，我姓栗，就是东西的西下边一个木字，板栗的栗，叫栗志。我是陕南安康的，在你们隔壁新苑小区二期的工地上打工。晚上在这周围跑拐的。我媳妇和小孩也在这边打工。"他用右手挠挠头，犹豫了一下接着说，"叔叔阿姨要是需要搬个东西或者有啥粗重的活，喊我一声，我下班以后来帮你们。"

"没事的，栗志，我们是看你挺不错的，就想请你吃个饭，没有别的意思。"

"不是，叔叔阿姨。"栗志挠挠头发着急地说，"不是，反正吧，有啥粗活重活，你们喊我一声。"

姚连芳说："来，我把电话留给你，你存一下。有想叫我们帮忙的事说一声，只要我们能帮，我们一定帮。"

过了没有几天，栗志打电话给姚连芳说："阿姨，我想给你送点家乡土特产，行吧？"

"好嘛！"

"那我现在就送过来，请你半小时后到大门口来。"

等了不到半小时，姚连芳看见栗志提着一个纸箱子且走且跑地在往这儿赶，她就赶紧上前去迎。栗志提着纸箱子说："有点重，不好提，我给你送到大门口。"

　　走到小区门口了，栗志才把箱子递给姚连芳说："也不晓得阿姨叔叔吃得惯吃不惯，吃不惯的话，你就扔掉。"

　　"哪个说的？你送我的，肯定是好东西。"姚连芳邀请说，"走，到家里去。"

　　"不，不。"栗志用手挠挠头发，转身向前小跑了几步说，"阿姨，你自己提回去，我走了。"

　　"到家里去坐坐嘛！"

　　"我不了，阿姨。"

学校放假的第二天，杨欣乐才回家。

他用脚尖轻轻地踢了踢门，喊道："妈，开门！"

听得是乐乐喊门，姚连芳"哧溜"一下就从沙发上翻起身，窜过去开门。门一打开，肩上斜挎着电脑包，两手各提着一筐子草莓的乐乐一闪身挤进来，顺手把草莓往地上一放，说："我小便急了！"转身就跑进了厕所。

姚连芳看着儿子那副狼狈相就"嗤嗤"地笑。

从小时候起，乐乐每次从外面回来，第一件事就是上厕所。姚连芳曾多次对小脸蛋憋得通红的乐乐说："该在外面上厕所的时候就在外面上嘛，怎么非要憋着等进门了才上呢？"

乐乐说："我就要回来解。"

杨梓国总爱笑着说："我家乐乐霸家，不愿意让肥水落了外人田！"

乐乐从厕所出来，把电脑包从肩上取下来，往沙发上一摞，马上就到厨房去洗了一盆草莓端过来，说："妈，这是新品种，你尝尝，味道不一样。"

姚连芳当即从盘子里取出两颗湿漉漉的草莓，放进嘴里，一面咀嚼一面夸赞道："味道酸甜适中，一股清香气味，果肉又嫩，好吃！"

　　"好吃就好。"乐乐兴奋地说，"我导师带着我们参与了这个品种的培育！"

　　"啊，那我更要多吃一点。"姚连芳又连续吃了几颗，然后陶醉地说，"真是好吃！"

　　"我爸几点钟回来？他要是回来得晚，我现在就送些过去让他尝鲜。"

　　"不用，我打电话叫他早些回来。"

　　电话打过去约莫半个小时，杨梓国就回来了。他一进门就对姚连芳说："怎么样，我估计得很准吧？"

　　姚连芳对儿子说："你爸快成杨半仙了，他今天早上起来就叫我多买点菜，说你今天回来，没想到一点不差。"

　　"说明老爸想我了呗。"杨欣乐见刚才洗的草莓已经被母亲吃得差不多了，就重新到厨房洗了些，端来让父亲品尝。父亲自然也是一迭声地夸赞草莓好吃。还坐在沙发上吃草莓的姚连芳见儿子提着电脑包向卧室走，就赶紧起身跟过去说："真是的，人还没老，脑子先晕了。你看看我那天把箱子烫的。"

　　"没事哦。那箱子本来就是从垃圾堆里捡回来的，放的都是过去画着玩的东西。那时候小，见识少，以为自己画的就是宝贝，现在看到它们就脸红。那哪算是画啊，纯粹就是胡乱涂鸦。"

　　"就算是胡乱涂鸦，那也是青春的见证，成长的见证，应该好好收藏着。"

　　"我妈说的话很有哲理哪。"

　　"哲理不哲理我不懂，反正我认为你画的东西都应该保存下来。"

杨梓国也跟着进了乐乐的房间，见乐乐在看棕箱子就说："你妈在城里跑了一天，总算买到了一个和旧箱子差不多的棕箱子。电吹风跟塑料盒还算好买，就在离我们菜馆不远的那个商场里，找到了和原来一模一样的。"

乐乐看着旧箱子上面摆了个新箱子，就笑着说："真逗，烂了就烂了嘛，还又去买个新箱子，是不是也想给我留个传家宝啊？"

"不然怎么办？旧箱盖子烂得遮不住灰了。你爸早上说你今天会回来，我就买了新鲜羊肉，下午给你包羊肉饺子。"姚连芳转头对杨梓国说，"走，帮我剁肉去。"

"妈，你少做点，可别让我过完年又大腹便便的，招同学们笑话。"

"胖点有啥不好？"

饺子下锅的时候，乐乐把房间也收拾妥当了。他走进厨房对母亲说："妈，我这次可真的把旧箱子扔了啊。"

"不扔，难道还把它拿到博物馆去收藏啊？"

等杨欣乐从楼下扔了旧箱子回来时，饺子已经端上桌子了。吃饭时，姚连芳问儿子："有没有女朋友呢？"

"妈，你先说你想不想我有女朋友？"

"咋不想？院子里两个比我小八岁的人，孙子都上二年级了。"姚连芳说，"等哪一天我给你带孩子了，我的价值才能体现出来不是？"

"哦哟，妈已经很迫切啰。"

杨梓国说："说真的，有合适的是应该谈了，你都二十六了。"

姚连芳停下筷子，打量着儿子说："你模样这么好，我就不相信没有女同学追你？"

"报告老娘同志，我可以说有则有，说没有则没有。女同学有，只是哪一个可以处对象，我还说不清。"

"不准你脚踩两只船！"母亲半是玩笑半是认真地说。

"哪里到脚踩两只船这个份儿上啰。"儿子看着母亲说，"现在的女孩子可不是你跟我爸处朋友时候的样子啰。"

"说正经的，谈对象还是严肃、传统一些稳妥。"父亲提出了忠告。

见父母停了筷子，乐乐似开玩笑地问："爸，妈，你们是喜欢和有名的大医生做亲家，还是喜欢和大学教授做亲家？"

姚连芳说："这由得了我们吗？你喜欢人家，还要人家也喜欢你。你说的两种人都是大知识分子，我跟你爸就是农民工进城。这两种人真要给我们做了亲家，我们的压力都挺大的。"

"没那么严重。"乐乐说，"大医生也要食人间烟火。他当年还是从深山沟里挑着铺盖卷走了一天才到了县城，然后才坐车出来上的大学。跟他相比，你们两人的老家离县城还不算远。"

"咦，这么说，你已经有目标了？"姚连芳惊喜地说，"你要是带女孩回家，一定要早早地给我打招呼，我跟你爸也好提前做些准备。"

"要是那样麻烦，我干脆不给你们打招呼。"

杨梓国给姚连芳丢个眼色，说："乐乐快吃饭，羊肉饺子要趁热吃。"

因为儿子在家里，一连几天杨梓国都是一天两顿回来吃饭，家里一下子变得热闹起来。这天正吃着晚饭，栗志给姚连芳打电话说："阿姨，请你到门口来一下，我给你带了点土产。"

"好的好的，你等等。"姚连芳赶紧放下碗，又从柜子里取了几样东西，装在一个空纸箱子里想让栗志带回去。乐乐听说母亲要下楼取东西，又见母亲还提了纸箱子，就放了碗筷伸手去接纸箱子，说："我跟你去。"

"也好。"姚连芳就把纸箱子给了乐乐。母子两个刚到大门口，栗志就开着他的拐的过来了。他见了姚连芳，很快从车上下来，提过一个纸箱子，说："里面的腊肉是烧过了皮的，你用淘米水或碱水先泡软了再洗。还有点黄丝菌、土豆片，都是不值钱的东西，就一点点心意。"

姚连芳问："你啥时候回家过年？"

"我们不回家，在这里过。"

"你们住在哪里？"姚连芳说，"哪天我跟你叔叔去看你。"

"不不不，阿姨，我们住的条件太差。"

"你这娃，我们去看看你不行？"

"不不不，太委屈你们了。"栗志把纸箱子递给乐乐说，"请这个兄弟把东西提回去，我走了。"乐乐在伸手接东西的这一瞬间，看到了栗志眉头上的那条长长的伤疤，不知道为什么，他蓦然记起了梦里的一个情景：一个孩子正端着饭碗跟着一群孩子跑，突然摔了一跤，顿时眉头处就流出血来。乐乐愣了一下，才伸手从栗志手里接过纸箱子。与此同时，姚连芳已经把乐乐帮她提下楼的那个纸箱子硬塞进了栗志的拐的中。栗志极力推让着，不接受姚连芳给的纸箱子，姚连芳就严肃地嚷道："阿姨送你点东西，你客气啥咧？快快收着！"栗志嘴里不断地说着："这，这多不好意思。我送你的东西不值钱。"

"说啥话？什么值钱不值钱的？礼轻情义重。"

栗志只好收下姚连芳给他的礼物。

等栗志开着车走了，乐乐不解地对母亲说："怪了，刚才这个人我好像见过。尤其是他眉头上的那条疤，我觉得很眼熟，怪不怪？"

"他是围墙那边新苑小区二期工地上的钢筋工，天天在窗子下干活，你肯定碰到过。"

"也有可能。"乐乐说，"不过，我梦到过一个男孩子端了一碗饭，突然摔了一跤，碗打破了，还把眼眉棱划了个大口子。刚才一见这个人，竟觉得他和我梦里的那个男孩子很像。妈，你说怪不怪？"

会有这种事？姚连芳心里紧张起来，难道说乐乐亲眼看见了栗志受伤的过程？她旋即附和道："你说的这种事，我好像也有过。有时候梦到一个地方，有时候梦到一个人，总觉得熟悉得很，醒来以后却怎么都想不起具体的。"

为了进一步打消乐乐的疑虑，当第二天围墙那边工地上的电锯再一次"嗡嗡嗡""嘎嘎嘎"地响起来时，姚连芳拉着乐乐的手来到她的卧室，指着那边的工地说："你看，那个年轻人天天在那里干活。他在认识我们之前，有时候还抬头望望这边，自从认识我们之后就再不抬头看这边了，应该是不好意思吧。"

乐乐说："真的，我那天一看到他的脸，就好像认识他。"

姚连芳说："世上就是有这种事情，不是还有'似曾相识'这个成语吗？"

年一过完，乐乐就回学校了，杨梓国重又开始打理他的小菜馆。姚连芳早上起床之后还是习惯性地先看看隔壁的工地，再洗漱，然后出门跳广场舞。今天，姚连芳从广场回来之后一直觉得心烦，右边的太阳穴老是胀痛。她嘴里哼着《让我们好好爱》的旋律，在屋里且舞且扭地走了几圈，一时找不到感兴趣的事情可干，又下意识地到卧室的窗前看外面的工地。工地已经开工几天了，姚连芳在这个窗口看到过栗志的身影。她发现小伙子过了年和没过年没什么区别，穿的还是那身迷彩服，干的还是年前的钢筋活，举手投足间还是有些孩子气的小动作。可是今天不然，她还没看到栗志的身影。他干什么去了？电锯又"嘎嘎嘎"地响了一阵，只是电锯旁没有了那个穿迷彩服的年轻人。姚连芳自忖栗志也许是因为别的事耽误了上工，又过了很久，她再回到窗前来看，发现栗志还是没来，就打了个电话过去问："小栗，工地上怎么还不见你？"

"哦，阿姨，过年好！我手刮破了，老板说我过年加了班，叫我休息几天。"

"在家休息？"

"在家休息。"

"中午你坐车过来，陪你叔叔吃小炒，能把媳妇和娃娃带来更好。"

"那多不好意思。"

"陪我们吃顿饭有什么不好意思。"姚连芳以不容拒绝的口气说，"一定来啊！"

栗志答应之后，姚连芳又给杨梓国打电话说："隔壁工地上那个小栗这两天休息，我叫他中午一块儿吃顿饭，说你也参加，他就答应了。你看，去你那里还是去外边？"

"去外边换个口味。"杨梓国说，"就上次喊他吃饭的窑头村那家小炒店就不错，叫他陪我喝几杯酒。"

姚连芳从杨梓国说话的腔调里听出他有心事，就问："又不顺心了？"

"不说了，一会儿喝几杯。"

姚连芳说对了，杨梓国就是不顺心。刚才，宁栓牢在电话里告诉他，关于李宏建那个商铺的事基本上说定了。情况是李宏建当时把他在南郊买的那块地交给了一个叫祝明斋的人开发，约定的是开发完一至三楼的商铺归李宏建，楼上的住宅归祝明斋。房子盖好之后，李宏建把商铺卖了一些，留了一些自己经营。但由于李宏建还欠祝明斋一笔工程款，所以，李宏建留着自用的商铺还抵押在祝明斋手上。祝明斋坚决要钱不要商铺，现在就只有把商铺作价卖了，才能把工程款给他。目前和杨梓国有共同遭遇的人还有一个，也是借给了李宏建五十万元。经过协调，李宏建、祝明斋、公安局、法院几方面同意把李宏建留着自用的商铺进行评估作价，然后卖给杨梓国及另一个和他情况相似的人。经过评估，商铺每平方米折价一万元。杨梓国借给李宏建五十万元，只能买五十平方米。那商铺面积大，是一间通铺，杨梓国只能和那个情况相似的人共同购买那间商铺，而且只能从中间对半分，一人一半，各分得九十平方米。他们两个人还需各交四十万元，才能过户，也只有把商铺过户到他们名下了，他们借给李宏建的五十万元才不会损失掉。杨梓国气坏了，他通过宁栓牢联系上了那个同样也借给了李宏建五十万元钱的人，那人也是气愤不已，说他那五十万元是问别人借的，他压根就不愿意到郊区去买什么商铺。可是不要商铺吧，李宏建又的确再没有可以用于抵债的东西了。五十万元收不回，这已经窝火到家了，如今还要再拿出四十万元填进去，这是什么事啊！再气又有什么用？手里有商铺，以后还有涨价溢价的可能，不要商铺，那么五十万元就彻底丢了。两害相较取其轻，现在没有别的路可走，只有再筹款项往进填了。

杨梓国带着一肚子的不高兴来到小餐馆时，栗志已经到了。远远地看见杨梓国往这里走，栗志就小跑着赶去迎接，迎到了就慌手慌脚地给杨梓国拉椅子、递茶水，好不殷勤。

须知，杨梓国这几天除了为李宏建借款还不了这件事窝火以外，还为连续一系列检查而烦心。他不止一次地在心里抱怨："这是什么事？"

正值苦闷之际，听到姚连芳打电话说叫栗志吃饭，杨国梓心里便得到了一些慰藉——没有比较就没有鉴别，和小栗他们这些卖苦力的相比，自己不知道要优越多少倍哪！想到这里，他心里又是一亮，微笑着对栗志说："听你阿姨说你在休息，不上班，陪叔叔喝点酒怎么样？"

"我敬叔叔！"

"不敬，敬着喝不成，陪才能喝好。你莫拘束，放开了陪叔叔喝。我下午也懒得到菜馆去了。"

栗志听杨梓国这样说，就顺着话说："叔叔高看我了，我要好好表现表现。"

中午时间短，来吃饭的人不是太多，更没有喝酒的人。老板听杨梓国说要喝酒，就把他请进小包间里。菜才上了一个，杨梓国就说开始。栗志马上端了酒杯说："叔叔阿姨，今天是过年以后我第一次见到你们，做晚辈的先敬你们一杯！"

杨梓国和姚连芳都没推辞。接着，栗志又敬了第二杯、第三杯，而且有意识地让自己借酒壮胆，把手脚放开了，想博得萍水相逢且又高看他一眼的叔叔阿姨高兴。还好，栗志的目的很快就达到了，先是姚连芳高兴地说："小栗，我给你说，在我的心里早就把你当我们家里人看待了。只是你太客气，不给我说你住的地址。你要是说了，我们过年就去看你了。"

"不敢不敢，我是晚辈，又没给你们帮过任何忙，你们这样看得起我这个出苦力的，我已经不知道该怎么感谢你们了。来，我再敬两位长辈一杯！"

喝下这杯酒，杨梓国就醉了，他平时没有话说，四五杯酒一下肚，话就会多起来，而且还爱教训人。他知道自己有这个毛病，也知道自己干的营生必须用好话讨别人喜欢。所以，一般情况下，他总是控制在五杯之内。今天他想多喝点，主要是在栗志面前不担心有什么不合适，因而话也就多了起来。他端起一杯酒，对栗志说："你刚才那话不对，我跟你阿姨也都是从农村进城，一步一步走到今天的。我们刚从农村出来那会儿，比你们现在更苦、更难，那时候的城乡差别可是比现在大得多，但我们还是走过来了。人要有个梦想哩，我跟你阿姨那时候的最大梦想就是能打工攒钱，回家去盖个楼房。我给你说，人穷志不能穷，自己要看得起自己，只要我们走的是正道，我们就不比别人矮一头。尤其像你这个年纪的人，如果富有，肯定是沾了父母的光，所以说你现在穷不算丢人，只要勤快，不会穷一辈子的。"

杨梓国见栗志听得很认真，心里有些感动。这么多年，他几乎没有这样跟人说过话。他跟谁说呢？跟姚连芳？不行，他说不过她。跟乐乐？拉倒吧。他心里疼爱乐乐是真，心里忌惮乐乐也是真，姚连芳又何尝不是这样呢？杨梓国从来没有教训过乐乐，他害怕因为自己某一句话没说好，惹恼乐乐。好在乐乐真的是个懂事的乖孩子，没让他为难过，面对乐乐，杨梓国认为他的任务就是努力挣钱，满足他上学的需要。杨梓国见栗志全神贯注、一动不动，还在等着他说话，感动地跟栗志又碰了一下酒杯，说："叔叔今天还要说你几句，你愿不愿意听？"

"叔叔，你的话对我而言太重要了！你是以一个长辈的身份在教育我，也是以一个过来人的身份在提点我，更是以一个成功人士的身份在指导我。我能听到叔叔的教导，是我的福分。叔叔，你说！"

栗志这一番话确实令杨梓国和姚连芳顿添好感。姚连芳马上端起一杯酒，跟栗志碰了碰，说："小栗还是个内秀的年轻人。来，喝一个。"

见栗志把酒喝了，杨梓国又说："你过年还是应该回家跟老人一块儿过。你说你是陕南的，离这里也不远。我和你阿姨现在都后悔，当年在父母跟前做得太少了。那时候穷，总想等自己混出模样了再尽孝，哪里晓得人永远都有难处。这个难处过了，那个难处又来了，真正轻松得意的时候有几天呢？当时，我们总觉得父母年岁不算大，还有时间，哪里晓得……后悔哩！所以，以后过年你还是要回去。"

"叔叔说得对，我一定记住叔叔的话。"栗志也有些醉了，他满面通红，眼角淌下一串泪珠，"叔叔阿姨，我们在这里过年心里也空落落的。其实，我们不回去是在跟我外婆、舅舅赌气。先说我外婆，我们家住在院子前面，她家离我们家很近。她一天至少要到我们家里来五趟以上，屋里什么事她都想管。外婆的话还特别多，一样的话她至少要重复三遍，净选人家不喜欢听的话说。比方说，你早上去赶车，她非要说坐车不安全，翻了车人不是死就是伤；你说谁谁两口子吵架，她马上就不断地叫人家赶紧去办离婚；你说头疼脑热不舒服，她马上就叫你小心癌症……净是乱七八糟的空话。我听惯了，她说什么我都不搭话，可是我媳妇接受不了啊！要不是因为她，我媳妇都不一定出来打工。我们要是回家过年，最难受的就是我妈，这一边是她妈，那一边是我媳妇，她夹在中间难受。再说我舅舅，两个舅舅都是两口子出门打工不回来，头几年，我外婆就把小孩带着，整天叫我妈照顾。凭什么？我外婆还好歹不分，只心疼我两个舅舅，动不动就说我两个舅舅辛苦啦、恼火啦，就是不心疼我妈我爸。一遇到我妈管教我舅舅的孩子，我外婆就护短，怪我妈不应该。遇到我的孩子跟我舅舅的孩子打闹的时候，我外婆就护我舅舅的孩子。我媳妇遇到这种事就特别生气。我外爷在的时候情况还好一些，前年，我外爷去世了，两个舅舅回家三天又走了。他们前脚走，我外婆后脚就瘫痪了。没办法，我爸我妈只好把她抬到家里来住。我外婆不能乱跑了心里着急，就整天坐在屋里骂人。我爸本来会做厨，出去打工工资挺高的，就因为我外婆住进来了，只好待在家里。村上的人，还有我们院子里的人见我爸待在家里，就硬逼他当生产小组组长。我爸、我妈都苦啊！"

姚连芳动容地说："像你外婆那样的老太太，我倒是见过。唉，你妈妈能有什么办法！"

杨梓国也十分感慨，端起酒杯跟栗志碰了一下，说："都不容易哩，哪一家没有难事呢？"

　　姚连芳劝栗志说："你也难啊。你说家里最难的是你妈，这说明，你小栗是个明白事理的年轻人。你妈有啥办法呢？这样，你以后还是要回去的，你外婆说什么，你不搭话就是。该孝敬她的孝敬她，该躲着她的躲着她。你舅舅的事是你舅舅的事，你莫管，也管不了。我听我们家乡的人说，农村这种事多得很，不是个例。你这样想，你外婆老了，说不准哪一天就没有了。你舅舅不孝顺是他不对，你妈孝顺才是理所应当。我们都要老的，是不是？你听阿姨的话，以后要常给爸妈打电话。过年呢，你劝劝媳妇，不管你外婆再怎么不讨人喜欢，你们还是应该回去，好不好？"

　　"好，我一定按阿姨说的办。今年过年的时候，我给叔叔阿姨汇报。"

　　"好，好！小栗啊，等你到了叔叔阿姨这个年纪，就真正懂得我们这一席话了，你也就更懂得妈妈的苦和难了。"

　　"叔叔阿姨，很对不起啊。我不该当着你们说这些不高兴的事。"

　　姚连芳说："你能跟我们说，说明你信任我们啊。话明气散，从你的话里，我能听出你明事理，这就好啊！家家有本难念的经，你今天能这么敞一敞，是好事嘛。每个人都不容易，但不容易不等于不往前奔，对吧？好好往前奔。你舅舅的表现如何，别人都看着的。不管他们的，我们努力就是。来，继续喝。"

　　杨梓国也是满脸通红，他想起了年前栗志送给他们的腊肉，就说："小栗，年前你送我们的腊肉好得很啊。那么好的腊肉，城里人是永远吃不上的。我儿子到学校去的时候，专门叫我们给他煮熟了，带去送他的导师。他说，他从来没吃过这样好的腊肉，谢谢！"

　　"叔叔，那种腊肉在我们家乡是很一般的，我当时还犹豫着不敢送你们啦。不嫌弃的话，我再送你点。"

"不，帮我们买一点！"姚连芳插话说，"不为难的话，帮我们买点。"

"你爸负担太重啦！"杨梓国接过话说，"我想请你爸帮我收购二百斤腊肉。你跟你爸说，目前这边超市的腊肉是四十二块钱一斤，你们那里的腊肉好，我按四十五块钱一斤付钱。至于他用啥价钱收，我不管，好不好？"

姚连芳心里明白，杨梓国是想叫栗志他爸赚点差价，就插话说："对，就这样。"

"叔叔阿姨，我们那儿腊肉没你说的那么贵。农民家的腊肉不好卖，因为不是知根知底的人是不敢随便买腊肉的，知根知底的人呢，又不需要买腊肉。我一会儿回家就跟我爸说这事，保证两周之内就能办好。"

"我不管，我明天交给你九千块钱，你到时候交给我二百斤腊肉就行。"

一顿饭吃了两个多小时，杨梓国、姚连芳也没觉得时间长。此时，杨梓国已经把最近的一切不愉快全都忘掉了。他在心里想："跟小栗他们家里比起来，我杨梓国算是够可以的了。"从餐馆出来，栗志想要送杨梓国夫妇回家，他们说要自己遛遛，硬要看着让栗志先走。栗志犟不过，只好一步一回头地走了。

送走了栗志，杨梓国和姚连芳还很兴奋。看到路边的石兰树发出了一点点红红的新芽，杨梓国就指着它说："哦，又是一年正月底，春绿点点……春绿点点树尖起。"姚连芳说："大老粗就大老粗，还想附庸风雅？量你也没那两把刷子。告诉你，本姑娘上初中的时候可是当过校园小诗人的，你听我怎样作诗。"姚连芳四下看了看，发现路边的迎春花有点花蕾了，就指着迎春花对杨梓国说："你说树木发了新芽，我看见迎春花也有了花苞苞，我把这两点都写进诗里面去。听着啊，我的诗是：树木逢春吐新芽，花卉含苞漏奇香。这个，这个，酒喝多了，诗性跟不上来。后面该用什么句子呢？"杨梓国说："作不出来了吧？你叫我想想，有了，后两句是：陪儿求学来此城，已过六年好时光。"姚连芳则嘲讽道："有诗的意境吗？我看没有。乐乐书上说了，诗要讲究比兴，讲究意境。还有，诗句要对仗。我们老师教过我们口诀的，叫'天对地，水对山，晨钟对暮鼓，夕阳对炊烟'，知道吧？你看我诗里面的'树木'对了'花卉'，尤其是'吐'字和'漏'字，用得多好，你续的这两句有什么呢？"杨梓国说："我上学的时候就弄明白了，押韵是为了顺口，我续的两句诗跟你前面的两句押韵着哪。你前面说'香'字，我这里就用了个'光'字，我看我是押对韵了。另外，上初中的时候语文老师说了，不管是什么体裁的文章，信息量越大越好。你听我这两句诗的信息量多大。"

听得这对年纪不小的男女争论这般没意义的事情，被他们堵在身后的几个人就站在那儿吃吃地笑。好在他们也不太着急赶路，其中一个中年男人还开玩笑说："大哥、大姐好雅兴哪，一人再来一首诗！"

这句话提醒了姚连芳，她一把把杨梓国拽到路边，说："出丑啦，出丑啦，快快给人让路！"

杨梓国回头见身后有几个人等着要过去，就笑着抱了拳说："喝高啦，莫怪，莫怪！"

栗志收到姚连芳交给他的九千块买腊肉的钱之后，马上就到银行把钱转到了父亲的银行卡上。父亲收到钱之后，回电话说："你叫人家放心，十天之内我就把肉给他买好。"

栗志赶紧把父亲的话转达给了姚连芳。

一个星期刚过，栗志就接到父亲的电话，他说："腊肉买好了。我是挨家挨户一块一块地挑选的肉，全部都知根知底，你叫人家放心地吃。你还给他说清楚，最好的肉是二十八块钱一斤，最差的肉是二十六块钱一斤，平均起来合二十七块钱一斤。我不收点劳务费怕他过意不去，所以我收他五百块钱的劳务费，也就等于收了三天的工钱。扣除劳务费五百块，剩下的八千五百块钱我给他买了三百一十五斤肉。我把这些话编成微信发给你，你到时候再原原本本地说给他，让人家心里明白。把账算清楚，你一点都不能含糊哦。腊肉是硬邦邦的，弯的弯，翘的翘，为了好装袋子，我把弯的地方剁了一下。你说，肉怎么送过去？"

栗志说："爸，人家说了，腊肉按四十五块钱一斤结算。"

"不能这样。"父亲斩钉截铁地说，"我如果是贩卖腊肉的，按四十五块钱一斤结账没问题。这是熟人托你帮忙买的，你又说人家对你很好，我明明二十多块钱一斤买的，怎么能收人家四十五块钱呢？再说，我又没有亏欠卖肉的人，我给他们的价钱比他们到街上去卖的价钱还贵点。就这样，你说肉怎么送过去？"

栗志说："爸，你好久没来西安了，西安变化很大，我最近又不忙，能陪你玩玩。你坐班车到城南客运站，我开三轮车去接。"

"不行，天暖和了，崖头的野桃子都开花了。田里、地里的活马上都得上手了。还有，下个月县上要组织扶贫考核，我们组上还有贫困户的年收入没达到上面规定的最低标准。明天，我还要帮你鸭子叔把田里的莲藕挖出来，拉到县城里去卖，买主都联系好了，是魔芋厂的食堂。再有，要帮你哑巴叔把母猪赶到猪种场去配种。采采最近总爱感冒，我也不放心。你说，我走得脱吗？这样，我把肉装好，明天进城的时候用快递发过去。你把你的地址发给我。"

栗志刚把地址给父亲发过去，父亲又打来电话说："不用发了。火车站老黄明天清早自己开车去西安，问我带不带东西。我把买肉的事给他一说，他满口答应。我已经把你的地址给他了，到时候老黄会给你打电话。我把我给你说的话写在纸上，装进麻袋里了，你那个朋友把袋子一打开就什么都清楚了。"

当第二天晚上栗志把腊肉送到杨梓国的菜馆，并把父亲交代的话告诉杨梓国时，杨梓国很是过意不去地说："本来是想帮你们家里一把，没想到反而给你爸添了麻烦！"为了弥补心里亏欠，他只好把厨房万师傅叫来，硬是给栗志装了一纸箱子畜禽肉食菜品，同时反复叮咛栗志说："你回家的时候一定给我说一声，让我给你爸捎点礼物回去！"

湘楚秦百姓特色菜馆有好腊肉的消息吸引了一批又一批的顾客，一连多日，每当遇到点名要吃腊肉的客人，杨梓国就笑眯眯地说："我们店里的腊肉都是陕南乡下人杀的过年猪熏的，本来是人家留着自己吃的，我托熟人硬是从一家一户的农户手里匀了一点，专门来答谢新老顾客！"

　　杨梓国正为店里的生意火爆而高兴，宁栓牢打来电话说："杨哥，法院通知你们两家现在就来补交商铺差价款。他们说款一交，就可以解冻商铺。他们解冻了，祝明斋就可以让他的公司和你们两家签转让合同。"

　　杨梓国说："我马上交钱有点困难，能不能延缓几天？"

　　"法院说了，既然协调好了，那就越快越好，你们现在抓一点东西是一点。假如李宏建破产了，他再被判几年刑，那可就完了。这样吧，杨哥，我先给你凑二十万，剩余的你想办法。"

　　杨梓国正要答应，厨师长万师傅蹲在他面前晃动着手，说："不借了，我这儿有。"

　　杨梓国就对宁栓牢说："谢谢了，万师傅说他借给我，不麻烦你了。等我把钱准备好了，就给你打电话。"

　　挂了宁栓牢的电话，杨梓国对万师傅说："谢谢你帮忙，我按银行标准付你利息。"

　　万师傅生气地说："你说啥咧？我图你的利息吗？我是攒着买房子的，哪天我要买房子了，你还我就是。"

　　"不行，你不图利息我也得给你利息。你打工攒点钱不容易，相比之下我比你好过，我要给你利息，你别再争了。"

　　第二天，杨梓国和宁栓牢早早地就到了郊区的法院，和另一个人一道先交了钱，然后在解冻的文书上签了字。法院执行庭的人就和他们到祝明斋的建筑公司去签商铺转让合同。三方现场约定商铺合同签好了，法院就给祝明斋把李宏建所欠的工程款划过来。祝明斋很高兴，虽说他对商铺的评估价不太满意，但马上就能拿到被李宏建拖欠了很久的工程款，他目前正是急需用钱的时候，钱早一小时到手，他就早一小时轻松。见杨梓国他们来了，祝明斋把办公室主任叫来，说："肖主任，今天哪怕天塌下来，你都莫管，只办一件事，就是给他们两人把商铺转让合同签了！"

肖主任丈二和尚摸不着头地问："你说的啥意思，我听不懂？"

祝明斋说："对了，是我太急了，没把前因后果说给你。是这样……"

听完了祝明斋的述说，肖主任想了想才说："李宏建还没办理任何手续，因为他欠我们公司的钱，所以就把商铺抵押在我们公司。也就是说，目前这个商铺还在我们名下。现在，要把商铺转让给他们两家，实质上是以我们公司的名义卖给他们，也就是说我们是甲方，他们两家是乙方，是业主。这种合同必须网签。网签合同要房管局先开网，在电脑上给你们填写合同内容，然后把制式合同通过网络发送到我们公司，我再按他们两家各自的资金份额把商铺面积按价款多少分给他们。所以，现在需要我们一起去找房管局。"

杨梓国和另一个人一听这话就直挠头皮。

肖主任通过电话和房管局取得了联系，然后带着他们一行人赶过去。到了房管局，局里说经办人员外出学习未归，又适逢合同制式文本需要变动，别人没办法代替这项工作。祝明斋用钱心切，又想办法找到分管局长，请他帮忙想办法。分管局长又跟在外学习的人员在电话上进行沟通，最后约定明天晚上一定把制式合同的文本发给肖主任。

合同签不成，法院就不能划款，弄得杨梓国和另一个债主急得团团转，祝明斋也急得团团转。但急归急，办不成还是办不成，无奈之下，几人只得商量先各自回家。临上车的时候，杨梓国看看手机，已经是下午四点钟了。清早出的门，到现在除了向法院补交商铺差价款之外，其他什么都没办成。他垂头丧气地开着车往回走，在一个十字路口等红灯的时候，有个大学生模样的姑娘递给他一张广告传单说："叔叔，到陕南安康去看五月五端午节的龙舟赛吧，很有特色。"

杨梓国瞄了姑娘一眼，本不想接她的广告，但又想到学生娃发广告挣点钱也不容易，便伸手把广告接了，算是给姑娘一个面子，也算是给姑娘添一份工作业绩。见杨梓国接了广告，那姑娘就说了声："谢谢叔叔，祝你安康之行愉快！"

"安康之行愉快？"杨梓国在心里笑了笑。

车太多，第一个绿灯亮了又灭了，还没轮到杨梓国通行。他只好耐心地浏览广告，浏览着浏览着，突然发现自己的内心深处还给安康留了一个储存记忆的角落，油然萌生了想去安康的想法。路上，杨梓国一边开着车，一边搜索着关于安康的一些记忆，回到菜馆，他就直接对万师傅说："去趟陕南安康，怎么样？"

万师傅说："你跟嫂子去，我给你招呼店子。"

杨梓国说："我们一块儿去。"

杨梓国忙完店里的事情回到家里的时候，已经是晚上九点钟了。还在门外，杨梓国就听到一首轻快的管弦乐从屋里悠悠地飘出来，他以为是姚连芳在练什么舞步，进了门，才发现姚连芳正坐在沙发上闭目养神。听见杨梓国进来了，她眼睛并不睁开，只是把左手半举起，示意他在沙发上坐下，然后指了指放在茶几上的手机。杨梓国明白姚连芳是叫他坐在沙发上，和她一样听手机里的音乐。杨梓国犹豫了一下，还是按照姚连芳的意思在沙发上坐下了。一曲音乐放完，姚连芳睁开眼睛，拿起手机把刚才的音乐又点开重复播放，说："这首曲子叫《紫竹调》，主治失眠、心慌、胸闷、胸痛、烦躁等症状。你跟我一块儿闭上眼睛好好听。"

"是不是从你抄的那本什么《十大名家养生谈》上下载的曲子？"

"不是，这是朋友圈的一个人刚刚推荐给我的，叫'失传已久的56首养生音乐'。可好啦，一首音乐能治好几种病。"

"跟你抄的那本养生谈比哪个好？"

"十家养生谈我才学了三家就把自己搞晕了。比方说睡觉，这个说要仰着好，那个说要侧着好，再一个又说趴着好。这种情况太多了，越看越无所适从。我以后要专注听音乐。"

"叫我看，身体好的人自己也不知道为什么身体好，长寿的人自己也不知道怎么就会长寿。"杨梓国笑笑说，"没钱的人、没时间的人会熬煎应该怎么养生吗？"

"你说的也不对。"姚连芳把手机退回到待机状态，说，"音乐是最好的疗养师，舒缓音乐可以深入人心。在中医心理学中，音乐可以感染、调理情绪，进而影响身体。我从年前开始，总是心慌、失眠，今天试着听了听音乐，感到很舒服。我以后坚决要拉着你听。"

"唉，做什么都贵在坚持，你今天迷这个，明天迷那个，不会有效果的。人没有老，千万别神神道道哦。"

"不是神神道道，我发现音乐确实能起到理疗作用。"

"这个我相信，问题是除了麻将之外，其他活动你都是三天打鱼两天晒网。"杨梓国从口袋里掏出那张广告单，递给姚连芳说，"陕南安康五月五搞龙舟节，内容挺丰富的，我们叫万师傅一块儿去，怎么样？"

"怎么不早说。"姚连芳一拍大腿说，"我跟齐小丽她们中午到旅行社报名参加端午节特色游了。端午前两天出发，节日当天在汨罗市住。我们已经交钱了。"

"那算了。"

"算了是啥意思？"姚连芳说，"你跟万师傅去一趟嘛，看看有多大变化。"

"真让我去呀？"

"你去一趟！"姚连芳拉杨梓国坐到身边说，"你去了，看看牟祖云还在大北街弹棉花不？"

"不可能的。牟祖云又不是安康人，他怎么会还在那里？"杨梓国回忆说，"你跟乐乐是晚上坐火车去的北京。大概你走了之后第六天吧，我处理完事情，也是晚上从安康走的。那会儿，我没跟任何人打招呼，之后也没跟那边任何人联系过。安康，安康，我记不得任何人了，也不会有人还记得我了。"

姚连芳压低声音说："有些事说不准。到了那里，说不准还能打听得到牟祖云，还有，还有那个付什么鼎。"

"付玉鼎。"杨梓国问，"你真想打听他们？"

"打听打听吧。"

第
七
章

房管局的人没能如约在第二天晚上把电子合同文本发送给肖主任，杨梓国和祝明斋一时半会儿也就签不成合同。好在祝明斋熟人多，而且又收债心切，不用杨梓国和另一个债主催，他自己就马不停蹄地解决麻烦。尽管如此，签合同的事还是今天推明天，明天推后天，而且推延的理由绝对天经地义、不容置疑。好不容易等到了签合同的那一天，市政工程处又贴出通告，说即日起要对湘楚秦百姓菜馆所在的这条道路进行改造施工。既然是道路改造施工，那也不是一时半会儿就能结束的事情，这期间会发生什么意外谁能料得到？杨梓国只好对万师傅说："算了，我们不到陕南去了。"

虽说门前在进行道路改造，但杨梓国菜馆的生意并没受什么影响。人忙着，时间就过得快，在日复一日的重复劳动中，不经意间秋天又过了一大截子。这天，杨梓国旧话重提地对姚连芳说："要不我们现在去一趟陕南？"

"好啊。"

然而，就在杨梓国把菜馆的事情安排妥当，准备出门的时候，忽然有两个小伙子到吧台来问："请问杨总在吗？"

　　杨梓国见这两个人斯斯文文的，说话也还客气，就直接问："有啥事？"

　　问话的人把杨梓国的脸看了看，说道："你就是杨总？我们找你说点事。"另一个青年就上前把手机打开，递到杨梓国眼前说："杨总，你前天把车借给食品监督站的岳小兵了，对吧？他晚上开车把我弟弟的脚压坏了，不信你看照片。"

　　杨梓国看看手机上的照片，发现果然是他家汽车的左后轮子压着一个青年的脚，被压的人躺在地上作痛苦状。他疑惑地问："不对吧？岳小兵还车的时候，可什么也没给我说。"

　　"他肯定是不敢给你说！"

　　杨梓国不想把事情闹大，就说："不管怎么说，你们上门就是客，先到包间里坐下喝茶，我给岳小兵打电话问一问再说。"

　　杨梓国把两个年轻人让进包间，等服务员把茶水端上来之后，他就到二楼的办公室去给岳小兵打电话。电话一接通，岳小兵就先开口说："杨总，真不好意思，我给你惹祸了！"

　　前几天，食品卫生监督站的岳小兵到酒店对杨梓国说："杨总，我爸我妈从老家来了。我想星期天陪他们到城外的郊区转转，可惜我那车底盘太低，想借你的越野车用一天。"

　　杨梓国对岳小兵印象很好，当即就把车钥匙从兜里掏出来给了他。岳小兵一再道谢，说只用一天。

　　杨梓国原本想，岳小兵借车只是到郊区转转，应该不会有什么问题，谁知他是个新手，为了保证第二天能带着父母顺利出行，岳小兵把杨梓国的车借到手之后，趁着夜色就直接到南环新干线去练手。出城不久，他在经过一个集贸市场的转角处时，眼看有一个青年在那儿说话，就下意识地避让，结果车的左侧后轮还是把青年的脚压了。当时路灯不是太亮，路边又没有人，岳小兵自己也判断不准他到底压没压人，听得后面有人大声喊"哎哟哎哟"时，他当下就觉得两条腿都软了。岳小兵强行镇定了一下情绪，赶紧到后面去看究竟。但见一个瘦瘦的年轻人侧身躺在地上，两手抱着左脚在号叫。同时，有个穿条纹衣服的年轻人正在用手机给地上躺着的人拍照。

岳小兵吓坏了。他以为那人的脚还压在轮子下，赶紧蹲下身仔细查看，发现除了鞋尖上有车轮子碾压稀泥留下的痕迹外，看不出什么大问题。岳小兵心里松了口气，说："你先别喊叫，快把鞋子脱了叫我看看脚再说。要是严重，我们赶紧去医院。"

"痛死我啦，痛死我啦，我的脚坏了啊！"那年轻人继续用手护着脚，不肯脱鞋。正在僵持，两个连骂带喊叫的青年走过来，抡起拳头"咚咚咚"地朝车上乱擂几下。岳小兵担心车被砸坏了，翻身站起来冲过去阻止说："这车是我借别人的，你们千万不要乱砸！"

"你借不借车关我们屁事。你说，你把人压了怎么办？"那青年故意使劲朝车擂了几拳。

"人重要还是车重要？砸！"另一个青年也连着朝车上擂了两拳助威。

岳小兵急了，抱拳向两个青年求情，说："别砸车，砸坏了我赔不起人家。车压了人，先救人要紧，我们一块儿去医院，好不好？"

两个砸车的青年停下了动作，双双睁着铜铃似的眼睛，逼问岳小兵道："怎么救？你打算怎么救？"

"先看看脚，要是压伤了，我们赶紧去医院。"岳小兵双手抱拳说，

"求求你们，千万别激动。"

"把人的脚压了，还叫人不激动啊？来，我把你的腿踢断，看你激动不激动！"那个光头青年说，"你们这些有钱人装什么正经！"说话间，他摆出了要用脚踢岳小兵的姿势。

"你等等，先叫我看看地下躺着的这位兄弟。"岳小兵重又蹲下身子，对躺在车轮子旁的青年说："你把手松开，把鞋子脱了，让我看看脚，要是伤了，赶紧去医院抢时间治疗。"

"我脚疼得很，脱不下来。"

"我帮你脱。"岳小兵要帮那青年脱鞋，那青年用手护着不让脱，嘴里继续喊着疼。

岳小兵没了主意，不断地搓着两手，搓着搓着，他突然站起来说："我先打 120 叫救护车，再打 110 叫警察来处理，好不好？"

听说要报警，刚才用拳头擂车的穿半身蓝条纹半身红条纹的青年按下岳小兵拿电话的手，说："这样吧，你不要叫 120，也不要叫 110，叫我看看我这虎子兄弟的脚再说。"他当即蹲下身子，捏了捏地上那人的脚，问："疼不疼？"地上的人马上喊叫："疼死我了，疼死我了！"但任凭地上的人怎么叫唤，穿斜条纹衣服的人还是替他把鞋子脱了，然后用手一边捏一边问："这样疼不疼？"

"疼，疼死我了！"

"这样呢？有那么疼吗？"

"更加疼，疼得钻心！"

穿斜条纹衣服的人捏遍了虎子的整只脚后，站起来对岳小兵说："瞎了，我虎子兄弟受的尽是暗伤，是看不到破皮烂肉也不流血的暗伤。这种伤最毒，折磨死人，还检查不出来。虎子是叫你的车撞倒，压在轮子下的，伤的不光是脚，光是惊吓这一项，他至少要做半年噩梦。麻烦大了！如果送到医院，各种检查下来少说也要三五千的，还一时半会儿出不了院，吃喝要你管，误工费也要你出。我看你也是个上班族，我虎子兄弟也是要上班干活的人。事情惹下了，也没办法，各人认各人的倒霉。这样，你掏一万块钱压着，我们兄弟先把虎子背回去。如果明天没事，症状好些了，我们把钱退给你，如果严重了，那就只好住院，该花多少是多少。"

"一万块？你杀了我吧？我一个月才三千来块工资，你开口就是一万块？你把我吃了算了！"岳小兵想了想又说，"我身上有一千三百块钱，你拿去。你把名字、电话留给我，我明天跟你联系，行不行？"

"一千三百块钱？你打发叫花子呢？"穿斜条纹衣服的人说，"你开着那么大个车从我兄弟的脚上压过去，那暗伤不知道有多严重，一千三百块钱能做啥？"

"我只有一千三百块。"岳小兵已经无可奈何了。

"你身上没有卡？"

"没有卡。"岳小兵说，"我年轻，没职务，工资低，就算有卡也没钱。"

"这车值几十万，没钱？没钱把车押上。"

"不敢，不敢，这车不是我的！"

"不是你的，是谁的？"

"我借的，真的是我借的。"

"借哪个的？你给他打电话，叫他来。我们找车主要钱。"

"你们饶了我吧。我借人家的车，怎么还好意思连累人家？"

"我兄弟的命不值钱，是吧？你压了人，你还有理了，是吧？"穿斜条纹衣服的人对另一个人挥手说，"把车开走！"

见另一个人马上就要去开车，岳小兵着急地说："别这样！你给我个面子！我先把这一千三百块钱给你，再把单位的电话、我的名字都留给你，我们明天再联系。你看，你看，我这里有工作证，不会骗你！"

穿斜条纹衣服的人迅速打开手机，说："让我给你的工作证拍张照。"拍完，他又对岳小兵说，"我看你也确实有难处，信你一次。你先把身上的钱给我，明天我们再联系。"

"谢谢兄弟！"岳小兵赶紧把身上的钱悉数掏给穿斜条纹衣服的人，然后求情说，"让我开车走，明天我肯定跟你联系！"

另一个人说："你手机号码是多少？"

岳小兵赶紧报出电话号码，那人按号码打过去，岳小兵的手机果真响了。那人说："你还算个诚实的人。"

"我说了我不骗你。"岳小兵求情说，"我可以走了吧？"

"你走也得把我虎子兄弟扶起来吧？"

岳小兵蹲下身子，让地上的人扶着他的肩膀慢慢地站起来。等那人站好了，岳小兵说："兄弟，你试着走几步，我看看。"那人刚走了一步，马上就龇牙咧嘴地喊叫："疼死我了，疼死我了！"

岳小兵慌了，就问："你家在哪里？我把你送回去。"

穿斜条纹衣服的人说："算了，我看你还算个老实人。我们哥们的原则是不占老实人的便宜。你走你的，我们背他到斜对面的骨科诊所请人治治，明天好了，就不麻烦你了。"

岳小兵马上说了一大堆客气话，见三个青年再没有纠缠他的意思，就赶紧上了汽车，恨不得长翅膀飞出这个是非之地。

第二天，岳小兵害怕再遇到那几个年轻人，就把杨梓国的车放在院子里，仍然开着自己的那辆二手车，拉着父母亲在郊区转了一天。还好，整整一个白天平安无事。岳小兵心里想，那几个小青年还算可以。把父母安排好了之后，岳小兵就把杨梓国的车还了回去，嘴里免不了要一再道谢。从杨梓国的菜馆回来，岳小兵心里正在思忖那几个小青年该不会再找事吧，没想到电话就来了："喂，你好，是岳小兵，对吧？"

"你是哪位？"

"岳哥没听出来呀？我是前天晚上那个穿条纹衣裳的。"

瞎了，瞎了！岳小兵吃惊不小，慌忙问："那位兄弟没事吧？"

"有事啦，他的脚指头全部变黑了。"

"那，那，没在医院里吧？"

"就是想跟岳哥商量这事啦。"

岳小兵的头"嗡"的一声马上就大了，心"咚咚"地跳着，想必对方也一定在电话那头听到了他那粗重的喘息声，所以也就没急着催他说话。双方都沉默了好一阵子，然后才开始在电话里较量。最后，双方约定明天在郊区的一家骨科诊所里见面，商量具体的赔偿事宜。然而，就在这时，岳小兵接到了单位派他出差一周的通知。岳小兵高兴坏了！他想用拖的办法把这件事情晾晾。临出发的时候，岳小兵给条纹衣服青年发了一条短信："兄弟，对不起，我被单位通知要出差一周，回来以后再跟你联系。以我的判断，那个兄弟的脚没有问题。就算是汽车轮胎边把他的脚蹭伤了，那一千三百块钱也够给他治伤了。我看兄弟也不是那种得理不饶人的人，算了吧。看长远些，不再计较了，好吧？祝小兄弟好！"

发完这条短信，岳小兵暗自笑了一气，然后就把那个青年的电话拉进了黑名单。

问明情况之后，杨梓国的第一反应就是给点钱了事。他到包间对两个正在喝茶的青年说："我问了情况，岳小兵说可能是把对方的脚擦了一下，不重。他也确实是出差去了。他说他当场给了你们一千三百块钱,对吧？"

"是的,杨总,是给了一千三百块。"那青年礼貌地说,"杨总啊,不是有可能把脚擦了,是真的压了啊。现在那脚指头全都变黑了,脚背上也有伤。要是不严重,我根本不想来麻烦杨总。我们打听了,这车是你借给岳小兵的,现在他惹祸了,屁股一拍走人,我也是没办法了,才来给你添麻烦的。"

杨梓国心里想,这个年轻人不太像是社会上的混混儿,因而还是客气地说:"你怎么想的呢？"

"杨总,这本来就不是你的事。这,这话说不出口嘛。"

"没关系,你说出来。"

"这样吧,你替岳小兵拿五万块钱,这事我们保证永远不再提了。"

杨梓国心里一惊,说道:"年轻人,论年龄我是你的长辈,我不愿意把话挑明了说,但是你自己心里明白你在干什么,对吧？我以长辈的身份提醒你,千万不要把自己毁了哦!这样,我再给你两千块钱,你走吧!"

"杨总,你说哪里话,两千块钱能做啥？"

杨梓国口气强硬地说:"小伙子,那就等岳小兵回来,你们再当面商量,反正我又不了解情况,对吧？中午在我这里吃饭,我请客。"

"杨总,"那年轻人站起身来说,"我不缺一顿饭。这样,你再给两万,我永远不再打扰你。不然的话,你想想,我是怎么找到你的？"

杨梓国还是微笑着说:"小伙子,我都这个年纪的人了,还在乎你的威胁吗？我还是要提醒你,千万不要把自己毁了。还是吃了饭再走吧。"

两个年轻人没有接受杨梓国的挽留,恶狠狠地瞪了他一眼,气冲冲地离开了菜馆。

杨梓国估计那两个年轻人可能会再来找麻烦,当即打电话叮咛姚连芳说："有两个混混刚才到菜馆生事来了，他们有可能再到菜馆来，也有可能去家里。你给门房说一声，无论谁来打听我们家的情况，都莫说啥。我这两天夜里就歇在菜馆里，以防有事。"

姚连芳说："我知道了，你小心点。"

姚连芳下楼给门房打过招呼之后，心里总是惴惴不安。就在她感到十分焦虑的时候，突然听到门外有响动，便警惕地站起来问："哪个？"

"我。"门外传来杨梓国的声音。

因为门是从里面反锁了的，杨梓国从外面打不开。姚连芳从里面把门打开以后，就警惕地伸出头去，向外面看了看，才把杨梓国拉进来，问："你不是说在菜馆守着吗？"

"不用了。"杨梓国还是很平淡地说，"岳小兵借我的车出去，遇到了碰瓷的混混。岳小兵出差了，人家就找到菜馆诈我。我本来答应给他两千块钱算了，没想到他狮子大张口。原来我打算跟他们先耗着，没想到他们下午叫警察给抓了。我答应的两千块不用给不说，他们诈岳小兵的一千三百块钱也被警察退还了。警察说，那伙人最近多次作案，批评我不该迁就纵容他们，说遇到这种事情应该即时报案。"

"这样啊。"姚连芳想了想，说，"你说，自从乐乐的箱子被烫坏以后，咱家怎么尽遇这些不顺的事呢？"

"我倒不这么看。"杨梓国说，"我们遇到的两件大事，其实并不是个例。就说李宏建这件事吧，光是我听到过的，怕都有十来起了。碰瓷的事，我也不知道听说过多少起了。只不过我们平时总以为倒霉的事离自己很远，觉得自己运气好，不会遇到那些事，结果这一次就叫我们遇到了。今后，我们就得关心这类事，重视这类事。"

"道理是这么个道理，可是早不遇迟不遇，怎么是现在遇？"姚连芳说，"我在想，连续发生的这些不顺的事情，是不是在暗示我们什么呢？"

杨梓国想了想说："你别太敏感，太牵强附会，不要一惊一乍的。"

"反正自从电吹风那件事之后，我们家做啥啥不顺，这么长时间了，我打麻将手气也一直不好。"

"天天手气好，你抢人家呀？"

"我想，是时候把乐乐的事情告诉他了。"

"从他上大学开始，我就考虑过。"杨梓国说，"上大学了表示他已经成人了，应该分得清是非、掂得清轻重了。"

"我有个想法。"姚连芳犹豫一下说，"菜馆才换了几个人，你走不开。我最近打牌手气比以前更差，想要歇一阵，我心乱得很，也看不进小说。这里到安康还不到二百公里，二十几年没有消息了，我想去看看，说不定还能打听到牟祖云，还有那个付玉鼎的下落。"

"你一个人去？"

"怕人把我拐卖了？"

第
八
章

西安到安康的班车是每十五分钟一趟，姚连芳很顺利地买到了她想要的最最前排的座席票。

出发之前，姚连芳就把手机的电充得很足，同时也给充电宝充足了电，打算在穿越秦岭期间多拍些照片。姚连芳记得上初中的时候，地理课上曾经介绍过有关秦岭的情况。再后来，她又从乐乐的书上看到过关于秦岭的知识。只是，那时候没想到自己会和秦岭有什么瓜葛，自然也就没怎么留意。谁承想，后来乐乐选中了这里的大学，她和杨梓国来了两次便看上了这座十三朝古都的历史名城。再后来，老朋友黑子介绍他们认识了李宏建。李宏建告诉他们说，有一家小菜馆急于出手转让，价钱比较低，建议他们盘下来。她和杨梓国到现场一看，觉得菜馆不错，就盘下来了。有了立身之业，自然也就有了安家的基础。在征得乐乐同意之后，他们最终决定把养老之地定在这里。现在，自己用于养老的房子有了，给乐乐准备的婚房也有了，奔波一辈子，总算过上了稳定的生活。想到这里，姚连芳不禁想到了李宏建，她在心里说："好你个李宏建，药材生意做得好好的，怎么就心大起来，怎么就要眼红人家矿老板财大气粗？钱来得快，肯定出得也快。你卖了半辈子药材，轻车熟路，眼红别人干什么？现在好，公司破产不说人还犯了罪，关键是你害得人家投资人的钱都打了水漂。你捅那么大的窟窿，我们想帮你也帮不上了。真是人生无常……啊，秦岭！"姚连芳正想心事，眼前的山坡上赫然出现了"秦岭"两字，她赶紧抢拍下了从平原跨入山区的第一张照片。

从西安到安康的高速公路全长一百九十八公里，基本上是出了隧道上桥梁，下了桥梁进隧道，在乘车穿越秦岭的这个特定的时空里，手机所能抓拍到的景物只能是山脚下一闪而过的瞬间，即便这样，姚连芳也很满足。在她的眼里，所看所拍的一切除了新鲜还是新鲜。她相信，她这一路所拍的照片，杨梓国也绝对感兴趣。

姚连芳的举动让同车的乘客很不理解。他们好奇地看着姚连芳，心里一定在想：这个女人年龄老大不小了，怎么还这么不成熟？看着看着，终于有个老妇人忍不住问："这一路全是山，有啥好照的呢？"

姚连芳说："秦岭哪，名气大着啦。"

问话人也看了看车外一闪即过的山脚、水沟、桥墩、隧道口，说："我坐车从这条路上经过没有十次也有九次了，看不出有啥稀奇的。"

"有意思咧！"姚连芳毫不在意别人的质疑和干扰，继续以极大的兴致拍着照。直到汽车进站了，她才收起手机准备下车。

下午了，太阳从背后照来，将姚连芳和她手里拖着的行李箱投射出一道长长的影子。见姚连芳拖着行李箱东张西望，停车场上的出租车司机就纷纷前来，问她要不要进城。她却友好地摇摇头，予以婉拒。姚连芳想，打的干什么？在姚连芳的记忆里，安康城不大，从东走到西，从南走到北，也不超过四十分钟。她拖着行李箱一边重拾昔日的记忆，一边就近选择投宿的酒店，不是很有意思吗？怪了，当年的汽车站在街上，门前是条公路，公路那边有一座青砖修的城门楼，那是新城的北门。现在怎么是这么大个广场？不对，这不是当年的汽车站，这是高客站。广场对岸的文化公园是新建的，远处、近处的楼房是新建的，这是一个全新的地方。再看看，几条大马路在立交桥下交叉之后，神秘地伸向了远方，这一切都在告诉姚连芳：这个高客站可能离过去的汽车站很远。心里虽然有了这样的判断，但姚连芳还是不甘心地想再找一找当年自己熟悉的汉江及汉江大桥。任凭她怎样极目远望，还是连汉江及汉江大桥的影子都没能看到，直觉告诉她，这个地方一定是在离昔日的城区很远的一个新的区域。为了搜寻曾经的记忆，姚连芳走到了车站广场外边的立交桥，凭高望远，看了很久还是找不到哪怕一点点记忆中的痕迹。正在惆怅时，她发现有一个穿枣红色羽绒服、比自己年龄大一点的女人，正背着手一步一步地拾级而上，向她这边走来。看得出，这位大姐很悠闲，肯定是出来锻炼身体晒太阳的。姚连芳遂主动上前打招呼道："大姐，请问这里离汉江还有汉江大桥有多远？"

"你问的是几桥？"

"就是汉江上那座桥嘛。"

"现在的汉江大桥有好几座哪，二十世纪九十年代以前那座桥叫老桥，也叫一桥……"大姐如数家珍地介绍了一番。

姚连芳不假思索地说："应该就是一桥。"

"一桥，还远着啦。这个地方过去都属于长岭梁的范围，到江边还有好几里路。"大姐打量着姚连芳问，"你来过安康吗？"

"二十多年前在安康住过。"

"二十多年了？"大姐兴奋起来，用手指着远方说，"我们现在站的这一片都属于高新技术开发区。整个安康城跟那个时候相比大概扩大了十倍。"

"大姐，很自豪啊。"

"安康人嘛！"大姐说，"我给你说，今年春天我去北京的大姑娘家里住了三个月，回来再到这一片来就认不得路了。所以，今天我就有意到这边来转转，看看哪些地方又有了新变化，防止出现土生土长的安康城里人认不得安康城的笑话。"

大姐意识到自己话有点多，就自嘲地说："人一老，说话就爱跑题，我都忘了问，你是想到安康哪个地方？"

"大北街、小北街还在吗？"

"在，但肯定不是你记得的样子了。"

"那一带有宾馆吗？"

"有哇，我家对门的乐乐佳酒店就是那一片最好的宾馆。我正准备坐七路公交车回去，要不我们一路？"

"那再好不过了。"

在公交车上，大姐热情地用手指着窗外的公园、道路，给姚连芳介绍个不停。姚连芳就随着大姐的介绍拍照，直到在汉江一桥南桥头下了车，姚连芳才顾得问大姐："大姐贵姓？"

"免贵姓杨，退休教师。"

"原来杨大姐是老师，怪不得你能把安康说得那么清楚。"

"我在教学生写作文的时候，很重视训练学生观察事物和认识事物的能力，要求他们把人物、景物、情感、思想都统一起来。我还教他们从不同方面观察同一事物。我的作文教学法在全市都是有名的！"大姐一脸的自豪。

"我能跟大姐学学多好。"

"见笑，见笑。"大姐问，"你接下来走路还是再坐车？"

姚连芳说："找到这座桥，我就找得到方向了。这里原来是个照相馆对吧，顺着这里一直往前走就是大北街。我走走吧。"

走走停停，停停走走，虽说街道拓宽了，房子也大部分重建了，但昔日的记忆总还能不时地被重新唤起。那时候，姚连芳和杨梓国结婚不久，忙碌之余，经常就着夜灯在这条街上徜徉。只是，当时姚连芳怎么也不会想到，她和杨梓国此后还会辗转几个地方，更不会想到，她居然还会再次回到这条街上重温昔日的记忆。两人一路说着话，拍着照，不觉就来到了小北街口。杨大姐指着一个酒店说："乐乐佳是这一片最好的酒店，有六十多间客房。你看行不行？"

"行。"姚连芳心里好笑，她本意是为儿子乐乐的事前来探访，没想到投宿的酒店就叫乐乐佳，听起来、想起来都叫人舒服。酒店前台的人认识杨大姐，见她带了客人来就主动打招呼说："杨姨，来客人啦？"

杨大姐说："来客人了，给我登记一间南边的通风采光条件好点的标准间。"

杨大姐考虑到身份证信息属于个人隐私，便在姚连芳正式办理登记手续的时候远远地避开了。等姚连芳办完了手续，杨大姐就走过来指着酒店对门的一栋三层小楼，说："你看，我住在对门，就是那个黄铝合金门的房子。你先上去洗漱，一会儿我请你吃饭。"姚连芳说："杨大姐，我请你！"杨大姐说："我请你，半小时以后我在门口等你。"

当姚连芳洗漱完毕下楼的时候，杨大姐已经站在家门口等她了。姚连芳说："杨大姐，多不好意思啊。初次相见，我就麻烦你一下午。""我对你印象挺好啊。"杨大姐玩笑一句，看看姚连芳又说，"你别过意不去，我娘家就在前面这条街上。不过,我十九岁从师范毕业以后就被分配到外县乡下教书去了,后来就在那里安了家。我已经退休好些年了,老伴前年也不在了,一个人生活。大女儿叫我去北京跟她过,我过不惯。这个小楼是小女儿他们买的旧房子拆了重建的,很宽敞。女婿这两年在外地进修,女儿也经常不在家里,叫我住在这里替他们看房子,有时候也帮着照顾一下小孩。这几天,小孩叫他爷爷奶奶接去了,我一个人正没事干,你说你麻烦我了吗?"

"那好。"姚连芳高兴地说,"大姐,你说吃什么好?"

"这个你莫操心,我请你。"

"我请大姐。"

"你莫争,你是客人,我先尽地主之谊。下次你再请我,我不推辞。"杨大姐说,"外来人都说我们的小炒好吃,下午请你吃清真小炒。"

"这个好,当年我们都爱吃这个。"

杨大姐说:"水西门那边的一家小炒最好吃,我们往那里走。你过去在这一片住过,我带你走小巷子,小巷子还能找到一些过去的感觉。"

听杨大姐这样说,姚连芳心里很高兴,她想瞧一瞧的也是从这里往水西门中间经过的那几条小巷子。然而,走了好长一段路程,姚连芳还是没看到过去的压面坊、弹花铺、缝纫铺、烧饼铺一类的旧作坊。记得当年,这里全都是瓦顶平房,走一路过去,几乎所有的人都认识了,彼此见面要么打个招呼,要么点个头,露个微笑,于是,脸上、心上便有无限的温情。如今平房没有了,这里也跟别的城市一样,到处都是高低不等的楼房。姚连芳已经住楼房十几年了,心里很清楚房子高了,人的脸也就变长了,变严肃了,心眼更是变多了,变警惕了,进门的时候要看看后面有没有尾巴,出门的时候要看看有没有异常。哪怕是门对着门的邻居,也绝对不会互相串门，谁知道谁是什么来路、什么背景，干的什么营生呢？

还好，姚连芳从面前这个小区的大环境中，还能隐约看到往昔的痕迹。她问杨大姐："原来那个打烧饼的师傅还住在这里吗？"

"烧饼老海呀？"杨大姐说，"海家的两位老人过世好些年了。他们的子女都在外地安了家。老海在世的时候就已经把房子卖掉了。"

"我记得两个老人年龄不是太大。"姚连芳有些失望，原本想看看当年的房东，没想到老人家不在了。

杨大姐看看姚连芳，也不多问，只是说："两位老人要是还活着，也该九十多岁了。"

物非人亦非，房东海师傅不在了，原来见了面就彼此打招呼的人也不在了，自己不是也由青年走向中老年了吗？二十多年光景，这对于人来说绝对不是一段短暂的时间。姚连芳心里有些伤感，抬头看看太阳，它已经被南边那栋楼房遮挡住了，穿街而过的凉风轻拂着面颊，仿佛又看到海家两位老人正在炉子边上忙碌着。与此同时，她耳边似乎又听到了"卖水腌菜""卖臭豆豉"的声声吆喝。那时候房子虽旧，但家家门前都有一个供给一家人衣食来源的小摊位。从早晨到晚上，擀面杖敲打案子、吆喝卖东西的声音始终不绝于耳。令她印象最深的是，每逢吃饭的时候，街道两旁家家门口都坐着端了饭碗吸溜吸溜吃饭的人，那股人间的烟火气息让人深刻感受到生命的律动。

从纱帽石跨过北大街就进入了仓房搂，昔日的平房都变成了楼房，走到一棵偌大的夹竹桃树旁，姚连芳想起这家的房东好像是拉架子车的，还为她拉过蜂窝煤块，弹棉花的牟师傅就租的这家的房子。她委婉地探问："大姐，好像当年这里有一个弹棉花铺，我在这里弹过网套。弹棉花师傅好像是姓牟，那会儿也就四十来岁吧，挺和气的。"

"牟师傅啊？"杨大姐说，"牟师傅最划不来了，眼看着儿子就要上大学了，他突然就死了。"

"死了？"姚连芳吃了一惊。

"应该是累死的。"杨大姐说，"听说他儿子在老家考上了大学，为了给儿子攒学费，他天天晚上都弹棉花弹到两点多才关门，隔壁邻舍都怪他关门太晚，影响休息。有天早上，太阳老高了还不见弹棉花铺开门，房东喊叫也没见人答应，就把门抬开进屋去看，结果发现他已经硬邦邦的了。第三天，他家乡来人把他在这边火化以后，抱着骨灰回去了。"

"他是哪里人？"

"只说是四川的，具体四川哪里的，连房东吉老哥都说不清楚。"杨大姐说，"房东你有印象吧？拉架子车的，这一块拉煤、拉炭、搬东西都找他。我们从小就笑他是'万岁'，干啥都说'好好好''是是是'。牟师租他房子弹了好几年棉花，他就没问过人家是哪里人。"

"吉师傅还在吗？"

"他年龄大，早就不在了。"

姚连芳没再吱声。她知道，获悉牟祖云消息的渠道断了，这也就意味有关乐乐身世的原始知情人不在人世了。放在若干年前，这对她是一件再好不过的事情。时事变迁，现在她真切地希望能知道一些关于乐乐身世的情况。当时，杨梓国是通过牟祖云认识的付玉鼎，通过付玉鼎再见到的聂小英。现在没有了再见牟祖云的可能，那么付玉鼎是谁？他的真实名字到底叫什么就无从知晓了。而打听不到牟祖云，姚连芳这次安康之行也就仅仅是故地重游而已。

姚连芳默默地跟着杨大姐来到了水西门内的一家清真小炒摊。摊主和杨大姐很熟，远远地就打招呼。杨大姐问姚连芳："这里炒羊肝、炒牛百叶、红焖牛板筋是三道最有名的菜，你吃得惯吗？"姚连芳说："我当年在这里也爱点这三个菜。"杨大姐说："看来我们很投缘。"姚连芳见菜已经定了，赶紧掏出两张百元钞票塞给摊主说："我买单。"杨大姐冲着摊主说："我的客人，你说该哪个买单？"摊主马上就对姚连芳说："杨姐的客人，我请客，不要钱！"姚连芳再怎么要给钱，摊主就是不收她的。杨大姐就笑着对姚连芳："你连安康话都不会说，谁要你的钱？快快过来坐下当客人。"

姚连芳只好坐下。

最后定下的菜单里除了前面的三道荤菜，又加了一道醋熘白菜，饮料是摊主推荐的自制茶水。等四道菜都端上桌子之后，杨大姐先拿出手机拍照，又将照片发到朋友圈，写道："古城西安来了位朋友，很是投缘，我请她吃小炒。"等杨大姐直播完毕收起手机了，姚连芳才笑着说："大姐也有吃饭前先拍照的爱好？""时兴这个，你不这样反而显得奇怪。"杨大姐伸出筷子，说，"请，我们边吃边聊！"

吃着，聊着，两个偶然邂逅的姐妹越聊越投机，大有相见恨晚的感觉。吃罢饭，杨大姐问姚连芳："你想休息还是继续转？"姚连芳说："大姐累不累？"杨大姐说："不累，不累。"姚连芳说："上城墙行吗？"杨大姐说："这是我每天晚上的必修课。"

杨大姐曾是初中语文老师，她这一生为之骄傲的事情有两件，第一是两个女儿都大学毕业，有了自己中意的工作；第二是当老师期间，她在作文教学方面的成绩得到了认可。然而，自从退休以后，作文教学的机会没有了，教人海人的机会也没有了。这里虽然有自己的小女儿，虽然是她幼年和青年时代生活的地方，但时至今日，认识她的人和她所认识的人却很少很少。在曾经工作的地方，无论她出现在哪里，都会有人主动上前叫一声"杨老师"，而在自己的老家，却谁也不认识她，谁也不知道她。她总觉得，别人一定都把她当成了一个从乡下回来的无业老太太。她内心的那份孤独，有谁能知道呢？直到今天，她在高客站外的天桥上遇到了姚连芳。这个人的年龄和她接近，关键是她说她曾经见过二十年前的安康，好像也希望了解今天的安康。这就对了，有谁敢夸口说比杨正莲更了解过去之安康和今日之安康的呢？为了多唤起一些对故地的回忆，杨大姐带着姚连芳先在小巷子、小道道里走，到了一桥头，才拾级而上，登上了城墙最高处的门洞。以这里为起点，杨大姐引导着姚连芳极目远眺，由西向东，由北向南，由远及近，逐片、逐点地开始正式介绍安康城区的过去和现在。姚连芳从一开始就打开了手机连拍，到底拍了多少张，自己也说不清楚，反正当她回到乐乐佳酒店的时候，手机已经先后两次提醒她储存空间不够了。

根据前一天的约定，杨大姐早上八点就到酒店，带上姚连芳先去了城南的香溪洞森林公园，再去了江北的安澜楼、西城阁和城东的奠安塔。两人在城区的几个制高点上，把安康城拍了个遍，直到太阳不高的时候才回到酒店。洗漱后，姚连芳觉得身子一点也不困，百无聊赖之际，便趴在窗子上向外看。看着看着，一个叫夹壳虫的网吧进入了她的视线。手机的功能越来越全，手机的容量也越来越大，所以她很久没有到网吧上过网了。现在的网吧变了没有呢？姚连芳痴痴地看着大门外那不断变幻着的霓虹灯，心里突然冒出了一个想法——把手机里拍的两张乐乐画的素描画发在网上晒晒，看看会引起什么反应？这个想法一冒出来，姚连芳马上就坐不住了。她带着好奇和兴奋，匆匆下楼向网吧走去。

今天是星期三，网吧里的人不多。姚连芳选了个僻静的角落坐下，打开电脑先熟悉了一会儿，然后看了几条新闻，觉得没有自己感兴趣的，便退出界面，空坐了一会儿，心里做了点准备，才向管理员招招手。一个女孩很温顺地弯着腰走到她身边，轻声问："请问有什么需要？""我想把手机上的照片发到网上，行吗？""能行。"经过一阵操作，姚连芳成功地将那两张素描画发到了网上。姚连芳仔细欣赏了一下，然后用鼠标把画一点一点拉近放大了，再反复地看，发现画作放到电脑上之后看起来比原作更细腻一些。比方说，现在放大局部，就能将水井旁边的那棵大树的枝丫、叶子看得更清楚一些。姚连芳再看那块大石头，发现它有点像蟾蜍；再看栽木杆的凹穴，好像是人工凿过的，很整齐；再看那灯，也比画上的清晰；就连杆子旁站立的五个孩子，也能大致看出不同特征。反复看了一遍，姚连芳又在下面打了一行字："你见过吗？"然后，她就心绪不宁地等待着。大约二十分钟，突然，一个网名叫"我心本真"的人打招呼问道："这两张画画的地方很像栗家水井坎，在汉阴县黄板梁火车站外，对吧？请问你哪年到过那里？"

啊！说得这么肯定、这么具体？这么说，乐乐的画是幅实景画？

可是，汉阴县黄板梁火车站？乐乐怎么会看到这些？他是照着现成的画画出来的，还是到过那里凭记忆画出来的？姚连芳心里紧张得几乎要出不来气了！她当机立断要把画作从网上撤下来。删除图片姚连芳自己就会，但她对她的业余水平持严重的怀疑态度。看看周围没人注意，姚连芳还是对刚才帮她的那位姑娘招了招手。那姑娘又是弯着腰轻脚轻手地来了。姚连芳说："谢谢你，我学会了。我现在想把图片撤下来，而且不能留痕迹，请你教我！"那女孩态度极好，教着姚连芳清除了电脑上的所有信息。

确信电脑上什么都没留下，姚连芳佯装无事的样子又胡乱打开网页看了一会儿，就匆匆地离开了网吧。

临离开安康的那天清早，姚连芳又一个人到曾经的弹棉花铺那一段街道遛了一圈。她说不清楚是为了凭吊昔日的熟人，还是为了凭吊昔日的景象，反正是带着一种既期待又害怕的心情，在那里遛了一趟。结果，什么也没有发生，只是唤醒了曾经的一些残碎的记忆。

第
九
章

姚连芳本以为，她不在家的这几天，围墙那边的工地会起什么变化，结果却一切依旧。早上跳完广场舞，她特意绕到新苑小区营销中心，问那个熟悉的姑娘："你们的工地怎么总不见进展呢？"

姑娘笑着说："谢谢阿姨，你一直在为我们工地操心。"

"那当然。"姚连芳调侃道，"我是你们的股东——用操心入的股哪。"

姑娘说："操心，那是无价的良心股，阿姨真高尚。"

进屋后，姚连芳又听得工地上有了"嘎嘎嘎"切割钢筋的声音，马上就到窗子边，寻找小栗的身影。看了好一会儿，她却只在工棚里看到了那个年纪大的人，心里犯了疑惑："小栗呢？"姚连芳心里默算了一下，至少有三个月没见到栗志了。她清楚地记得，上一次在路上见到他还是端午节过完没几天。当时，她问栗志："端午节回老家没有？""没有。"栗志不好意思地说，"我和我媳妇要上班。""该回去看看。"姚连芳又强调说，"回不去，打个电话，你妈也会很高兴的。""阿姨说得很对。"栗志说话支支吾吾，有些不自在，"自从那次你跟杨叔叔批评我之后，我已经给我妈打过两次电话了。""那就好。小栗，你不会怪阿姨啰唆、操空心吧？""没有，没有，阿姨是为我好！""阿姨真的是为你好……"

想起这些事，姚连芳哑然笑道："你凭什么干涉人家小栗的生活？"心里这样自我责备着，手上却拨通了栗志的电话："喂，小栗，我是姚阿姨。"

"阿姨，你好！我叔叔好吧？"

从电话里听，栗志好像正扛着什么东西，说话有些喘。姚连芳马上有些后悔，自己不该在小栗干活的时候打电话，马上改口说："小栗，你正忙着，我不打扰了。"

"没事的，阿姨。"小栗好像已经释放了重负，喘息声小了许多，"没事，我歇下了。"

"你不在工地干活了？"

"哦，姚姨，我不在那边的工地上班了。"

"不是故意躲我吧？"

"不是，不是！"栗志兴奋地告诉姚连芳说，"阿姨，我正好要给你报告一件事，我们今年回家过年。昨天，我媳妇已给我妈打了电话，说要回去过年。"

"你媳妇打的电话？"

"我媳妇打的电话！"

"那好，那好。"姚连芳说，"你媳妇打的，好，好。"

姚连芳认为，栗志决定回家过年是自己劝说的结果。

其实，姚连芳哪曾知道，在刚刚过去的这段时间里，栗志和他媳妇都经历了一些事情。那是在幼儿园快要放暑假的时候，他媳妇马玲玲的母亲在喂猪的时候一个趔趄，把右腿摔断了。马玲玲家只有兄妹两人，父亲已经不在了，嫂子随她哥常年在外地打工，已经三年没回家了。好在马玲玲的母亲身体结实，一个人在家种点庄稼，喂些鸡鸭，不仅自己吃不完，到了冬天还把鸡鸭杀了烫好，给儿子女儿一人一半邮寄到打工地。尤其厉害的是，老太太每年都杀一只猪过年，自己不吃，全都熏成腊肉给儿子女儿邮寄到打工地，省得兄妹俩再花钱买猪肉吃。兄妹俩平时也给母亲往卡上打点零用钱，供母亲打麻将、赶场、走亲戚用，老太太日子过得倒是挺舒坦。有道是："无病无灾千般好，有病有灾难上难。"老太太身体好的时候什么都好说，眨眼之间腿断了，问题就来了，一是要掏钱送医院治腿，二是要有人在身边照顾她的饮食起居。哥哥给马玲玲打来电话说："我最近手头有点紧，只能给妈的卡上打一千块钱，不够的你先垫付。我也算了账，妈参加了新农村合作医疗保险，住院看病能报销六成，治腿问题不太大。妈的手上应该还有点钱吧？我家涛涛今年五年级了，捣蛋得很，成绩一直上不去。我跟你嫂子商量，今年暑假给他请个老师补课，补课费贵得很。我实在是走不开，眼下妈身边又非得有人照顾不可，只能委托你帮我照顾，我每月给你三百块钱补助。"

马玲玲生气地说："我伺候我的妈，不用你补助。"

哥哥立马兴奋地在嘴里打了"得儿"说："爽快！哥给你点个大大的赞！"

老娘此时由邻居照顾着，一定正在"哎哟哎哟"地喊疼！没奈何，栗志手忙脚乱地帮马玲玲草草地收拾了一下，赶紧把她送到长途汽车站，坐上了当天直达娘家的最后一班车。看着媳妇上了车，栗志长长地叹一口气，然后不由得在心里算起账来：马玲玲回家照顾母亲，不仅每个月的工资没有了，而且还要在母亲的身上花钱，若是遇到娘家亲戚、邻居有个红白喜事什么的，也得掏腰包送份人情礼。收入要减少，支出要增加，怎么办？只有苦做这一条路。为了不影响打工上班，栗志只好一方面给儿子小宝办理了托儿所寄宿，一方面又求老板把他调配到离所租住宅近一点的工地干活。他对老板说："你让我到就近工地上班，工资可以比现在少一点。"

老板问明了情况以后，说："那边的楼盘暂时不打算上马，你先过来干杂活。"

伤筋动骨一百天，马玲玲她妈虽然把腿摔断了，但由于她一直坚持劳动，身体强健，加之在县医院遇到的那位主治大夫手艺高超，态度也挺好，她只住了一个多月就回了家。因为照顾母亲，马玲玲只得在出嫁了五年之后，重又住回了娘家。连续几个月时间，马玲玲白天照顾母亲的饮食起居，晚上就打开手机和栗志、小宝视频通话，经常聊着聊着彼此就哭了。哭了几场之后，幼儿园放假了，栗志趁着一个连阴雨的天气向老板请了假，乘车把小宝送到了马玲玲身边。

媳妇不在身边，儿子也不在身边，开始的几天，栗志觉得一身轻松，但很快便感到孤独和寂寞。好在他白天要在工地干活，晚上要开三轮拐的拉客挣第二份收入，时间被塞得满满的，孤独寂寞都只是一瞬间的感觉而已。栗志现在越来越感觉到钱对这个家庭的重要了，他只好把原来每天晚上十二点之前收车改为两点之前收车。与此同时，他在吃饭问题上也是能省则省，以至于有一天老板见到他时竟惊讶地问："小栗，你最近怎么黑瘦黑瘦的，在干啥？"

栗志吓了一跳，赶紧掩饰说："没啥没啥，刚拉完肚子。"

眼看幼儿园又要开学了，马玲玲请亲戚帮她临时照顾母亲，自己坐上班车把儿子送到栗志身边，然后又匆匆回娘家去了。为了照顾儿子，栗志不得不把晚上的收车时间改回了十一点之前，吃得也比他一个人在家的时候好了许多，他黑瘦的脸庞慢慢又变得红润起来。国庆节过后，马玲玲突然在夜深的时候给栗志打电话说："喂，老娘刚才发圣旨了，她叫我回来上班啊。"

"上班？"栗志不相信地问，"她怎么办？"

玲玲说："她刚才把拐子丢掉试了试，勉强能走了，就非要我回来上班。"

马玲玲回西安的那天，因为雨大，栗志没有出工。他早早地就带着小宝去城南客运站等马玲玲。按照正常的时间，班车应该在下午五点到达，偏偏路上遇到堵车，栗志父子两个一直等到晚上九点，才在出站口见到马玲玲。见面的那一刻，小宝哭了，栗志也是强忍着，才没让眼泪流出来。晚上，小两口早早地就想哄着儿子睡觉，但调皮的儿子偏偏话多得出奇，而且越说越兴奋，大有一夜不睡觉的架势，急得栗志在一边不断地吞清口水。折腾到凌晨两点，儿子疲倦地睡了，小两口才磁铁似的搂在一起，眼泪像断了线的珠子似的在两个人的脸上流淌。

某日，马玲玲在电话里跟母亲聊了一个多小时后，对栗志说："我现在理解你老娘的难处了。"栗志说："你指的是哪方面的？"马玲玲说："我是说，你妈知道她妈是什么样的人，也都明白人人都讨厌她妈，可是她又有什么办法呢？"栗志说："你不在的这几个月，我跟工友们在一起说闲话的时候更多一些。拉起家常来，我看是一家更比一家难。"马玲玲说："不然怎么会有'家家都有本难念的经'这句话呢？说办就办，我现在就给你妈打个电话，问候她一下。还有，要不我们今年回去过年，怎么样？"栗志激动地看着马玲玲说："我听你的，你定。在这里过年有点找不到年的感觉。"马玲玲说："就这么定了，我现在就打电话，说今年回去过年。"

马玲玲虽然回来了，但心里还是挂念着家里病未痊愈的母亲，几乎每天晚上都要给母亲打电话，问问当天的情况。母亲是明白事理的老人，总是一再地叫她不要操心。但母亲的情况，马玲玲是很清楚的，母亲越是说自己行动利落、能吃能睡，她的心里反倒越不踏实。然而，严酷的现实是她已经为人妻、为人母，栗志白天在工地上班，晚上开拐的挣钱，她就必须照顾好。儿子在一天天长大，他的成长离不开钱的支持。为了钱，她必须坚持打工，为这个家庭增加一份收入，现实不允许她守护在母亲的身边，也同样不允许她整天围着儿子转。日子就这样在劳累和操心中过着，心里的熬煎只有栗志和马玲玲两个人知道。在那些天南地北的单身工友看来，他们一家三口能够厮守一处，已经很令人羡慕了。因此，每当这一家三口同出同进，脸上挂着笑容的时候，别人总会投来艳羡的目光。

　　姚连芳听了栗志在电话里说的，深感欣慰。晚上，杨梓国一进门，她就说："栗志说他媳妇今年要回老家过年！"

　　"这么说，他是听进我们的劝了？"

　　"我看是。"姚连芳说，"这么说，我们对别人还是有影响力的啰。"

　　"至少在栗志眼里，我们算是成功人士吧。"

　　"绝对算。"姚连芳说，"别说栗志，在你们亲戚眼里，在我们亲戚眼里，在你们村子人的眼里，在我们村子人的眼里，我们也算得上成功人士。"

　　杨梓国说："还好，那娃听进我们的劝了。你记着，到时候你给那娃打个电话，我们备点礼叫他给他爸带回去。"

　　"对对对。"姚连芳起身一边往卧室走一边说，"我在台历上打个记号，到时候别给忘了。"

第十章

当杨梓国和姚连芳夫妇为他们成功劝说了打工仔栗志回家过年而欢欣的时候，另一对夫妇则正在用自己的方式做着迎接儿子一家回家过年的准备。

这不，离天亮还早，黄板梁村子最北端那户人家的电灯却亮了起来，栗序茂和高美荣夫妻二人正准备上山去挖蕨根。栗序茂中等个子，瘦瘦的面庞明显有些憔悴，几缕头发紧贴在额角上，在他用那细条眼睛看人和思考的时候，会显露出几分读过书的气质。高美荣个子不高，但很结实，肤色属于人们常说的麦子色，一举一动都显示出她是一个干活的好手。此时，夫妻俩已经吃过了只有上山谋营生的人才吃的那种早早饭，栗序茂开始收拾背篓、锄头、弯刀。高美荣则抓紧时间到一楼右边靠里的卧室，安顿她那瘫痪在床的母亲。她一面给母亲擦拭身子一面叮咛："妈，我们要到山上去挖蕨根，半晌午才能回来。我跟小贵他妈说好了，天亮以后她会过来招呼你解手。早饭，采采会给你热了吃。没有紧要的事，你莫打扰采采，有急事的时候你把床头的绳子拉一拉，铃一响，采采就会从楼上下来招呼你。她作业多，又快要考试了，心里烦得很，你莫惹她不高兴！"

"天还没亮，天还没亮，没亮嘛。"老太太把身子往上蹿了蹿，伸出两只手紧紧地抓住高美荣的手不放，说，"现在不是往些年了，往些年山上没有树，没有深草，上山的人多，野物没地方躲，一个人都敢进山。现在树多草深，你们要小心，要小心，要小心。我们这里可是有人叫野猪咬死了的，胸腔都被咬烂了。你们要小心，小心，两个人离近些，不能离伴，要小心。你们要是叫野猪咬了，我怎么办？我怎么办？你那两个兄弟是指望不住的。忤逆东西，白叫我心疼了一场，白叫我心疼了一场。你记得吧？那时候院子里的人是不是都夸我们高美财、高美宝长得好看？记得吧？我空得意了一场，哪里晓得是两个忤逆不孝的东西，只听媳妇的话，不听我的话。几年了，连个照面都不跟我打。你们要小心，你们要是叫野物咬了，我怎么办？"

"大清早的，你咒我们是吧？"

"我哪里是咒你？我哪里是咒你？我只有指望你，指望你了。我这两天一直想给你说件事，你总是跑出跑进地忙这忙那，不愿意听我说，这阵子我非给你说了不可，再不说，我就会被憋死。高美财、高美宝两个孽障东西，忤逆不孝……"

"看看看，又开始了是吧？给你说过千百遍了，这种话不要再说了，你就是不听，每天眼睛一睁开还是这些话。今天我们起来这么早，就是想赶早出门去挖蕨根，哪里有时间来听你这些没味气的话！"

"我睡在床上一直在想哪。我想啊，我想啊，指望不上他们。我那阵才生下他们两个忤逆东西的时候，应该掐死，掐死，掐死他们，只养你一个人。"

"呀呀呀，我懒得听！"高美荣生气地问，"你舍得掐死你的心肝宝贝吗？你那个时候不是见了人就把他们两弟兄拉到面前说：'你们看我会生吧？我生的儿子比女子漂亮，是不是？女子没用，是人家的人，她连长的样子都不如儿子好看。'你该记得吧？有时候人家忙着顾不得夸你的财娃子、宝娃子，你就咒人家出门会遭狗咬，遭蛇咬。为这事，你还挨过人家的嘴巴子哪，记得吗？那个时候，你对两个宝贝儿子简直就是含在嘴里怕化了，捧在手里怕摔了，有好东西只给他们吃，不给我吃，有好布也只给他们穿，不给我穿，遇到他们欺负我了，你不问青红皂白就打我。那时候，你口口声声说我女生外向，连一天学都不让我上。你数数，看全黄板梁不识字的人一共有几个？因为不识字，害得我现在连门都出不成。你那阵子心要多狠有多狠，要多偏有多偏，现在对我说这些没用的话干啥？"

"你，你，你。"母亲气得变了脸色说，"他们两兄弟对我再怎么忤逆，总还是随你爸也姓高，是不是？你总是跟人家姓栗了，是不是？"

"姓栗的亏你了吗？"高美荣也变了脸色质问，"高美财、高美宝跟媳妇一起打你、骂你的时候，你为啥要喊栗序茂救命？高美财、高美宝跟媳妇把你从屋里往出拖的时候，你喊啥了？为啥还是喊栗序茂救你？你瘫在地上不能动弹的时候，为啥还是求栗序茂送你进医院？最后为啥还是栗序茂出的钱？你现在睡的床是姓高的，还是姓栗的？你是当娘的人，都到现在这个份上了，怎么还能说出这样没恩没义伤人心的话？"

"哪个叫你用这些话来气我的？"母亲抽泣起来，"我怎么晓得那两个东西会那么忤逆？"

"我不是气你，我是劝你把你的嘴忌一忌嘛！"高美荣说，"你也不能光怪儿媳妇。有的事情我不清楚，但你第一次跟大儿媳吵架，第一次跟二儿媳吵架的时候，我都在场。我不偏心地说，那完全是你的不该，说重了，是你不像个当婆子妈的。"

"呜呜呜,我生的女子帮人家外来的媳妇说话,呜呜呜。"母亲哭出声了。高美荣见母亲哭了,心也就软了,遂安慰道:"莫哭了!你是我的妈,我从来没有嫌弃过你,栗序茂也从来没有嫌弃过你。我是劝你遇事也应该替别人想一想,尽量少说话。你说那些没用的话又伤人的心,又帮不了你的忙,只能招人讨厌,懂吗?"

"我啥不懂?我啥不懂?我说的哪一句话不是真话?你说,我说的哪一句不是真话?"

"就算是真话,也要看该不该说,该在哪个地方说。"

"我不管,该说的我还是要说——我要叫他们两个忤逆的孽障东西离婚,叫他们离婚。我当面背后还是要说这句话。财财、宝宝是我亲生的,从小到大一直听我的话,怪只怪他们两个没用的东西找了狐狸精媳妇。狐狸精,狐狸精——你们好好给我治病,等我爬起来能走路了,我非要出门去找他们两个孽障东西。我还要进城去请人写状子,告他们,叫他们离婚,叫他们离婚,离婚。那么不孝顺的媳妇,不离婚干啥?不离婚干啥,干啥?栗序茂不听我的话,我晓得他能写文章,可是我叫他帮我写告两个忤逆东西的状子,他就是不写。你去给我把栗序茂喊来,叫他无论如何在年前帮我把那两个忤逆东西找回来。我要叫他们离婚,叫他们离婚,呜呜呜,叫他们离婚……"

"唉,老先人啊!"高美荣长长地叹一声道,"妈,莫哭了,你松开手。我们要赶早到山上去挖蕨根,你松手嘛!"

母亲仍然用两只枯枝一般的手拉着高美荣的手,抽抽泣泣着不肯放。高美荣也禁不住跟着流起泪来,劝道:"天还没亮,等采采把门闩了以后,你再眯着眼睛睡一会儿。天亮以后,小贵他妈会来招呼你。"

"你们都嫌我话多,哪个叫你们不听我的话?可是我还是要说,山上有野物，野猪最厉害，给你一嘴，你就受不了……"

"老先人，你说的我都记住了。莫说了，惜气养精神，你睡一会儿。"

栗序茂把一切都准备好了，背着背篓走到门口，说："走啊，该出门了。"

老太太一听是栗序茂，马上就喊："栗序茂，我给你说，过年以前，你无论如何要把高美财、高美宝给我找回来，我要叫他们离婚。"

"对对对，我一定把他们找回来。"

高美荣再叮咛母亲说："今天星期天，采采在屋里。再给你说一遍，有事了，你拉床头的绳子，没事就不要打扰她。"

采采默默地走下楼，见父亲背着背篓要出门，就说："爸，你们少挖点，莫背太重了！"话刚说完，就是一连串咳嗽。高美荣挣脱母亲的手走到门口，伸手在女儿背上揉了几下，叮咛说："你把暖水袋烧热，写作业的时候把它垫在背上。"

"没事的，妈，你们在山上过细点。"

大院子那边传来一阵阵鸡叫，院子背后的铁路上有一列火车疾驰而过，紧接着，高速公路上也有了汽车经过的声音。栗序茂对高美荣说："走得了。"

两口子出门以后见采采两手扶门迟迟不愿意关，栗序茂就说："采采你赶紧闩了门，再睡一会儿。"

采采说："我睡好了。"

直到采采把门闩了，把电灯拉了，栗序茂和高美荣才放心地离开院坝，走进了夜幕。

月亮已经出来有两杆子高了，路上湿漉漉的。在经过铁路下面的涵洞时，高美荣打了一个寒噤说："冷开了。"栗序茂说："所以我说得赶紧上山，再耽误几天，说不准山上就会起冰凌了。"高美荣说："今天把蕨根一挖，后面就没啥准备的了。他们的铺盖我已经洗过了，抽空再踮点元宵面，再熏点玲玲爱吃的那种香肠，其他就没啥事了。"栗序茂说："好，还是你想得细。"

连续过了两个涵洞，才穿过铁路和高速公路，至此，脚下就全是田间小路了。曾几何时，这些小路其实是大路，每天都有很多很多的人在路上来往。现在务农的人少了，上山下山的人基本绝了迹，因而路也就不成其为路了。就连栗序茂和高美荣这两个土生土长的人，此时都无不需要借着月亮光，小心地用脚探着往前走。四周很静，除了偶尔有几声鸟叫，再没别的声音。面对此情此景，栗序茂不由得想起五年、十年、二十年前，这一带哪有这般安静？那时候，从这里往母狗寨走，路上零零散散的住户基本上连接不断，一路走过来，老是担心会从哪一家的屋里蹿出条狗来。后来，山里面、山边上的住户陆陆续续地迁走了。人一走，房子就没人管了，房子周围那些不成规模的田啊、地啊，也自然就再也没人耕种了。如今凡是树木、蒿草长得高大茂密的地方，就必然是曾经的老庄子、老住宅。

越往前走，路越是被树丛、和蒿草封堵得厉害，栗序茂不得不拿出弯刀，偶尔地砍伐几下，才能把路打开。在一个大石包旁边，栗序茂停下脚步，长喘一口气说："这路总有两三年没人走过了。"

"哪个还来受这个苦？"高美荣说，"莫说人家，今年要不是小富他们回来过年，我们愿意遭这个罪吗？"

栗序茂说："母狗寨那么好的蕨根没人挖，也太可惜了。"

高美荣说："本来我想在场上买点蕨粉算了，过细看看，不正宗，就没买。媳妇那么爱吃蕨粉皮子，好不容易回来过个年，不能连碗真蕨粉皮子都吃不上。"

栗序茂掰起指头说："你想想，真正的蕨粉应该卖多少钱一斤？如果真的完全把工夫钱算进去，哪个又愿意掏那么大的价钱买？一个人一天挖不到一百斤。挖回来还得一根一根过细地洗，洗净了又得蹋，蹋好了再过粉，又要扎扎实实一天，等到晒出好干粉来又能有几斤？这中间要花多大的工夫？要投多少劳力？一个劳力就按一百五十块钱算，折下来一斤蕨粉应该值多少钱？那么贵一斤的蕨粉，谁又舍得买了吃？"

"管它的，只要我们还能挖得了，保证让他们过年吃到正宗的蕨粉皮。"

高美荣看看东边的天说："慢慢走，天还早着的。"

从六七岁开始，栗序茂和高美荣就通过这条路上山砍柴、割草、打猪草、摘金银花、割柳条、摘猕猴桃，反正一年四季总会有上山的任务。时至今日，梦里还常在这条路上负重行进讨生活。山上山下，哪个地方长着什么，哪个地方野蜂子多，哪个地方经常有蛇出没，他们脑子里都记得清清楚楚。不同的是，那时候砍柴、割草、打猪草都十分艰难，往往是天不亮往山上爬，天黑了才能回到家，有时候为了凑够一担柴，硬是要爬好几面坡。砍柴是个艰难的活，可再艰难也得砍，不砍就做不成人食，煮不成猪食。要是遇到秋天连续阴雨，砍不成柴，没有柴烧，就只能把田里的稻谷草几根几缕地边烤边烧，那呛人的烟子熏得人连气都喘不过来。那时候，缺柴烧的好像不只是农村人，县城的人星期天也到山上来砍柴。栗序茂记得最清楚的是，有一家城里人总是一个母亲带着三个孩子从这里上山砍柴。出于好奇，他和其他的孩子都曾经专门跟在这一大三小砍柴人后面看过稀奇，居然发现他们在路边歇息的时候，也跟农村人一样在寻找衣服上的虱子。想起这事，栗序茂就问高美荣："你还记得吗？我们还很小的时候，应该是六几年吧？有个城里女人带着三个娃娃砍柴，歇气的时候也在这个地方掐虱子？”

"咋记不得？"高美荣说，"那个时候，城里人过得也不怎么样。"

"听说要是家里人没有正式工作，过得还不如农村人。"栗序茂说，"我记得城里人拿着粮票还有粗粮，上门来求我们换给他大米，说家里人有病，想吃大米。我妈见他们一副病恹恹的样子，总把好米换给他们。"

"你记得吧，每年一打完谷子，一些城里女人就提着篓子到田里来翻检稻草，总想从那里面找到漏掉了的谷穗穗。挖了红苕以后，他们就在地里翻泥巴疙瘩，在里面找有没有漏掉了的红苕。"高美荣突然反问，"你怎么想起那些事了？"

"我是说现在过日子轻松多了，至少不愁吃喝。"

两口子边走边说闲话，还没感觉累就已经上了今天必须经过的最难爬的山包——大包。到了这里，大半路程算走完了。再爬完前面那面小坡，就是母狗寨脚下的二包。二包上土质厚，而且没有刺蓬和大树，蕨苗子最壮实。过去砍柴的时候，栗序茂曾经试着用手拔出了蕨根。那根好粗好壮啊，用手把它掰断，马上就有乳白色的粉汁哗哗哗地直往地上淌。胜利在望了，目标正前方，紧走了一气，他们终于到了大青石旁。至此，该爬的坡就算基本上爬完了。大青石有一间房子那么大，密密麻麻的葛藤此时因为落了叶子，宛若面条一样从上往下铺排开来。在藤子中间，长着很多猫耳状的"刀口药"。栗序茂走到大石头旁停住，笑着对高美荣说："记得这里吧？谢谢你当年捧着我的臭脚，给我包指甲啊！"

高美荣红了脸，说："脸厚。"

"啥叫脸厚？"栗序茂说，"在那之前我也天天看到你，只是觉得你好，可从那阵起，我下了决心要叫你当我的媳妇。"

"早晓得那样，我就不给你包。"高美荣说，"马上到了，一气走到啊。"

"今天出门早，歇歇，没事。"栗序茂带着调皮的笑，说，"时间过得快啊，我们都成老头老太婆了。你有没有后悔过？"

"后悔。"高美荣心情复杂地说，"我后悔我拖累了你。"

"你拖累我啥子了？"栗序茂知道自己又把高美荣的心事勾起来了，遂嗔怪地说，"我不认为你拖累了我。"

高美荣说："你不认为是你的事，我要是不这样想，就是没良心。"

黄板梁是个小村庄，只有四十五户人家。在这四十五户人家中除了五户杂姓，其余全部姓栗。包括高美荣父亲在内的五户外姓人都住在打谷场南边的那个小院子里，大家习惯称他们为"晒场边上的"。高美荣的父亲虽然说是外姓，但娶的老婆却姓栗，娘家是县城东边乡下的，排行跟黄板梁栗氏族姓的排行一模一样，算是同宗同族。高美荣她妈是"时"字辈的，跟栗序茂父亲他们同辈分，所以高美荣按辈分就管栗序茂的父亲叫"舅"，栗序茂则管高美荣的父亲叫"高姑夫"。没有生亲但叫亲了，高美荣她妈在黄板梁上总是以栗家姑娘自居，尤其是在其他几户外姓人面前更是充满自豪感地说："黄板梁都是我的娘家人。"遗憾的是栗家的这位姑娘话太多，而且说话掂不清轻重，"娘家人"不仅没有在心里认可她，反而都在躲避她。栗序茂的家在栗家院子的最南端，和"晒场边上的"高家距离最近，但他的父亲母亲都属于那种不愿意惹事的人，对高家这位"姑娘"一直采取的是能不搭话就尽量不搭话的策略。多少年来，两家的关系说不上好也说不上不好，属于平平淡淡的那一种，反正从来没有发生过冲突。

大人之间是什么心理状态，小孩子根本不管，栗序茂和高美荣从小就在一块儿玩。栗序茂比高美荣大两岁，小时候几乎天天在一起。到了上学的年纪，栗序茂去牌楼坝镇子上学去了，高美荣继续留在家里，朝夕相处的日子中断了，只有在放学之后的下午或者星期天，高美荣才有机会和栗序茂一块儿玩耍或者一块儿劳动。两个人虽然性别不同，但从小在一起长大，从来也没有闹过什么不愉快。栗序茂刚上学的时候，因为人小，没有男孩、女孩的概念，经常对羡慕自己能上学读书的高美荣讲些学校的趣事，教些新学的歌曲。高美荣现在还记得，大概在栗序茂上三年级的时候，面对不让她上学的母亲，栗序茂教她绝食明志。她照办了，两天不吃饭、不干活，于是父亲就送她到牌楼坝镇的小学去报了名。结果，当父亲领着她从镇上回来的时候，她母亲当着她和父亲的面扬言要跳堰塘寻死。那天风挺大的，母亲站在堰塘边原本是想吓一吓美荣的父亲，不料一股大风将她推进堰塘。风灌进衣服，母亲像气球一样被风吹着在水面上晃来晃去，并不往下沉。母亲吓坏了，她不敢乱动，只是拼命地喊叫呼救。最后，还是父亲在乡亲们的帮助下，用竹竿把母亲拨到堰塘边上，才将她救上来。从那以后，父亲屈服了，高美荣也屈服了，彻底斩断了上学的念头，最终也就成了村里同龄人中唯一一个文盲。

上学的梦虽然破灭了，但高美荣羡慕栗序茂能上学的心还在，她也希望还能跟小时候一样，天天跟栗序茂在一块儿，但事实告诉她这是不可能的。他上了学，她没有上学，心理上慢慢就产生了距离，她开始疏远他了。再后来，年龄更大了，他和她都有了性别的意识，在一起的时候更是越来越少。待到高美荣和栗序茂再次朝夕相见的时候，两个人都已经成人了。

栗序茂初中毕业以后，先是当了生产队的记工员，接着又进生产队的打米场操作柴油机兼做电工。打米场和电工房都在打谷场生产队的保管室旁，出入要从高美荣家的门口经过。在这期间，栗序茂几乎每天都会见到高美荣，不时地还会到她家去讨碗水喝，借个东西，慢慢地就一个离不开一个了。有一天，两个人都上山砍柴，担着柴担子往回走的时候，栗序茂不小心一脚踢在了石头上，勉强走到这尊大青石头旁进行包扎。紧随其后的高美荣见了，就放下担子来给他帮忙。高美荣见栗序茂的脚伤得挺厉害，左脚大拇指的指甲都快要脱落了，就将自己砍柴穿的旧袜子撕烂，又在石头上扯了刀口药，替他包扎止血。在高美荣替栗序茂包扎伤口的过程中，他一直瞅着她那红扑扑的脸，瞅着瞅着，他禁不住伸手去摸她的头，摸着摸着，看她就要包扎完毕站起身了，突然，一股力量从他心底迸发出来，他毅然伸出胳膊把她揽入自己怀里，并在她额头上亲了一口。面对栗序茂这个突如其来的举动，高美荣没有反抗，也没有恼怒，只是深情地看了他一眼，慌忙起身跑了。

这天晚上，栗序茂在火炉边对父母郑重地提出，他要娶高美荣做媳妇。父亲和母亲都吓了一跳，死死地盯着儿子，不知道怎么开腔。末了，还是父亲首先骂了一句："放屁！"

见做父亲的开了口，母亲紧接着就问："你不晓得她妈是什么人吗？"

"不就说话翻葫芦倒水反复说，叫'重三'吗？"栗序茂犟嘴道，"我要娶的是美荣，又不是她妈！"

母亲说："女子随娘，你懂吗？"

"不一定。"栗序茂说，"美荣一说到她妈就气得哇哇哭！"

父亲不再废话，大吼一声："你给我滚！"

事情闹僵了。栗序茂找了好几个人上门替他做父母的工作，父母始终就一句话："你莫说了！"

父母一方面拒绝栗序茂娶高美荣，一方面又不断地请人给栗序茂介绍对象。栗序茂也学父母的样子，对所有说媒的人就一句话："你莫说了！"

僵持了两年之后，有一天，母亲把栗序茂叫到身边说："我是看着美荣长大的，她本人应该说还不错。可是，你想没想过她妈？如果我们两家离得远也还好点，偏偏我们住得这么近，抬头不见低头见，她要是给你当了丈母娘，你的日子能好过吗？你不嫌她烦，我嫌她烦，这个队上的所有人都嫌她烦，怎么过呢？"

"我既然看上了美荣，我就能接受她娘。她娘是她娘，我们是我们。反正我非高美荣不娶。"

见母亲有了松口的迹象，栗序茂当天晚上就带着高美荣双双跪在母亲面前求情，说："妈，你就成全了我们吧！"

母亲流着泪把高美荣拉起来，说："美荣，你是我看着长大的，我对你没有意见。可是你妈那个脾气，我实在接受不了啊！"

高美荣说："我晓得，我不怪你。我保证不会像我妈那样！"

栗母再没有能力把这两个人拆散了，只好请人看定了办喜事的日子……

结婚以后，高美荣的母亲因为胡乱说话给高美荣和栗序茂招致了是非，气愤至极的高美荣就去找母亲吵架。栗序茂知道了，总是及时赶去制止，然后劝说高美荣道："你怪她有什么用呢？她既然能那么说，证明她心里就是那样想的，她以为那样说、那样做就是对的。也就是说，她认为她是出于好心。所以，你怪她就是委屈她，对不对？我们知道她是那种人，她说什么我们不在乎、不接话不就行了吗？"

每逢这种时候，高美荣总是感激地对栗序茂说一句："真亏了你的好脾气。"

栗序茂的父母是明白人，不管曾经怎样不希望儿子娶高美荣做媳妇，但在高美荣真的进门当了儿媳妇之后，他们还是极力想维持好两家的关系，尤其想处好与高美荣的关系。一年半之后，高美荣顺利地生了一个儿子，取名叫平平。平平长相好看，记忆力又强，两家的老人都很喜欢带孩子玩。那年三月初三，又到了汉阴城里举办物资交流大会的日子。高美荣的母亲早早地就换了一身新衣服过来对高美荣说："我今天带平平赶会去呀。"

栗序茂的母亲赶紧在一旁阻止说："平平早上起来有点咳嗽，还是不要带他到人多的地方好。"

栗序茂的父亲知道，老伴是不放心高美荣她妈带孩子，也赶紧插话说："过两天吧，等秧苗栽了以后我们都去。"

高美荣的母亲把脸拉得长长的，倒也没说什么。谁知道，高美荣却在一旁插话说："妈，你可要拉紧平平的手，不敢松了啊！"

"你这话是啥意思？啥意思？怕我把娃给你丢了，是吧？"高美荣母亲嚷道，"我带大了你们三个人，哪一个叫我丢了？财娃子、宝娃子小时候那么调皮，我还不是带他们赶过三月三？"

眼看着亲家母拉着孙子就要走，栗序茂的母亲就对高美荣说："美荣，你陪你妈一块儿去赶会。"

高美荣说："我今天去不了，让平平跟他外婆去。"

下午，栗序茂的母亲看见一拨又一拨进城赶会的人陆续回来了，就催促高美荣说："美荣，你妈怎么还不见回来呢？你是不是去路上迎一下？"

高美荣内心一直对婆婆当初反对她和栗序茂结婚一事存有阴影，见婆婆这样不信任她的母亲，心里不高兴，就支吾说："等他们自己回来。"

眼看太阳落山了，还不见母亲带儿子回来，高美荣心里也开始着急了，就回娘家喊上她父亲，一块儿到大路口上去等母亲。一直等到天麻麻黑了，才见母亲一个人走了回来。高美荣和父亲都迎上去急问："平平呢？"

"讨厌得很，一点都不听话，不晓得跑哪里去了！"

"你说啥？"高美荣父亲上前就抽了老婆几个耳光。

"你敢打我！你敢打我，我要你吃不成饭！"高美荣母亲哭骂着一溜小跑进了屋，顺手从门角提了把锄头奔进灶房，三两下就把灶台上的大铁锅砸了。

"妈，你干啥吗？平平在哪里？"高美荣发疯似的抱着母亲问，"他在哪里？"

"我们快到牌楼坝了，他乱跑，找不到了，喊又喊不答应。"

高美荣的父亲恢复了理智，问："是在镇子东头丢的，还是在西头丢的？你咋不晓得找派出所呢？"

"我不跟你说话，你莫问我！"

平平走丢了的事情顿时惊动了全村的人，大家一方面向派出所报案，一方面集体出动帮栗序茂找孩子。镇子周围有好几口堰塘，堰塘里的水很深，同时，路边有些人家露天敞开的茅坑也很多，因为高美荣她妈说孩子是回家时在镇子街头丢的，寻找的人便都把注意力放在了堰塘和茅坑上。可众人找了很久，什么消息也没有。又因为没有孩子的照片，警察寻人的难度也很大。好几天以后，母亲才悄悄对高美荣说："我那天进城没多久，就遇到我们娘家那边一个熟人，说话说时间长了，平平不高兴，赌气挣脱了我的手。"

"那你为啥要说是回来的时候在镇子跟前丢的呢？"

"我怕你爸打我。"

"你呀你！"高美荣哭着说，"我怎么有你这样的娘！"

高美荣气愤地把母亲的话说给父亲听了，父亲暴怒，与母亲打了一架。母亲气极了，就把父亲的棉衣棉裤一把火烧了。父亲怄气，躺在床上不吃饭，母亲就上午煮腊肉，下午包抄手。两个儿子提议给父亲留一些，母亲坚决不同意，非逼着两个儿子吃完。她还狠狠地说："他不起来，我们就吃好的，气死他。"

　　"呜呜呜！"高美荣忍不住哭出声来。

　　"咋啦？咋啦？"栗序茂吓了一跳，但他马上就意识到高美荣是想心事了，便说，"叫你莫胡思乱想，怎么还胡思乱想？"

　　"一想起那些事，我就恨我自己！"高美荣伤心地蹲下身子说，"我亏了你，亏了你们家里，我明明知道自己的娘糊涂，为啥还要叫她带平平进城？呜呜呜……"

　　"胡说啥咧？"栗序茂把高美荣扶起来，说，"你当娘的没有错！走，天马上亮了。"

尽管昨天晚上把蕨根粉过滤完毕已经过了深夜一点钟，栗序茂还是在天刚麻麻亮的时候就起床，往县城送烟叶去了。

栗序茂出门以后，高美荣就开始张罗着晒蕨根粉。粉质挺好，沉淀得也瓷实，高美荣先把大瓦盆面上漂着的浮粉倒出来，准备烙成饼子炒了当菜吃，再把下面的好粉端出去摊晒。刚忙完，忽然听得大院子那边栗时忠的老婆王林春声嘶力竭地骂道："哪个死儿绝女的呀，哪个断子绝孙的呀，活活地把我们家里养的一塘子鱼给毒死了！"

会有这种事？村子南边那口蓄水的堰塘是大集体时期生产队修的，不大，如今只有二百多平方米。这些年一直是谁管理水，谁就在塘子里养鱼。栗时忠已经承包五六年了，从来没出过什么事。今天是怎么啦？难道这个村子还会有人往堰塘里投毒不成？鉴于自己的男人栗序茂是村民小组长，高美荣决定过去看看究竟。她先跑进屋里，对母亲说："妈，你再睡一会儿，我到大院子那边去去就回来。"

"你等等，我想了一件事情急着要给你说。"

"等我回来再说。"

"都嫌我话多，都嫌我话多，我哪一句话是多余的？哪句话是多余的……"

高美荣不顾母亲的叨叨，急匆匆地向大院子里跑去。

院子里的人都听到了王林春的咒骂，一些人正在向堰塘那边走。到了堰塘边，高美荣果然发现水面上漂了一层白肚子往上翻的鱼。这是谁干的？高美荣心里想，这个院子的人都姓栗，就是不姓栗也或多或少和姓栗的有关系，谁和时忠舅家里会有这么大的仇恨？叽叽喳喳议论的人很多，什么样的议论也都有，高美荣吸取母亲的教训，能不说话的时候尽量不说话。看热闹的人越来越多，嘀嘀咕咕的人也越来越多，有的在为王林春打抱不平，有的在看王林春的笑话，有的嫌事情闹得还不大，有的在推断会不会有警察开着警车来抓人……有一点是一致的，那就是说话的人都左顾右盼，不愿意把话挑得太明。怎么只有王林春一个人在骂？栗时忠呢？高美荣在人堆里找了一会儿，才发现栗时忠抱着膀子，蹲在堰塘出水口的"龙眼"上面，在生闷气。突然，栗时忠站起来了，爆发式地大声吼道："没人出来认火是吧？好，没人认火我去派出所报案，告他！"他说完先向四周看了一圈，估计是希望有人出来认账。等了一阵，见还是没人站出来承认，栗时忠便勾着头从堰塘坎上跳到东边的小路上，顺着一条小路气冲冲地往镇子方向走去。

王林春骂得累了，声音越来越低，嗓子也有些暗哑，可没人劝阻，她又停不下来。高美荣想过去劝她，又不知道怎么劝好。她想，若是说："算了吧，莫再骂了。"人家在气头上，定要冲你说一句："我养鱼干啥？养鱼为了卖钱。钱没有了，你给我啊？"若是劝她说："狠狠地骂，骂死那个下毒的人！"如果下毒的人就在身边站着，怎么办？不是平白无故跟人家结仇了吗？左想右想，高美荣都觉得自己不能去劝，尤其是栗序茂干着组长的工作，自己更不能去劝。高美荣左右为难地想了一阵之后，装着接电话的样子悄悄地溜了。不过，她刚走到院坝边上，就看见栗序茂用摩托车捎着栗时忠回来了。

高美荣愣怔了一下，招呼道："时忠舅舅，到屋里坐。"

高美荣对栗家的人一直还保留着她和栗序茂结婚前的固有称呼。

"嗯。"栗时忠板着脸哼了一声，算是回应了高美荣的招呼。

栗序茂把摩托车放好，把裤腿上的泥灰弹了弹，说："时忠叔，我们到老堂屋门口去通知开大会。"

栗家大院子的绝大多数人家都集中在大院子周围，只有晒场边上小院子住着的几户人家离这里远一点，其实也就是一百多米的样子。因为截至现在，栗时忠的老婆王林春还在堰塘坎上咒骂下毒的人，所以栗序茂一阵吆喝之后，该参加大会的人基本上也就都来了。

天气有点冷，围过来开会的人都稀稀拉拉地抱着膀子站在老堂屋门前长满了青苔的湿地上。栗序茂见人已基本到齐，就清了清嗓子大声地说："我看人都来得差不多了，开个会，只说一件事，就是时忠叔养的鱼全都死了。毫无疑问，这是有人把毒药弄进堰塘去了。不管这个人是故意的，还是无意的，结果都是鱼全被毒死了。我们都是农民，农民靠啥吃饭？靠出劳力，靠田靠地，靠山靠水。时忠叔承包堰塘这些年，起早贪黑，风里雨里，不晓得受了多少苦，眼看鱼长大了，能卖钱了，结果又全部死了，怎么办？哪个毒死了鱼哪个负责，好汉做事好汉当，大大气气地站出来向时忠叔赔礼道歉，赔偿损失！"

"哪个死儿绝女的放的毒，你给老娘站出来，呜呜呜……"王林春从堰塘坎上跑回来，冲进会场就开始大骂。

栗序茂大声劝王林春说："林春娘你歇着，先莫骂，这不正在开会说这件事吗？"

王林春不买账，反口顶撞说："栗序茂，你站着说话不腰疼。我一塘子鱼全翻白了，我不骂？我不骂，你赔我钱？"

"这不正开会吗？"

"开会开会，开屁呀！"王林春仿佛是找到了出气撒泼的突破口，提高了嗓门冲栗序茂吼道，"你是当干部的人，这个时候还不给我把那个下毒人揪出来，还在这里干耗着开会说空话？"

"我算干部吗？政府哪个部门下文件说我是干部了？院子里哪个人把我当干部了？"栗序茂一改平日里的弱势形象，大声地吼道，"当初我不愿意接手这个破组长，你们欺负我老实，硬是要逼着我当，既然叫我当着，我现在就要开这个会。林春娘你说，你听不听我的？听，我就继续说；不听，我转身就走。我地里还有一大堆活等着呢！"

"你当不当我管不着，我只要我的鱼！"王林春两手叉腰，一副要和栗序茂干仗的架势。

"闭上你的臭嘴！"一直抱着膀子，蹲在夏天人们打扑克用的那块大石头上的栗时忠站起来，朝他老婆吼道，"你听序茂开会嘛！"

王林春气咻咻地停止了咒骂，一个人在那里又是擤鼻涕又是吐唾沫。栗序茂见会场安静了，重又说道："我们这个组都是栗家本族的人，有几家外姓，也早都把自己当成了栗家族上的人。今天出了鱼叫人毒死这样的大事，你们不嫌丢人，我嫌丢人。大家说，时忠叔养点鱼容易吗？他都吃六十好几的人了，养那点鱼容易吗？眼看着能挣到钱了，一觉睡起来鱼没有了。将心比心，放在哪个人头上不生气？大家说，能不生气吗？我也不说是有人故意下了毒——我不愿意这样想。哪个会对时忠叔这么恨？我想应该没有。可是，不应该发生的事偏偏就是发生了。哪个做了瞎事自己心里明白，我劝你赶紧出来赔礼道歉，赔偿损失。"话到这里，栗序茂故意停了停，把在场的人都扫了一遍，才接着说，"时忠叔要到派出所去报案，走到新桥上却站住了，不忍心再往前头走。刚好遇到了我，他向我说他不忍心惊动警察。他担心警察破了案就要抓人……时忠叔不忍心哪！时忠叔对我说，黄板梁村因为一口好水井和井边上的一棵大槐树，在外面名气很大。黄板梁村子有几百年了，从古到今没出过被抓了、判了的人。要是因为他家的事情，有人被抓了、被判了，他心里首先过不去。大家都听听，时忠叔是在替大家着想啊。听了时忠叔的话，我在回来的路上也掂量了一下，往堰塘里下毒，把鱼毒死了，这是什么罪呢？是投毒罪吗？那可是重罪，不得了啊。是破坏生产经营罪吗？那也不轻啊！大家都想想，把你抓去判了刑，你以后怎么办？你家里怎么办？反正我是一千个一万个不希望有人给抓了、判了。可是，时忠叔的好心、我的好心都解决不了问题，能解决问题的只能是下了毒的人自己站出来。我说了，不管你是不是故意的，把时忠叔堰塘里的鱼全毒死了，这就是现实。我跟时忠叔说好了，限明天晌午以前，是哪个做的事哪个出来承担责任。你最好是找时忠叔，实在磨不开情面，先来给我说也行。反正一条，莫指望就这么不了了之！限期过了，要是还没人认账，那就只好请警察来破案了。我该说的话说完了，散会。"

人们三三两两地交头接耳往家里走，栗序茂则陪着栗时忠到堰塘边上去，商量怎么处理死鱼的事情。高美荣则赶回家做饭。她还没进门，躺在床上的母亲就急急地喊："美荣，美荣，大院子里是不是出啥事了？"

"没出啥事。"

"咋没出事？咋没出事？我听得有人吵架，我还听得序茂从外面回来，没落屋就出去了。"

"你少操那些闲心行不行？"高美荣站在门口看了母亲一眼，见她身子斜躺着，就到床边去把母亲一边往起扶一边说，"你再躺一下，我去做饭。"

"你听我说话，你听我说话哪！"母亲又要抓女儿的手。

女儿赶忙避开身子说："我先做饭，吃了饭再听你说。"

"我就要说，就要说！"

"先等着，等我闲下来再说。"高美荣已经往屋后的灶房去了。

高美荣是把干活的好手，没多久就把饭做好了。她到大门口看了看，见栗序茂还没回来，就进屋来对母亲说："天冷了，自己注意着，莫受凉。"

母亲又问："你给我说，大院子里出啥事了？"

"没啥事。自己都动不了，操人家的心有啥用？"

"我晓得，你们总是嫌我话多。你说，我一句话说几遍，你们都不当一回事，要是只说一遍，你们还不是更不当一回事了？"

"少说话，惜气养精神。有精神的时候多按医生教的办法动指头、揉身子嘛，身子能动了，自己也少受点罪嘛。"

高美荣一边嚷着母亲一边把母亲背出来，安置在饭桌旁专门订制的藤条椅子上。她刚把母亲安置好，栗序茂也急匆匆地走进门了。

农民的活是做不完的。吃完饭，栗序茂就出去了，高美荣见太阳好，就把母亲安顿到院坝里晒太阳，自己提了一桶水去冲洗平时不用的石头对窝子，打算抽空踮元宵面。虽然市场上有卖元宵面的，但没有自己踮出来的好吃。儿媳妇不吃外面买的元宵，就爱吃她做的。今年儿媳妇回来过年，她要亲自踮一点元宵面。看见高美荣洗那个两年都未曾用过的对窝子，母亲就在一旁不停地说话："怎么又想起来洗它了咧？对窝子好久没用了，要用刷子过细地洗，过细地洗。我给你说，墙角角里有蜈蚣，有壁虎，有蜘蛛，它们怕是在对窝子里也躲过，要过细，要过细。我不能动了，我能动的时候，每过几天都要把椅子、板凳洗一洗……"

高美荣不搭话，只顾干自己的活。母亲见女儿不和她说话，就打起盹来。看到母亲的样子，高美荣有点心酸。母亲爱干净是出了名的，小时候因为把身上弄脏了而挨打的事，高美荣至今记忆犹新。命运捉弄人，这么爱干净的人，如今连大小便都不能自理。母亲曾经高调宣扬不让女儿上学，要把两个儿子供养上大学，结果是两个儿子不爱上学，勉强上到初中毕业，如今都是举家在外地打工不回来。母亲当年口口声声说："女生外向，我今后不指望女子。"如今，她长年住在女儿家里，两个儿子连问都不问。唉，人一生的事情哪个说得清呢？高美荣又看看母亲，发现她打盹了，仿佛一股风就能吹走魂魄，吹散身体。她突然预感到，母亲在这个世界上留存的时日已经不多了，于是，曾经有过的不满甚至仇恨顿时就消失了，心里只剩下了心疼抑或是可怜。她轻轻地走过去，将搭在母亲身上的小被子重新披了披，然后又去刷洗对窝子。

"美荣娘。"

高美荣听得背后有人怯着声在叫她，急回转身看，发现是大院子里的二宝，遂招呼说："二宝啊，你先坐，我马上就忙完了。"

"我序茂叔在屋里吗？"

"他在洞子口垒葱。"

"我去找他。"二宝转身要走。不料，正在打盹的老太太醒了，她唠叨说："二宝啊，二宝，好久没见你了。院子里早上闹哄哄的，是不是出啥事了？出啥事了？"

二宝低着头不愿意搭老太太的话，但碍于她是高美荣的娘，他又不好马上就走。高美荣见二宝心事重重的样子，猜想八成跟早上开会的事有关，便说："二宝，你到洞子口去找他。"

二宝要走，老太太还要追问："二宝，二宝，我问你，早上院子出啥事了？我问你啦，你说，出啥事了？"

"二宝忙着啦。"高美荣一面阻止母亲，一面示意二宝说，"你快去。"

二宝知道洞子口就是铁路下面的涵洞口，到了那里，果然见栗序茂正在地里给大葱培上。他鼓足勇气喊了一声："序茂叔。"

正干着活的栗序茂听得二宝喊他，就停了下来，用手拄着锄头，把头扭过来打招呼。二宝低着头说："序茂叔，我做错事了。"

栗序茂心里明白了八九成，就把锄头提起来，往地边上的二宝跟前走去，问："那鱼是不是你毒死的？"

"我错了。"二宝的头低得更厉害了。

栗序茂到了二宝跟前，重新拄着锄头把，问："用啥毒的？"

"鱼藤精。"

"哪来的？"

"网上买的。"二宝说，"我没想到药劲那么大。早上一看毒死了那么多鱼，我就后悔了。"

"你呀你！"栗序茂瞪着眼睛说，"亏你还上过中学，平时挺机灵的人，怎么犯蠢干这种事情呢？"

"我错了。"

"你知道这是什么行为吗？"

"触犯法律了。"

"你知道了？"

"我在手机上搜索了。"

"我真想打你一顿！你说你，脑子突然就叫猪踢了，是吧？"栗序茂叹口气问，"祸惹下了，怎么办呢？"

"我想请你带我去向时忠公道歉，赔他钱。"

"我亲眼看了，人家可是大鱼死了，鱼秧子也死了。要是这钱比你想象的多，怎么办？"

"我也认了。"二宝的眼泪淌下来，诺诺道，"我觉得对不起时忠公。时忠公人好，可时忠婆不是个东西，她指桑骂槐地骂我好多回了……我不该赌那口气……"

"你跟她那种人赌气呀！"栗序茂恨铁不成钢地说，"亏你还是个有知识、到处跑的人！"

"我后悔得很！"

一列重型火车疾驰而过，沟那边稻草垛子旁正在睡觉晒太阳的小牛犊受到惊吓，蹦蹦跳跳地向远处逃去。它的母亲停止了吃草，"哞哞"地叫起来。趁着喧嚣，栗序茂拄着锄头把，两眼狠狠地盯着二宝。二宝低着头，不敢看栗序茂。等喧嚣过去了，栗序茂说："我先去做做你时忠公的工作，叫他少要点。还有，你到了你时忠公面前，莫说毒药是在网上买的，那样说了叫他生恨不说，面子上也过不去。你就说你是在堰塘口洗锄草醚和敌敌畏瓶子，没想到会有那么大的毒性，听见没有？"

"我记住了。"

"还有，你时忠婆说再难听的话，你只当没听见，坚决不能接话，坚决不能回嘴，一定要忍，听见没有？"

"我记住了！"

"还有，水里面的毒能解掉吗？"

"我在网上查了，有办法。"

"那就好。我先找你时忠公，你准备着给水解毒。"

"我会做好的。"

"二宝啊，通过这件事，我希望你能更成熟些。"

"我会的，序茂叔！"

第
十
二
章

今天太阳好，栗序茂决定把水井坎下莲藕田里边那一堵夏天垮塌的石坎重新修起来。

黄板梁的栗家水井是很有名的，水井边上的那棵大槐树更是有名，而人们常说的"水井坎上那家人"指的就是栗序茂他们这一家。

栗序茂他们家在栗家院子的最北端，南边不远处就是栗家大院子，北边隔着一条从火车站直通镇县的东西走向的水泥大路，就是水井坎了。水井坎所处的位置是个十字路口，从这里往北走是通往月河那边几个村子的泥土路。到井里挑水的时候，要下十几步石头台阶。水井东边一丈远的缓坡上，有棵三人合抱那么粗的槐树。槐树背后的高地通过一个大场子与水泥大路相连，这在生产队时期是队里的晒场。场子的面积有十亩地大小，地形比别处高出许多。它的北沿是东西走向的长约一里路、高约十几丈的红黄色的崖壁，崖壁下是月河，黄板梁因此得名。当初解散生产队的时候，曾有人提出把晒场毁掉，但大多数人不同意，说那场子土薄，又用水泥硬化过，长不好庄稼，不如留着它供村里人集体使用。于是，场子就被保留了下来。多少年来，村里人过年的时候在那里打秋千、做游戏，平时学骑自行车什么的，也在那里进行。

因为栗序茂的家距离水井最近，大凡外地人慕名到水井来取水，或者慕名来向大槐树讨药、还愿，他们家里人就会主动上前招呼来人。水井有多少年了？栗序茂说不清楚，他只记得爷爷在的时候，说从记事起，井就是现在的样子。树呢？爷爷也说从记事起，树就已经老大老大了。栗序茂自记事以后，曾见过两次外地人来给大树"还愿"。一次是南山那边来了个老汉给大树披红放炮，说大树在梦里点化他到这里讨了槐树花、槐树叶，治好了他的痔疮。还有一个来"还愿"的人说，他媳妇产后出血一直治不好，后来是大树在梦里指引他采叶子和槐树荚回去做药引子，媳妇的病果真被治好了，所以要来还愿。这两次，父母亲都把"还愿"的人留在家里歇了一宿，还有酒有肉地招待了一番。爷爷在世的时候，总是叮咛家里人："记住，我们家离水井近，凡是外面来讨水、讨药、还愿的，我们都一定要出面招呼。"每年槐树开花或者落叶子的时候，家里总要拾些花、扫些叶子、摘些荚荚留着，赠给前来讨药的人。现在，栗序茂扛着锄头在树下看了看，觉得一切照旧，没发现什么变化，仿佛从他记事到现在，树始终还是那么高、那么粗。他发现井里漂了些槐树叶子，就弯下腰来把叶子一点一点捞起来，扔到坎下自己的莲藕田里。在捞树叶的过程中，他发现上个月还冰凉的水，现在已经有点温温热了。栗序茂知道，这意味着真正的冬天快到了，一旦井水开始冒热气，那就表明快要"进九"了。

井水从井里溢出来，"汩汩"地向坎下流着，平时是流进栗序茂的莲藕田，滋养莲藕。现在田里不需要水，就让它顺着田边的小沟，向几丈远之外的月河流去。栗序茂猜想这井水里一定有什么微量的化学元素，要不，怎么被它浇灌出来的莲藕品质那么好？他自从在这两个责任田里栽莲藕以来，只到城里去卖过一次，也就是这一次，他的莲藕就因品质出众，被沈老板找上门来签下了订单。这几年，只要沈老板电话一来，栗序茂马上就请人挖藕。目前，田里留下的一点点藕，是留给自己家过年吃和明年做种用的。

泥很黏稠，每挖一下都有些吃力。在掏挖脚沟的时候，栗序茂发现槐树有一条根扎进田里了。他本要斩断它，想想，又怕斩了大树无法汲取足够的营养，便决定留着它，把它砌进石坎里。坎子砌好之后，栗序茂还认真欣赏了一番，在为自己的手艺感到满意的同时，也感到身子困乏得厉害，便扶着锄把顶部，将下巴放上去打盹。劳累后打个盹是件很享受的事情，太阳温暖地照在头上、身上，小鸟在周围跳来跳去地觅食，旧解放鞋的帮子上似乎有个什么东西在动弹，弄得脚痒痒的。栗序茂把眼睛睁开一条缝看了看，发现一只偌大的螃蟹正爬过他的脚面，似乎是想爬到那边的烂泥里去。他没有惊扰它，重又眯着眼睛打盹。他记起来了，那年也是在这里，他给平平抓了一只螃蟹，本想油炸了吃，平平要留着玩。后来螃蟹跑掉了，平平很伤心……这只螃蟹是不是那只螃蟹呢？想起这件事，栗序茂禁不住在心里问："平平，你该没有叫坏人整成残疾吧？"接着，栗序茂又在心里说："槐树啊，你怎么尽给远方的人治病，怎么不指路让我家平平回来呢？"他心里这么想着，脑海中又隐约忆起了平平玩螃蟹的样子。迷迷糊糊之间，栗序茂似乎听得有个苍老的声音说："他快回来了。"

"啊！"栗序茂大吃一惊，赶紧腾出一只手来揉揉惺忪的眼睛，四下里张望了一气，发现周围并没有人，只有几只小鸟还在跳来跳去地觅食。他再仰头看看槐树，发现它在阳光的沐浴下还是那样静谧、安详，一动不动。栗序茂揉揉眼睛，苦笑了一下，知道是自己走神了。自从栗序方到家里来，说要给老三小贵办喜事娶媳妇，想请他和高美荣帮忙，他已经走神几次了。

栗序茂结束了打盹，扛起锄头准备往家里走，刚上完台阶，迎面遇到了专门来找他的栗序元。

"序茂，我到你屋里去过，美荣说你在这里，我就来了。"

"有事吗，序元哥？"

"有事哩。"栗序元愁眉不展地说，"我想请你陪我去给张书记下个话，宽限我一下，过完年再拆我的旧房子。"

栗序茂知道栗序元所说的张书记就是张娇，是县上派来的驻村第一书记。这个年轻女同志工作泼辣，也很会做群众工作，在村里有威信。他觉得栗序元说的这件事不好应承，就说："当初领建房补助的时候说得很清楚，入住新房，将旧房子拆掉复耕。现在，你家都搬到镇上集中安置点了，又不想拆旧房子，你叫我怎么开口求人呢？"

"我不是不拆，只是想宽限一些日子。"

"你给张书记说了没有呢？"

"我嘴笨，说话爱犯急，害怕把话说难听了不好收场。想请你陪我一起去。你上过中学，比我会说话。"

"宽限到啥时候呢？"

"二月二。"栗序元说，"我跟你嫂子在镇上住了几天，住不成嘛。楼上楼下不方便不说，解手还要蹲马桶，那不得行嘛。出门的时候，又总是忘记锁门；做饭也不会用煤气灶，睡也睡不着……"

"你这老古董，放着洋气不晓得享受啊？"

"序茂啊，你是不晓得，我们一下真住不惯。一想到过年的时候儿子媳妇都回来了，我们解个手怎么办？一家人都窝在屋里，怎么办吗？在老房子里，他们在屋里我就满田坎转，住在镇上我往哪里转呀？还有，在老房子里，想吃个葱、姜啥的，在地里刨就是，住在楼房，我去哪里刨？关键是，我要杀过年猪，要熏腊肉，要熏豆腐干，还有鸡呀、鹅呀，往哪里喂嘛……好些事咧，想起来我头都大了。"栗序元双手抱着脑袋说，"请你帮我给张书记求个情，不哩，是担个保。过年的时候，让他们年轻人晚上歇在镇上的楼房里，我们老两口子还住老房子里，给他们做饭吃。二月二龙抬头，开始耕种的时候，我一定自己把后面坡上的老房子扒掉，让屋基地变土地，行吧？"

栗序元住在村子后面的坡地上，是土坯房。镇上办集中安置点时，他儿子、媳妇报了名，领了安置补贴。按照规定，旧房子是必须拆了复耕的。栗序茂听栗序元说的也是实情话，便安慰他说："你说的都是实情，不过，社会在进步，我们也要跟着进步，住一段时间就习惯了。那可说好，二月二必须拆哟。"

"我都这个年岁的人了，还能说话不算数吗？"栗序元说，"我一九杀猪，把肉卖了，只熏十几块腊肉。鸡也全部杀了，晾干，以后再慢慢用快递给他们寄到打工的地方去，省得他们花钱买肉吃。我把菜也拔了。哦，序茂啊，我当了一辈子农民，能不能留一点点边角角地种点菜，三天两头地回来盘一盘，也算留个念想，有点事做？"

"应该是可以的。"栗序元笑着说，"你等我回去换身干净衣裳，就陪你到镇上去。"

栗序茂和栗序元到村委会的党员活动室，找到了张娇书记，她正在和一个妇女说话。那妇女五十多岁，一把鼻涕一把泪地在诉说她儿子。栗序茂过细辨认了一下，认出她是四组廖邦勤的老婆。见那女人哭得伤心，栗序茂便认真听起来。原来，她是说她儿子大专毕业以后一连应聘了几个单位，都因为嫌累自己把工作辞了，现在在家闲着。前不久，她儿子从县城回来，说跟他同学看上了同一个楼盘门对门的两套三室两厅两卫一百七十平方米的房子，目前正在做活动，每套打折下来不足七十万元。他同学家里答应出五十万元首付，剩下的由其办按揭贷款。她儿子要她也给五十万元首付，剩下的他自己办按揭。问题是，她家把该卖的东西全卖了，也只能凑够二十三万元。儿子不依不饶，非要叫家里想办法筹钱，说如果他同学对门那套房子叫别人买去了，他就到铁路上去卧轨自杀……

栗序茂心里很不是滋味。现在的有些年轻人怎么啦？一个一个的不愿意下地干农活，尤其是在城市上过学、打过工的，家里农活再忙都不肯搭把手。听他们在一块儿谈论最多的，总是谁谁有后台、谁谁运气好、谁谁家里给钱买了大房子、谁谁白得了一辆好车这一类的话，就是没听见哪一个检讨过自己不努力。还有一个比较普遍的现象，就是做儿子的总爱找亲戚打听自己的父母到底存了多少钱，总是设计各式各样的方式把父母的钱往出套。父母的心里还普遍存在一种负疚感，觉得自己给儿子的财产没有别人给得多，不敢教训儿子。他们如果教训儿子，儿子马上就会用一大堆大道理反教训他们。儿子教训父母所列举的事例无非是命运不公平，自己没有托生到有权有势有豪产的父母身边云云。栗序茂已经被人拉去调解过好几起这种事情了，结果都是没把别人说服，反倒叫人奚落讽刺一通。栗序茂在生气之余，也想明白了："要想说服别人，自己必须有足够的实力。你栗序茂初中毕业，地道的农民，平平走丢了，小富又在外面打工，你凭什么去说服别人？"心里想明白了，再遇到这种事情时，栗序茂就在人家要上门找他前借故躲掉。

栗序茂虽然躲了，但内心还是希望自己的理念能得到年轻人的认可。现在，他听得廖邦勤的老婆向张书记哭诉类似的事情，心里就想："人家张书记是名牌大学毕业的，是县上的人，是村上的第一书记，人家说话总该有分量吧？"于是，他就有意识支起耳朵仔细地听，很想从中学点见识。但听得张书记义正词严地说："大婶子，你再不能有寻死的想法了。凭什么要寻死？你们做父母的已经做得挺好的了。我晚上找你们家廖振宇谈谈。二十二岁了，应该有主见、有担当了，怎么能这样呢？我也要批评你，做父母的首先不要怪自己没用，不能把自己跟谁谁去比，尤其不能眼红别人给了儿女多少多少，不能眼红别人如何有钱。你们把儿女拉扯大了，这就是你们的本事，你们已经把责任尽到了。剩下的责任要他们自己负。你们没有理由，也没有责任非要在城里给他们买房子。凭什么呀？我也是农村出来的，我现在住的房子才六十多平方米，还是旧房子。住着挺好的啊！人家搬走的时候旧家具全都留下了，我基本上是拎包入住，多好。我至少没有借账啊，经济上没有压力呀。又怎么啦？你儿子大专毕业，才二十二岁，工作都还没有，正是应该全力以赴学本事、奔事业的时候，却把时间和精力放在置办安乐窝上，这不是提前透支着享福吗？凭什么起步就要买三室两厅两卫七十万的房子？凭什么？他有本事将来给农村的父母买这么大一套房子，那才叫光荣！逼父母给他买房子，算什么男子汉？这是虚荣，是不自信，是既穷又奢，是很不应该的。他难道就没有想过，买了马就得置鞍子。一百七十平方米的房子还要装修，再加上买家具，还需要再添几十万块钱才能入住。他工作都没有，人生还没起步就先欠这么多债，以后怎么办？有二十三万，在县城就能买我家那么大一套二手房，不用大装修，家具基本上是现成的，有什么不好？我正在做准备，打算把全村年轻人集中起来搞一次活动，讲讲什么叫应该，什么叫不应该。不能听那些误导，追求什么时髦、品牌、超前消费，这是在透支年轻人的精力和智慧资本！早就应该有人站出来帮助青年们正确对待自己的出身，正确选择自己的道路，正确对待事业和家庭这些事了。我们作为一级组织要经常发出正确的声音。你们做父母的、做长辈的也要有正确的态度，不能一味地迁就和疼爱儿女。你们这样做，实际上是在害他们。婶子你莫哭了，先回去，千万不能再想不开寻短见。你死了，老伴怎么办？女儿怎么办？你回去以后莫跟廖振宇吵架，等我找他。我再劝你一遍，你千万不能动不动说你们没本事，给他的太少。他二十多岁了，给你们做父母的什么了？你们一次给他二十三万还少了吗？我买房没要家里一分钱。记住，你一点都不丢人！"

"张书记，听了你的话，我不死了。"廖邦勤的老婆不哭了，她感激地站起来对张书记说，"张书记，我跟他爸开始也想在县城给宇宇买套旧房子，宇宇说我们不嫌丢人他嫌丢人。我们真的羞得连头都抬不起了。听你这么说，我不丢人？"

"婶子，"张书记站起身，扶着廖邦勤老婆的肩膀说，"不丢人，你们靠双手把儿子养大了，还供他在省城上了大专，还能给他二十三万块钱安家，够光荣的。我晚上找他。"

听了张书记的一席话，栗序茂打心眼里尊重这位年轻的女同志。他把嘴凑在栗序元耳边说："我看你的事有门儿！"

等廖邦勤的老婆一出来，栗序茂就拉着栗序元的手进了屋。张书记见了，就招呼他们坐。坐下之后，栗序茂主动代栗序元说出了他想说的话。张书记听完栗序茂的话，马上就回答："栗组长，你老哥的这个情况比较普遍，我也能理解。但政策就是政策。我们国家的耕地很有限，我们村上的耕地更有限，你们组上人均才五分田对吧？当初，你们申请参加集中安置的时候就说清楚了，新房子入住，旧屋基地复耕。你说的那些困难也真实存在。这样，栗组长担保，赶在二月二之前，旧房子必须拆除，不能耽误下一季种庄稼。"

"我保证，我保证！"栗序元欣喜地抢着表了态。

栗序茂说："张书记你放心，我担保，绝对赶在二月二之前拆旧房子。"

话说完了，栗序茂见门外还有人等着找书记，就赶忙往出走。他刚要出门，张书记在背后说："栗组长等等。"

栗序元吓了一跳，担心张书记变卦。

张书记看见栗序元表情有些紧张，笑着对他说："大叔，你放心，我没有变卦。我跟组长说个事。"

栗序元轻松地笑着，先出门去外面等栗序茂。张书记对栗序茂说："我早上遇到派出所戴所长，他叫我见了你提出表扬。"

"表扬我？"

"表扬你。"张书记说，"戴所长说你调解了一起毒死塘鱼的事件。他认为你的处理是对的。他给我说，基层干部要是都像你这样负责，就会少很多矛盾纠纷，甚至是血案。"

"不敢不敢，我一直担心我做了错事哩。"栗序茂说，"我水平低，当时只是想到那件事社会危害不是太大，犯事的人平时又没有什么不良习气，肯定只是一时赌气。于是，我就决定调解了。"

张书记说："你做对了。法律是调节人际关系和社会关系的最后一道底线。谢谢你。"

听了张书记的表扬，栗序茂非常高兴。不过，一提到戴所长，他就临时决定绕道到镇上去看看。昨天，栗序茂听赶场回来的人说街上有个三十来岁、只有一条腿的叫花子，他心里就一直放不下。这么多年了，每逢听得人说有年轻的残疾叫花子，栗序茂就要借故去看看——他担心那是他丢了的平平。栗序茂对栗序元说："我们绕到街上去一趟，好不好？"

"想看我的房子？"

"不是，就随便遛一趟。"

两个人才走到镇头中学围墙外，碰巧看见戴所长从那边过来。戴所长是老所长，大家都熟。栗序茂远远地就主动向戴所长打了招呼。发现是栗序茂招呼他，戴所长也小跑着迎过来说："栗师，我早上还对张书记说，叫她见到你的时候，对你提出表扬。"

"张书记说啦，谢谢所长！说实话，我还担心我做错了咧。"

"没错，没错，应该表扬。"戴所长遂又心情沉重地说，"给你说一个消息，拐走你儿子的人很可能被找到了！她叫祝珠翠，根据她交代的情况来看，被拐卖的那个男孩子的特征跟你儿子基本吻合。"

"他在哪儿？"栗序茂紧张地问，"娃还活着吗？"

戴所长安慰栗序茂说："肯定活着！安康那边最近破了一桩拐卖儿童的陈案，抓住了这个叫祝珠翠的女人。据她交代，她曾在1994年汉阴三月三物资交流大会的第三天拐卖了一个男孩。她说，那天中午，她在南河坝演戏场坝的边上，看到一个大概三四岁的男孩慌慌张张地到处跑着，她就一直尾随观察。到了一个没人的地方，她走到男孩面前，问他是不是在找大人。那孩子就紧张地看着她。她骗孩子说，她是物资交流大会上的服务人员，专门负责带走丢的孩子回家，并问孩子住在哪里。那孩子听信了她的话，不像之前那般紧张了，怯怯地说自己住水井坎。她又问孩子的妈妈叫什么，孩子好像回答叫美什么，她没听清楚。见孩子不太紧张了，她就拉着他的手说送他回家。她顺着城墙外没人的地方，把孩子领进了钟爱荣的皮鞋批发仓库。钟爱荣和她一起骗孩子吃了半片安眠药，又给了她钱，把娃买下来了。这以后，她再没见过钟爱荣。根据祝珠翠的交代，公安机关从档案里找到了这个叫钟爱荣的女人，她因另一起案件正在监狱服刑。经过审讯，她承认了自己从祝珠翠手里买过一个男孩。当天晚上，她开车把孩子送到了安康解放路的友缘旅社，交给了一个叫苟丽丽的女人。她说，她连这次在内只见过苟丽丽两次，其他信息一概不知。她只说这人三十出头的样子，面庞白净，个子不高，胖胖的，模样看起来不怎么友善，说话有南方口音。根据钟爱荣的交代，当地公安机关立刻展开了调查。只是，那一带在很多年前就拆迁改造了，暂时还未查到当年那家旅社的具体信息。"

栗序茂揉揉眼睛，说："娃走丢这么多年，总算是有点消息了。"

戴所长拍拍栗序茂肩膀，说："我看，离破案不远了！"

"谢谢所长操心。"

和戴所长告别后，栗序茂带着栗序元在街上走了一遭。那个残疾叫花子还在，栗序茂虽然断定他不是平平，但还是主动走过去给了两块钱。从街上出来，中学放学的时间也就到了，栗序茂对栗序元说："我想等等采采，你要是急就先走。"

栗序元说："我等你一路走。"

不一会儿，栗序茂就见采采从两栋教学楼中间的路上往这边走来，好像是边走边咳嗽，还用两手捂着嘴站了一会儿。栗序茂心里顿时紧张起来，怎么咳嗽那么厉害？栗序元在旁边提醒说："我看你该带娃到医院看看。那天，她正走路，突然就扶着树干歇气。我问她怎么了？她说她没劲。"

"这女子，怎么不给我说？"栗序茂着急起来。

第十三章

栗序茂听采采说今天下午没课，就打算带她去医院看医生，眼看就到校门口了，老桥头的成廷喜气喘吁吁地跑来，拦住他说："遇到你了正好，省得我跑路。吴昌应他爸托我来请你，帮他为老伴主持后事。"

"廷喜，你说啥？"

"吴昌应他妈一个人在火炉烤火，不小心被火烧死了。"

怎么会这样？栗序茂吃了一惊，匆匆忙忙赶到吴家，现场的情况顿时让他浑身直打冷战，心里惊呼："太惨了！"只见老太太全身衣裤被火烧了个精光，皮肤没有一处是完好的，两条腿蜷缩着，还在慢慢地渗着油血，惊恐和痛苦的表情更是让整个脸都扭曲了，一双手狠狠抠在地上的土里，指甲几乎全部脱落了。这一切，都无言地诉说和还原着老人死亡的过程——先是被炉子里的火烧着了身上的被子，被子燃烧之后火势蔓延烧及身子，眼看火将烧身，老太太就拼命地呼喊，拼命地挣扎，但终于没人回应，没人施救，她只好在惊恐、绝望和极度的痛苦中慢慢地死去。

听说栗序茂来了，吴昌应他爸就颤巍巍地走过来，一把抓住他的手

"呜呜呜"地哭。哭了一会儿，老人家抽泣着说："序茂啊，吴叔实在是没了办法。要不然，我也不会给你添这样的麻烦。女婿在外面打工，就算赶回来了，他也主持不了事情。村里年轻一点的人都走了，请不到人。我们亲戚少又缺来往，我老了，给人帮不上忙，我实在没了办法，请你帮我主主事，把老伴送上坡。我晓得我这辈子是还不上你的情了，只能在心里念你的好。呜呜呜……"

"吴叔，你快莫说了。我会尽力的。"栗序茂含着眼泪问，"通知昌应了吗？"

"不通知他！"老人痛心疾首地说，"我丢人现眼啊！自从他妈瘫了之后，我给吴昌应打过几次电话，他就跟没事人一样，叫我跟他姐照顾他妈，说他们一家想在外面多攒点钱。前檐水不往后檐流，他的儿女都已经懂事了，让他给他的后人做榜样去吧。呜呜呜……我不给他报丧！"

"吴昌应！"栗序茂在心里咬牙切齿地叫了一声，拿起手机想打电话，但终于还是没有打。他只是在心里下狠心，"吴昌应，从今天起，我再也没有你这个朋友了！"

吴昌应的年龄比栗序茂小得多。前些年，栗序茂、吴昌应、成廷喜都曾经一块儿在外地打过工，相处得不错。这些年吴昌应在外，栗序茂每次从吴家门前经过，都要进屋看看两位老人，最后一次见到吴婶是在三个月之前。那时候，吴婶已经瘫痪在床了，饮食起居全靠六十九岁的老头子承担，洗洗浆浆和外出跑路的事则完全指望在河对岸住着的女儿。当时，栗序茂向两个老人问好，两个老人也曾"呜呜"地哭。背着老人，栗序茂给吴昌应打电话说了他看到的情况，劝他回家一趟。吴昌应却说："现在老板给我们开的工资高，我想多挣一点。"

挂了电话，栗序茂心里很看不起吴昌应，从那以后，他就再没跟他联系过，心里也不再打算和他联系了。没想到在今天这种情形下，吴叔会托人来找他主持料理老伴的后事。

栗序茂和吴家老汉跑前跑后，费了好大的工夫，到天黑的时候总算把打井、抬灵的人请齐了。在这期间，栗序茂也获知了吴婶出事的经过。那是今天早上的事。当时，吴婶娘家两个侄子相约一块儿来看看姑姑。吴叔就通知住在河对岸的女儿张罗饭菜，帮他招待。女儿把饭做好以后，吴叔就带着客人到河对岸去吃饭。临出门的时候，吴叔和往常一样，把吴婶安排在火炉边上烤火。因怕老伴受凉，老汉又把女儿特意缝制的小被子掖在她身上。老汉走了之后，估计是老太太动弹的时候不小心把被子弄到了地上，然后被炉子里的火给引燃了，火势渐大，又把她身上的衣物引燃了。吴家住在村子的最后面，离他家最近的几户人家的年轻人也都在外面打工，仅有两三个在家的老人因为太阳好，都在外面遛田坎，根本不可能听到老太太的呼救。待老汉一行从女儿那边喝酒吃饭完毕，端着给老太太的饭菜走进屋时，一切都已经无法挽回了……

鉴于家里没人主事，凭借各样的关系请来的帮忙人又都无不叫苦说没工夫，吴叔在栗序茂的建议下同意丧事从简。第二天清早，众人就把吴婶抬上坡埋了。

昨天往吴家走的时候，栗序茂就发现路边有家人在做白铁钢筋活。听闻了吴婶的死亡经过之后，他就在帮吴家料理丧事的空暇，去订制了一个白铁管子的火炉罩子。现在，吴家丧事办完了，栗序茂就扛着做好的火炉罩子往回走，未及到达院坝边上，高美荣就问："你那扛的啥？"

"火炉罩子。"栗序茂说，"妈一个人烤火的时候罩上这个，免得跟吴昌应他妈那样给烧着了。"

高美荣感激地说："难为你有心。"

"你是没有看见啊，吴婶叫火烧得太惨，太惨了！"栗序茂说，"老太太从瘫了到死了，吴昌应硬是连面都没见一次。"

正在这时，从大院子那边传来叽叽喳喳的说话声，接着，就有一些人担着、提着莲藕、萝卜、白菜、生姜等蔬菜往这边走来。栗序茂一看就知道，这些人是给院子中间的栗序方家里帮忙的，他们是想用井里的热水洗菜。他心里记着的，栗序方明天给小儿子小贵接媳妇，今天是支客日，所有被请了喝酒、帮忙的人今天都必须到场。栗序茂和高美荣都是被请了的，他当"支客师"，高美荣和另一个女人煮饭。

"美荣，你还不报到啊？"有个女人老远就喊起来。

"我们吃了饭就来。"高美荣一边回答一边催栗序茂说，"饭好了，我们赶紧吃了饭，进院子里去。"

现在年轻人外出的多，一旦哪家过事，六十岁以下的人基本上都会被请去帮忙。乡里乡亲的，不管请了还是没请，送礼是躲不开的。大家感到恼火的是现在的礼越送越大，乡亲、邻居之间娶媳妇嫁女的一般礼金最低是二百元，随着关系的亲密程度的不同，在这个基数上再往上加额度，而增加的起点是以百元计的。席上用的酒已经涨到每瓶一百五十元以上了，烟也是十五元以上一包了。酒席更是越办越丰盛，一家比一家档次高。村里还有些让人恼火的人，不光是娶媳妇嫁女或者老了人请客收礼，平时诸如搬家、过生、小孩满月过岁、孩子升学，甚至于装修房子都挨家挨户地请人家"喝酒"，有些从来不轻易请客收礼的人就觉得很不舒服。在多数情况下，被请的人都是既要帮忙又要送礼。过去劳力没有参考价值，帮忙也就帮了，现在随便一个劳力也能挣一百元以上，人们就不能不考虑他这个"忙"帮的值还是不值了。以上这些因素，也是逼得村里人外出不归的原因。栗序茂听说曾经有人建议村支书主持定个规矩，比方限定哪些事才允许请客收礼、收礼的标准是多少等。村支书说："我们这个村定了，人家周围的村不定，怎么办？"大家想想也是不好办，这事也就没人再提了，只是心里觉得当下的攀比、浪费、图排场的风气太盛了，而且有愈演愈烈之势，希望能有哪个组织或者哪个领导理直气壮地出来制止一下。昨天栗序茂给吴家帮忙的时候，也曾有人对他说："你过去写的文章县上的广播都播过，能不能现在也写一篇，把这种风气压一压？"旁边又有一个人说："听说新来驻村的张书记说话办事不含糊，你能不能给她写个建议书，让她牵头在全镇范围内压一压这些不好的风气？"他当时没有答应，也没有拒绝，说实话，他的心确实被这两个人说动了。

栗序茂出门往院子走的时候，身边过去了一辆汽车，车上装着帐篷，他知道这也是给栗序方家里送的。现在好，办喜事的人在哪家酒行买酒，酒行就会用车把帐篷送来并且负责安装和拆卸。栗序茂在让避汽车的时候，发现水井坎那边的晒场上也有一辆汽车正在卸东西。他正疑惑着，栗序方家的老三，也就是明天的新郎官栗小贵从院子里出来正往这边走。他问："小贵，晒场上那辆汽车是不是给你帮忙的？"

"那是婚庆公司来搭台子的，我去招呼他们。"

"明天在那里举行婚礼吗？"

"我们院坝太小，院子里要支帐篷开酒席。"

"上亲呢？还有新娘子怎么来？"

"我在城里的酒店包了九间房，他们今天就到县城，明天婚庆公司的车队把他们一次接来，明天晚上还歇在酒店。"

"那好。"栗序茂问，"还在堂屋里拜堂不？"

"拜，我爸说拜堂是绝对不能少的，还是请你当司仪。拜完堂再到晒场上举行婚礼。"小贵认真地说，"序茂叔，明天请你把能吆喝到的人全部吆喝到晒场上去。"

"那好办，婚庆公司不是有音乐吗？到时候音乐一响，先放些流行歌，再叫主持人唱几首歌，大家肯定会去。"

"我还准备撒些糖果、小红包，让大家抢。"

"那就更不愁没有人去了。"栗序茂说，"你放心，我到时候会吆喝。"

看着小贵满脸欢喜的样子，栗序茂在心里叫苦说："麻烦了，小贵开了这个头，以后村里的年轻人都要这样土洋结合举办婚礼了。"

栗序方曾对栗序茂说过，小贵是在外面打工的时候认识这个媳妇的。为了办这场婚事，两个人在国庆节之后都没有再出去打工。先是拍婚纱照，跑了两个风景好的县，听说花了将近三万元。这次请婚庆公司又先交了一万块钱定金。当时，栗序方说着说着就哭了，"序茂啊，我这些年省吃俭用就存了三十万，这次花得精光不说，还用我的身份证在银行贷款了三十万块，这今后的日子怎么过啊？"

"不要紧，序方哥，反正最后一个了，交代了就不操心了。"

栗序茂赶到的时候，栗序方的家里已经来了很多的人。酒行的人正在院坝里搭帐篷，栗序方和厨师正在砌笼锅灶和茶炉子。用红纸写的"执客榜"已经贴上了墙，被请来帮忙的人都在那上面寻找自己的名字。栗序茂也挤过去看了看，果然给他安排的是"支客"，给高美荣安排的是"饭房"。栗序茂见水池子那边的自来水滴滴答答地快断流了，便对"执客榜"安排"司火"的栗序勤说："大哥，你到堰头去一趟，看能不能把缺口堵一下，让自来水大一点。"

栗序勤说："我现在就去。"

虽说早就有了自来水，黄板梁的人却并没有把挑水的家什毁掉，夏天从井里挑凉水回来浸西瓜，冬天挑温水回来洗菜。栗序茂到灶房担了水桶，想先担两担水回来应急用。他挑着水正在上梯坎，忽听得有人在身后喊他："序茂舅舅！"

"大牛——子牛，你回来了！"栗序茂不用转身就听出招呼他的人是河对岸麻园子的大牛，现在的大名叫苑子牛。

"我回来了。"大牛说，"你站着，把水桶换到我肩上来。"

"不用不用，几步路。我们一路走就是。"

大牛是栗序方的亲外甥，师范毕业后在市报当了记者。小的时候，他一有空就到这边来找猪娃子、二牛、三牛玩。因为栗序茂的家是村子北边的第一家，大牛每次过来都会先到家里找点什么能吃的东西塞进嘴里，一边嚼一边就拉着他的儿子平平一起跑向大院子。那时候，四个大孩子爱带着平平在晒场上玩"耍狮子"，个子最高的二牛头上顶个稻草当狮子头，猪娃子当屁股，平平腰间插把稻草当尾巴……栗序茂心酸得厉害，叹道："唉，平平啊！"那天，栗序方来请他们帮忙，走了之后高美荣就哭了一场，他当时还冲高美荣嚷道："没出息，不哭！"其实，他自己心里也想哭："平平，你比小贵大两岁哪，如果还在这个世上，也该娶媳妇了。"

上完了最后一级台阶就到大路了，栗序茂把路给大牛让出来，问："大牛，就你一个人，小方他们没回来？"

"后半年轮到她代表单位驻村扶贫攻坚，马上要验收了，还有几户人家人均收入达不到标准，她正帮人家卖柑子。"

"你能多玩两天吗？"

"说不准，应该行吧。"大牛抓住栗序茂的扁担说，"舅，你把水桶给我挑着过把瘾，多少年没挑水了。"

"走不稳了吧？"

"走得稳。"

栗序茂就放下水桶，让大牛挑。大牛挑了水，乘着扁担的闪动，向大院子小跑。栗序茂就快步跟着。大牛一进院子，马上就赢得一片赞扬声。大牛他爸妈大清早就到这边来了，听得外面有人夸他家大牛，就双双跑出来看儿子。栗序茂让大牛把水桶就近放在茶炉子边上，然后以"支客"的身份对灶房喊："给大牛——哦，不对，给子牛做饭吃。他爱吃挂面，下肉丝面。"

当年，天天和大牛一起玩的二牛如今在开大车跑运输，昨天才回来。他听说大牛回来了，就赶过来打招呼。两人正在说话，开打米场的猪娃子挑着替栗序方打的米也进屋了。又过了一会儿，包工头三牛也闻讯从家里赶过来招呼大牛。这样，当年的一猪三牛小尾巴玩伴组合中，就剩了小尾巴没能现身。高美荣触景生情，悄悄从灶房出去，一个人躲在茅房里抹眼泪。

一猪三牛正在院坝里说话，栗序方的老婆端着一大碗肉丝挂面出来喊："大牛，快吃，泡一阵就吃不完了。"

"舅母，有没有豆腐乳？"

"有哩有哩，我怕你口味变了，就没给拈。"

"从小吃惯了，变不了。"大牛一边说话一边吸溜一口吃了一大筷子挂面，"好香啊！"

栗序方的老婆端了豆腐乳来，大牛拈了一块大的在碗里搅了几搅，然后大吃一口，说："太够味儿了！"他又连着吃了几口才顾得说，"我在我们屋里是少数派。我一买挂面，小方和洋洋就批评我，说挂面没有手工擀的面好吃。一遇到吃面，就是他们吃他们的，我吃我的。"

院坝里的人看见大牛狼吞虎咽地吃挂面的样子，都吃吃地笑。

猪娃子说："你走南闯北这么多年了，口味还不变呀？"

"反正我就是从小就欠挂面吃。"大牛说，"我舅母下的挂面加豆腐乳，就是挂面里面最好吃的！"

舅母说："大牛抬举我哩。你是小时候吃你外婆的豆腐乳、豆豉吃惯了。要论做饭做菜的手艺，我比你妈还是差一点。"

大牛妈笑着说："大牛小时候多半张嘴搭在他舅母锅台上。真像人家说的，外甥是舅舅家的狗，吃饱了顺墙走。没良心，你也不好好孝敬舅舅舅母。"

"妈，你冤枉好人了，我心里时刻挂念着舅舅舅母的。"

舅母说："大牛没说的，每次回来只要有一点点时间，肯定过来看我们。"

说话间，大牛已经把一碗挂面吃完了。他一面喫着嘴一面要转身进屋去放碗，舅母一把夺了饭碗说："你们一猪三牛难得在一起，你们说话，碗给我。"大牛他妈就说："要不得，要不得，让大牛自己放。"舅母说："没啥要不得的，他们弟兄几个难得在一起，让他们好好说话。"

猪娃子就把大牛扯到他们身边去了。

一猪三牛正眉飞色舞地说着话，栗序茂和高美荣抬了一筐子红苕过来，对正在水池子边磨刀的栗序方说："大哥，我们这个红心苕蒸碗子比你们那种苕更好吃，我给你们抬一筐子来。"

栗序方说："好，称一下，得算钱。"

栗序茂说："大哥，你糟蹋我是吧？我家里那么多红苕堆在那里，不吃让它烂啊？"

猪娃子等栗序茂把红苕放下了，就对另外三人说："我们去削红苕皮，边削边说话。"一猪三牛就各自找了不同的刀具削红苕皮。大牛削完一个，突然想起了一件事，就起身去堂屋，拉过正在用红纸写着"礼房""酒房"等字条的栗序茂说："舅舅，我给你说个话。"栗序茂便跟在大牛身后，进到栗序方的睡房里，大牛把门关了说："舅，我给你说件怪事。前不久，大概也就两个月前吧。我有天晚上上网的时候，突然看见有人在网上晒了两幅素描画，一幅画上有口水井，井边上有棵大树，我一看就是我们这里的水井和大树。还有一幅画，画的是一个大石头，石头顶上栽了根杆子，杆子顶上挂了个四方形的灯，有四个大孩子和一个小孩子站在杆子旁边，仰着头往上看。我看这两幅画画的都是我们这里的东西。边上还有行字是：'你见过吗？'我马上回帖过去跟对方联系，对方没有理睬，马上就把两幅画撤了。怪不怪？"

栗序茂想了想说："要说怪吧，也不算怪。这口井，尤其是这棵树，知道的人太多了。一九六九年修阳平关到安康的铁路时，我们这里住了一个连的铁道兵，他们来自五湖四海。这些年，来照大树的、画大树的，也有不少人。不过，要说大石头上栽杆子、点天灯的事，晓得的人倒是不会太多，因为满打满算也只点过一年。"

"舅，我这些天闲下来的时候在想，那画会不会是平平画的呢？平平小时候记性很好的，我们教他的话一遍就记住了。"

"可能性不大。"栗序茂说，"他走丢的时候还不满四岁，应该是记不得的。不过，我倒情愿是他。要是他能画画、上网，至少说明他上了学，没有……"

栗序茂的眼圈红了。

大牛一时没了话说，停了一会儿，安慰栗序茂说："不会的，舅舅。可是，那两幅画会是谁画的呢？他为什么不愿意回应我呢？那件事过后，我本来想托人帮我在网上想办法寻找，结果我连续出了几趟差，又参加了二十多天培训，就把这件事耽误了。现在过去这么久了，肯定没法寻找了。"

"难为你有心，还记着平平。"栗序茂说，"我们这是个大路口，房后边又是火车站，又是高速公路，南来北往的人太多了。这些年私家车多了，星期天经常有好几拨人到这里来看大树，有的人还要装一瓶子井水走。有几次，我还看见有人在对门梁上架着三脚架，拍摄我们这边的场景。你说，能画出那种画的人会有多少？也许那个人是认为自己画得不好，见有人问起，不好意思，马上就撤了。"

"倒是有这个可能。"大牛盯着栗序茂看了一会儿，猛然醒悟似的说，"舅，你倒是提醒我了。我是干新闻这一行的，为什么不来个近水楼台先得月呢？我今天就来把我们黄板梁的景致拍成一组照片，然后写篇文章，配图发在网上，也算是我把家乡向外宣传一回。"

"对呀，你不是报社记者吗？这是你的优势啊！"栗序茂无限神往地说，"子牛啊，你是不知道，我在心里一直觉得对不起杨老师。她当年总表扬我的作文写得好。她还曾帮我把一篇写水井和大槐树的作文改写成广播稿，推荐给了县上的广播站。没想到，广播站还真就配着音乐播了。广播读这篇稿子的那天，我们整个黄板梁都轰动了。那个时候的广播是一天三次，我爸我妈每一次都是早早地就拿把椅子，坐在广播底下等着听。我从学校毕业的头几年，杨老师一见到我就鼓励我写稿子，只怪我没有坚持。本来，我已经是县广播站的通讯员了，却放弃了。如果不放弃，也许会有些收获。"

"你家那种情况，哪有时间写哟？"大牛说，"说动就动，我现在就出去拍照，不能辜负了我们家乡的好风景。"

大牛刚把睡房门打开，手机突然响了。他赶忙接通，说："社长，你好。你说，你说，我听得清……好，好，那我马上往回赶，好。"

接完电话，大牛十分遗憾地对栗序茂说："社长说省长不打招呼就来了，叫我随他采访报道。”

“马上走？”

“马上走。”

“真是人在江湖啊。”栗序茂遗憾地说，“下次再照吧。”

晚上，高美荣见栗序茂从箱子里取出了他那红色的本子，坐在桌前想心事，心里就猜想，他一定是因为看到比平平小两岁的小贵明天结婚而难受。她在心里说：“哪个不难受呢？我的心里比你还难受。”为了不打扰栗序茂，高美荣轻脚轻手地打开柜子，把平平小时候穿过的衣服又重新叠了一遍。

第十四章

年前，姚连芳曾给栗志打电话，叫他回家过年之前来一趟，说想给他爸捎点礼物回去。栗志先说了谢谢，然后答应他到时候一定会打电话给她。后来，电话倒是真的打了，但却说他们已经坐车上了高速公路。

买好的礼物没能送出去，姚连芳心里就一直挂念着这件事情。转眼之间年又过完了，杨梓国头天出门，去菜馆张罗开门营业，乐乐第二天就回了学校，家里又只剩下了姚连芳。这天，她忽然发现窗外的工地有了动静，先是那个年纪较大的钢筋工进场整理场地，接着就有两台大卡车载着塔吊架子进了场，很快又有吊车开了进来。姚连芳心想，看样子工地正式开工了，栗志没准儿又回到了这边的工地。她趴在窗子上看了一会儿，发现工地那些人当中并没有栗志，就打电话问："小栗，你回西安没有？我想请你吃饭。"

"哦，阿姨，新年好。"小栗好像有些手足无措，镇静了一下才说，"阿姨，谢谢你操心。今年我们都不过来了。我媳妇要在家里照顾她妈，我要到北方一个煤矿去打工。没给你和杨叔叔拜年，很对不起。"

"矿上？莫去矿上，那里危险大！"

"不要紧，阿姨。"栗志解释说，"矿上给的工资高些，我想多挣点钱帮家里。"

"矿上危险大，这里工资少一点，但安全些嘛。"

"谢谢阿姨，不要紧的。"

"那一定注意安全啰！"

"我会注意的，谢谢阿姨！"

挂断电话，姚连芳久久地站在窗前不忍离去，她脑海里不断地浮现出小栗那胆怯的脸庞和憨憨的笑容，耳边总萦绕着"我想多挣点钱帮家里"这句话，心里觉得有些难受。她在心里责怪栗志，钱就那么重要吗？多挣点钱帮家里没错，难道就不考虑危险因素了吗？这个娃子，怎么能这样想问题呢？钱重要还是命重要？姚连芳心里反复地这样问着，也许以她目前的处境体会不到没钱人的无奈。心里纠结了好一阵子，姚连芳才又略有醒悟地想："没钱也是没办法，我们家里要不是这些年生意顺当，挣了点家底，我恐怕照样得打一份工。"这样一想，马上就有个疑问跳进了姚连芳的心头：小栗他们家里是不是出什么事了？

姚连芳没有猜错，栗家是出事了。

年前，采采的班主任李老师郑重地对栗序茂说："你家采采最近上课老打瞌睡，以往从来没有这种现象。我问她有没有哪里不舒服？她又说没有，可就是精神越来越不如从前了。你们问问她，尽早带她去医院检查一番。"

栗序茂吓了一跳说："今天晚上我就问她。"

当晚，他问采采："你有没有哪里不舒服啊？"

采采说："没有啊，就是有些犯困，有时候咳嗽，还有就是吃饭不像以前那样香。"

高美荣插话说："学校是大锅饭，不好吃。你想吃啥给我说，我给你送去。"

栗序茂说："最近哪天没有主课，你跟我说一声，我带你去医院检查一下。"

"不用吧？"

"还是检查一下好。"

"那也等到放寒假了再说，行吧？"采采跟所有孩子一样，非常害怕去医院。

"不能等。"他只好把老师抬出来说，"是李老师建议我带你去看医生的。"

星期四下午没有主课，栗序茂找到李老师，替采采请了假，要带采采进城。可采采说什么也不愿意去，他只好就近把她带到镇上的一个老中医那里把了脉，配了几样药。等采采起身回学校的时候，他问老中医："你看我家姑娘的身体有没有大问题？"

老中医说："我看她身体有问题，建议你带她到大医院做个全面检查。"

等把老中医配的药服完了，栗序茂问采采："怎么样，喝了药有没有感觉好一些？"

"咳嗽少些了，也没那么困了。"

过了几天，栗序茂又去问李老师："采采最近怎么样？"

老师说："好了点，但还是没精神。我们都很着急，怕这样下去会影响她考重点高中。"

栗序茂说："我要带她进城去检查，她说什么也不肯去！"

老师说："她一直好强。这样，我来做她的工作。同时，我把课调一下，周四你带她去检查。"

在县医院检查完之后，大夫对栗序茂说："我建议你带她到市中心医院血液科再做检查。"

听医生这样说，栗序茂的心里就骤然紧张起来，赶紧给在市报当记者的苑子牛打电话说明了情况，并问他在市中心医院有没有朋友。苑子牛回答说："你等着，我这就打电话联系。"

过了没多久，苑子牛电话打过来说："血液科唐主任说他下周就要外出进修，要来就必须赶在周六清早来。"

栗序茂赶紧带着采采回学校，去向李老师请假。李老师说："采采，你去，这周六学校不安排补课。"

因为有苑子牛的帮忙，血液科唐主任亲自给采采诊断并安排她做了相关检查。做完后，唐主任建议说："最好能带孩子到省城的权威医院，再检查确诊一下。"

苑子牛说："唐主任，请你推荐个权威医院和权威专家，我们在网上直接预约他的号，行吧？"

"可以，我给你多推荐几个这方面的权威专家。"唐主任在一张纸条上写出了省城三家权威的医院的名称，又写出了这三家医院在这方面权威的教授的名字，说，"你们提前在网上预约医院里权威的教授的号。"唐主任还专门指着他推荐的第一家医院，说："这第一家医院的王锦芳教授到我们这里做过几次讲座，他是大专家，但没有架子。你们要是挂上了他的号，可以直接说是我推荐的。"

末了，唐主任给采采开了些药，然后拍拍采采的肩膀说："千万不要紧张，叫我看，就算检查确诊身体有问题，也不会太严重，不影响你上学。要按时吃药，要配合医生治疗。"

从市中心医院出来，栗序茂心里越发紧张。唐主任虽然说女儿的病不严重，但仅凭他建议去省城大医院再检查确诊这一点，就说明女儿有患上了疑难大病的可能。眼看离年关不远了，家里还有很多的事要做，但再大的事情也没有给采采看病重要。好在再过几天采采的学校就该放假了，带她到省城去也不会影响她上学，可问题是什么叫网上预约挂号？怎么预约呢？栗序茂心里一点主张也没有。路上，他问采采："你懂得网上预约吗？"采采说："我晓得一点，只是没试过。唉，爸，小贵哥学的不就是计算机专业吗？等我们学校放假了，我叫他教我。"他说："行，到时候你自己约。"

回家以后，栗序茂的一颗心还是悬在半空。他径直到院子里，把采采看病的情况对栗序方说了。栗序方听了，心里也跟着着急起来，马上就给婚后在外旅游的小贵打电话说了这件事。小贵叫父亲把电话递给栗序茂，他说："序茂叔，我帮我同学在网上预约过好几次大夫。我明天就回来了。到时候，我陪你去省城。"栗序茂说："不急，采采还有一个星期才放假。"小贵说："提前半个月就可以约。我明天回来就约，到时候我带你们去。"

栗序茂松了一口气。

栗小贵帮采采顺利地约上了王锦芳教授的号。

王教授先问了采采一些情况，再给采采做了一番检查，然后建议他们去做进一步化验。栗序茂因为怕给唐主任欠人情，一开始并没有提唐主任推荐他们的事。临出门的时候，王教授说："化验结果要明天上午十一点多才能出来。你们是陕南农村来的，来去不方便。这样，明天下午我在后面黄楼三楼的血液科住院部有会诊。你们三点钟拿着结果到那里去找我，省得你们再挂号排队。"

栗序茂非常感动地说："谢谢王教授！"

"不谢，我去过你们安康，地方挺好，人也挺好。"

栗序茂赶紧把唐主任搬出来说："市中心医院唐忠主任说，如果我们有幸见到你了，叫我代他向你问好。"

"唐主任？老朋友，他身体好吧？"

"好哩，谢谢王教授。"

次日下午，栗序茂他们顺利地见到了王教授。王教授看完化验结果之后，摸着采采的头，心情沉重地说："小姑娘，你得经受一次考验哦。不是小病，不过，也不是不治之症，只是有些麻烦，治疗费用也不低。"

王教授说采采得的是地中海贫血，先吃些药维持着，要想根治，需要骨髓移植。继而，王教授详细给他们讲了什么叫骨髓移植，怎么样移植，大概需要多少费用，当前和今后都要注意些什么，等等。尽管栗序茂到省城来的路上，就已经有了心理准备，但当采采真的被确诊患了大病的时候，他脑子里顿时成了一片空白，耳朵里也只有一片"嗡嗡嗡"的响声，眼前更是变得一片漆黑。他呆呆地站了好一阵，才渐渐地恢复。这时，王教授正在摸着采采的头，鼓励说："小姑娘要坚强，要鼓起勇气，一定会没事的。你还能正常上学，只是不要太劳累。"

不管怎么说，王教授给了他们很大的方便，这已经很难得了。栗序茂感激地说："王教授，你给了我们这么大的方便，我们一家会永远感激你的！"

迈着混乱的脚步走出来的栗序茂，一回到旅社就对栗小贵说："你帮我约第二家医院的赵教授。我怀疑医院把我们采采的血样弄错了。"

栗小贵说："我也是这样想的。"

小贵操作一阵，说："约上了。有一个预约了的人来不了，我们正好补上。"

第二天医院对采采的化验结果和第一家医院是一样的。只是血液化验报告出来之后，要第三天才能再约到赵教授。到了第三天，赵教授把化验报告看完之后，诊断结果跟王教授的一模一样，所叮嘱的话语也几乎是一样。栗序茂还是将信将疑，又让小贵约了唐主任推荐的第三家医院的刘教授。刘教授对采采的诊治程序和前面的两位教授是一样的，最后得出的结论和叮嘱的话语也是一样的。栗序茂的精神被击垮了，他真想找个地方人哭一场，但面对比他更紧张的采采，他选择了坚强。栗序茂抚摸着采采的头说："没事，爸一定把你的病治好，我要把你送进大学。"想了想，他又对采采说，"父女的血是一样的，我明天就去验血，爸给你做骨髓移植。"

栗序茂不想让一直在家里等消息的高美荣着急，打电话只说采采有点问题，想多找几个医生看看，多开点药帮她断病根。高美荣说："好不容易去了，多找几个医生好！"

栗序茂决定再到第一家医院找王教授，安排他和采采同时采血化验，想看看他的骨髓能不能移植给采采。王教授还是那样耐心，然而，采血化验的结果是他和采采的骨髓配型只达到了五个点，在目前的情况下还不符合移植条件。王教授当即表态帮助他们向中华骨髓库提出申请。栗序茂心里极度失望，表面却十分坚强，没事似的对采采说："王教授说了，你这只是贫血，没事。我们向中华骨髓库提出申请，说不定过完年就有配得上型的骨髓了。"

"我们哪来那么多钱呢？"采采知道家里没钱。

"那不是你该操心的事。你该做的就是保持一个好的、乐观的心理状态，适当锻炼身体，按时服药。"

看看快过年了，栗序茂对小贵说："教授说了，中医中药在保守治疗上也有很多成功的例子。你在网上帮我查查，看看这城里哪一家医院的哪一位中医擅长治这种病？"

小贵花几个小时，终于找到了一位中医老教授。第二天大清早，他们就赶到了这家医院，请这位老中医开了两个疗程的中药。

见该办的事情都办完了，采采问父亲："爸，我们到省城以后还没给哥打招呼，给哥打个电话不？"

"不打。"栗序茂想都没想就说，"他们是在给人家打工，时间不由他们。再说了，他们又帮不上忙，白叫他们着急干啥呢？你哥他们说了今年回家过年，我们要让他们一点压力都没有，高高兴兴地只是回来过年。"

栗志一家三口是腊月二十六那天回的老家。当他们所乘的班车到达汉阴高客站的时候，栗序茂、高美荣及采采早就等在那里了。一进家门，高美荣马上拌了蕨粉皮子，叫马玲玲他们吃。马玲玲说："妈，不忙，我们要先看外婆。"

"吃了再看。"

"不，我们先看外婆。"马玲玲拉着栗志和儿子小宝一起，捧着从西安特地购买的糕点，来到了老太太床前，喊："外婆，你好些了吗？"

"哪个？哦，是玲玲哪。玲玲，玲玲哪。还有小富，你好几年也不回来。哦哟，小宝，这么高了？你们几年没回来了……"

"外婆，我们给你买了些糕点，你尝尝好不好吃。"

糕点把老太太的嘴堵住了，泪水唰唰地流了下来。每嚼几口糕点，她就挤出一点时间来说些絮叨、重复、使人不悦的话语。不管老人家说什么，马玲玲一句话茬也没有接。当然，她确实也一句都没有听进去。马玲玲只是在心里告诫自己说："你的态度一定要好哦。老太太本来就不识字，她又没出过门，吃过很多苦，而且她已经老了，瘫了，哪个都不搭理她了。外面的世界发生了多大的变化，她也不知道了。所以，无论她说什么，你都不要往心里放，她就只是一个老太太，一个没见识、很啰唆也很倔的老太太，明里说我在敬她，其实是在敬婆婆……"在这样的自我告诫当中，马玲玲和栗志、小宝一块儿喂外婆尝了好几种糕点，感动得老太太哭了一次又一次，嘴里不住地说："菩萨会保佑你们！菩萨会保佑你们！菩萨会保佑你们！"

看到眼前的一幕，高美荣也激动得不停地用手背揉眼睛。

此后的五天，马玲玲每天都要到外婆的床前嘘寒问暖，遇到婆婆替外婆擦洗身子的时候，马玲玲也总是赶来帮着婆婆一起完成。

正月初二吃罢早饭，栗序茂和高美荣就把栗志和马玲玲叫到面前，催促说："小富、玲玲，你们现在就赶车去给小宝他外婆拜年。"

马玲玲说："去年冬天我去过了，这个年我们就在家里过。"

栗序茂说："年前是年前，拜年是拜年，你们马上动身。"

马玲玲的娘家虽然说是另一个县的，但相距栗家只有五十分钟的车程。一家三口刚一下车，竟意外地遇到了从镇子上买了甘蔗往回走的哥哥。她先招呼道："哥，你年前啥时候回来的？"

"腊月二十八。"哥哥喜出望外地说，"我听妈说，你在小富他们那儿过年，不回来了嘛。"

"我爸他们非要叫我回来拜年。"

"回来了好，回来了好！"其实，哥哥心里正在犯愁自己一家三口怎么才能脱身返回打工之地，现在见玲玲回来了，心里真是说不出的高兴。一到家里，哥哥就拉住妹妹的手说："走，见妈去！"

到了母亲面前，儿子直截了当地说："妈，玲玲也回来了，我想给你说，我们今年还想出去干。"

"出去，出去，玲玲也出去！"母亲说，"我已经打算好了。今年我不喂猪，菜园子也只务门前这一点点，再喂些鸡鸭，等于是叫它们给我搭伴，你们都出去。"

儿子迫不及待地说："那我们今天晚上就走啊。"

"你们都走，没事。"

儿子得了母亲首肯，一家人当天晚上赶两点钟的火车就走了。第二天太阳刚出来，母亲就说她胸疼、肚子疼，背也疼，喝了些常备的药，不仅没有好转，反而疼得更厉害起来。栗志和马玲玲赶紧把她送到当地卫生室。医生检查了以后说："你们赶紧送她去县医院。"

栗志和马玲玲一起把老人送进县医院，医生检查说是胆结石破碎，引发了胆囊炎，必须尽快安排手术。马玲玲赶紧打电话把这一情况告诉哥哥，哥哥不耐烦地说："我刚到这里，不可能又回去。你在跟前，先照顾着，后面的事后面再说。"

没办法，马玲玲只好留下来先照顾母亲做手术，手术过后还不知道会有什么情况发生。幸好镇上有个幼儿园，小宝可以先在那里上着。反正，打工的事别想再提了。

玲玲妈的手术很顺利。初五这天，栗志见没什么事了，在征得玲玲同意后就先回了黄板梁。走到水井坎上，正好被洗菜的栗小贵看见。小贵站起来喊道："二哥，你下来，我给你说个话。"

从年前到现在，栗小贵心里一直很矛盾。按他的本意，年前在西安的时候，他就想把采采害病的事情如实地告诉二哥。无奈栗序茂不准他这样做，还叮咛说："等年过完了，再给他说！"他想，今天破五，年过完了，该给二哥说了。等栗志到了面前，小贵就说："二哥，有件事，年前我就想给你说，序茂叔不准我说，他怕你们晓得了这件事情，过不好年。我已经跟一家网络公司签了合同，过了十五就走，再不说怕没机会了。采采得了贫血病……"

小贵一口气把采采害病的事情，一五一十地向栗志述说了一遍。听完小贵的述说，栗志就"咚咚咚"地跑回家，找到父亲问："爸，采采得这么大的病，你怎么不给我说？年前你在省城那么长时间，怎么也不给我说？"

"我准备初五再给你说哪。"栗序茂不慌不忙地说，"年前临出门的时候我就想好了，你们给人家打工，又带着小宝，我若说了，不是让你们白白地跟着着急吗？"

"爸，你心里还是没把我当亲生骨肉！"

"正因为我把你当亲生骨肉，才不愿意让你在临近过年的时候白白地受那种熬煎……"

父子二人在屋里的对话，让高美荣无意间听到了。于是，这个隐瞒了将近二十天的秘密，终于被这个家里除了床上躺着的老太太之外的所有人都知道了。高美荣的第一个决定是要到省城去做骨髓配型，看看自己能不能和采采配上型。栗志听说母亲要这样做，也决定马上动身陪她一起去。第二天，高美荣和栗志就赶到省城王教授所在的那家医院做了检查，结果，她的骨髓也和采采的配不上型。好在采采很懂事，她严格遵循了教授们的建议，按时服用药物，身体跟以前比有了明显好转。栗序茂自忖一直在家里熬着也不是事，王教授留了电话号码，自己不如给王教授发个短信，一方面表示由衷的感谢，一方面问问他替采采申请骨髓的情况。短信发出去不到两个小时，王教授就回复说这件事急不得，有的人多少年也找不到合适的骨髓，有的人很快就找到了，也有极个别的病人在这期间经过治疗，可以不必进行骨髓移植了。王教授还劝他照顾好采采，其他的事等消息就行。栗序茂问他想出去打工行不行。王教授说可以，有消息他会提前通知。

拿着王教授的回信，栗序茂把高美荣和栗志叫到面前，说："等骨髓的事，王教授替我们操心着，我在家里熬着也没意义，当务之急是筹措给采采做手术的钱。我想尽快出去打工，能挣多少是多少。实在没办法了，再厚着脸皮借点，可借别人的钱终究不是个事，我们还是要尽量多凑点。"

栗志当即反对说："爸，你这么大年纪就不要出去了。"

栗序茂说："我主意已经定了。我现在出去打工正是时候。第一，你外婆现在勉强能动了，至少大小便知道提前喊人了。第二，我们组上两个贫困户已经第一批脱贫了，我这个组长对得起乡亲，对得起政府了。第三，说句自私的话，我要是不出去，光是这家那家的红白喜事就把我拖得干不成活，人不在屋里，也就没人怪我。最最关键的，还是采采做手术要花钱。所以，我去找人联系，你们也帮我打听。"

栗志说："爸，你都奔六十的人了，莫出去了。我跟玲玲商量好了，把我们攒的六万块现在就交给你。另外，二牛哥说他姐夫在给一个煤矿上招人，一个月能挣到一万多。说好了，我今年到那个煤矿上去打工，也能多挣点回来，你莫出去了。"

栗序茂说："你那点钱留着给小宝上学用，在我干不动活之前，我不要你的。既然二牛他姐夫在招人，那正好，你去问问他们要不要做饭的？我红案子白案子都不是问题，南方北方的口味也都基本掌握。要是要，我们一起去。还有，我熟悉柴油机，拆拆卸卸的我都行。矿上要是需要使用柴油机的人，我也行。说动就动，走，我们一起去找二牛。"

二牛栗小满的家在院子的顶南头。不等栗序茂把话说完，他就满口答应说："序茂叔，你来得正好，我陈哥专门托我给他找个懂柴油机的人，一个月能拿到五六千块钱。"

"你马上给你陈哥说，我去。我们爷儿俩在一个矿上也有个照应。"

二牛马上打电话联系陈哥，对方很快也就回了话，又问了姓名、身份证号码，并说将很快代他们把火车票买好，到时候集体从汉阴火车站出发。

栗志正陪着父亲从二牛家往回走，突然接到了姚连芳从省城打来的电话。他一看是姚连芳的电话，心里既感动又惶恐。他没想到，姚连芳一家还记挂着他这样一个卖苦力的打工仔，便站在路边心情激动说出了他无奈必须到煤矿去打工的事。然而，栗志中午才给姚连芳报告了今年的行程，没想到晚上情况就发生了变化。

那是下午点灯的时候，猪娃子栗小朱带着他小舅郑本银跨进了栗序茂的家门。栗序茂甚感意外地招呼道："啊哟，郑总，你可是稀客！"

郑本银毫不客气地说："快叫我美荣嫂子炒菜，咱们哥俩喝几盅。"

"那好那好，谢谢赏脸。"栗序茂说，"年前，我听说你到这儿来了，可没等我过去，你又走了。"

"年前事太多，没顾得跟你打招呼。"郑本银说，"唉，茂哥，你今年也想出去？"

"不出去咋办呢？你晓得的，哥没有其他的挣钱本事。"

"跟我走吧，我是专门来请你的。"

"我已经跟二牛他姐夫亮子说好了，我跟小富一块儿到矿上去。"

"不去了。"郑本银说，"我就是从陈亮子那里来的，我已经帮你们两个把他矿上的事退了。"

"不好吧？是我自己找人家的。"

"亮子嘛，又不是别人。我跟他说好了。"

"兄弟，我也不怕你笑话我，我是想到煤矿上去多挣点工资。"栗序茂把家里的困难和盘托出，"我给你和小朱说，你们莫对别人说。我家采采年前查出了贫血病，可能要手术，需要一大笔钱。煤矿上给的工资高些。"

"小富呢？"郑本银对小朱说："你看小富在不在？把他叫来。"

不一会儿，小朱带着栗志进来了，郑本银就说："小富，你坐下听。我和你爸正在商量事。我想请你爸和你一块儿到我工地上去。煤矿上的事情，我已经帮你们在亮子哥那里推掉了。亮子说他那边矿上每月给茂哥开五千多元，小富估计能挣到一万多元。我在矿上干过，它不是固定工资，有时候高，有时候低。我给你们开固定工资。茂哥每个月六千元，替我做饭。我的厨房和工人宿舍都在工地边上的材料场上，顺便请你们父子夜里替我看着场子上的材料。除你们的正工资之外，我再给你们开四千块钱看场工资。我知道小富在西安干的是钢筋工，到我那里还干你的钢筋工。钢筋工是技术活，这也是按件计酬的，干得好，一个月也是万来块，而且比较稳定。"

"你老弟该不是看在我们的交情上，故意把工资开高的吧？我跟你说，关系归关系，工资该开多少开多少。"

"这个你别过意不去，我给你们开的工资是你们应该得到的。"郑本银说，"跟你实说，我去年就想来找你，听我姐他们说你走不开，才算了。今年，我在云南包了个大工程，进度上要求比较紧，可能加班加点的时候多一些。你替我做饭、看场子，我放心。几千万的工地，那么多的工人，那么多的钢筋水泥，又是一个生地方，没有一个合适的人替我招呼着，我怎么放得下心？"

"这么说，我真有点不敢答应你了。"栗序茂说，"倒不是我怕什么，只是万一中途医院通知采采做手术，我一请假，不是就误你的事了吗？"

　　"所以，我请你们父子两个一块儿去帮我啊。你到时候请假走了，小富还在那儿啊，我放得下心啊。采采要做的那种手术，我见过，耽误不了多久。她出院了，你不是又能回来了吗？"郑本银停顿了一下又说，"我先把话说到这里，万一到时候采采做手术你钱不顺手，我先给你垫着，你啥时候有了，啥时候给我就是。"

　　"这，"栗序茂感动地说，"我又没给你帮过啥忙。"

　　"哪个没个难处？"郑本银叮咛说，"茂哥、小富，那就说好了，你们准备一下，后天清早跟我一起走。"

　　父子两人一起连声地答道："行行行！"

　　姚连芳吃罢午饭正想出门，突然接到杨梓国菜馆大堂经理小刘的电话。小刘说："阿姨，你在家吗？"

　　"在啦。"

　　"你马上下楼，我在你们小区门口，等你一块儿出去。"

　　"出去？到哪儿去？"

　　"等你上车再说。"

　　姚连芳预感到事情不妙，什么都顾不得拿就匆匆下楼到了大门口，但见小刘正站在一辆出租车旁等她。等她到了车旁，小刘顾不得说话就拉开车门请她上车。待车启动了，小刘直接对司机说："去省医院急诊科。"

　　"到医院？"姚连芳紧张地问，"出啥事了？"

　　"杨总刚才从二楼往下走的时候晕倒了，头上磕了个口子。万师傅送他去医院，我就过来接你。"

　　"老杨晕倒了？"姚连芳吓坏了。杨梓国年轻的时候曾经晕倒过几次，但最近十几年没再发生过这种事。她惊恐地问："伤得厉害吗？脑子还清醒吗？"

"我不清楚，万师傅一边背杨总一边喊我打的过来接你，直接上省医院门诊科。"

到了省医院，姚连芳见万师傅等在急诊科门口，就焦急地问："老杨怎么样？"

"没事的，嫂子。他头已经不晕了，也能准确回答医生的提问。医生说没事。"

"没事怎么会晕倒？"

"医生说可能是姿势不对，一时缺氧造成的。"

"哎呀呀。"姚连芳双手按着膝盖长长地出了一口气，然后一边上最后的两级台阶一边问万师傅，"伤得厉害不？"

"医生给打了麻药，说要缝几针，还说破了比不破安全。"

说话间，姚连芳就在万师傅的带领下大步地走进了伤口处理室，医生正在给杨梓国处理伤口。姚连芳焦急地问："老杨，你咋了嘛？"

"没事，那会儿眼前一黑就天旋地转地倒了，还好，只把头皮磕破了点。"

姚连芳对医生说："大夫，谢谢啊。"

大夫平淡地说："不用谢。"

姚连芳又担心地问："大夫，他还要不要做些什么检查？"

大夫说："目前可以确认他颅内没有什么问题。等伤口处理完了，让他躺着休息休息，观察一会儿，再决定要不要做进一步的检查。"

听医生这样说，姚连芳就绕到杨梓国面前，用双手支撑着自己的膝盖，矮了身子仔细地察看，想看出杨梓国有没有什么异常。看了一会儿，并没有发现什么，她就问："头还晕不晕？"

"早就不晕了。"

"眼前还黑不黑？"

"早就不黑了。"

姚连芳直起身子来，看杨梓国头上的伤口。她发现伤口在头的左上方，约有一寸长，周围的头发被大夫剪掉了，形成了一个芒果状的浅毛区。这时，大夫已经把伤口处理完毕，一面收拾盘子里的器具，一面叮咛杨梓国说："你现在躺在床上休息，有什么不舒服不要强忍，要马上说出来，先观察两小时。"

送走医生，姚连芳坐到杨梓国身边说："你把我吓死了啊！你说，十几年没发过黑眼晕了，怎么突然又犯了呢？"

"我怎么晓得？从楼上下来时只是感到脖子有些僵硬，我摇头摆脖子，不知怎么一下就失去了知觉。我后来想，估计跟我背靠在窗子上晒太阳看手机有关。你莫看我们到西安好几年了，到现在还是没把这边的气候吃透。在江西那边，像这样的天气随便在哪里晒太阳晒背都没问题，在这里不行。这里风头硬些，从窗缝缝里挤进来的风硬得很。别看外面有太阳，只要两栋楼之间形成了一个棱角，就相当于一个能把风聚起来的通道，马上就有一股看不见的风。我记得，有一次我也是靠在窗子上晒太阳看手机，结果当天腰就不舒服。今天那阵，我也是先感到头上有缕风吹着不舒服了，才离开窗子的。没想到才走了没多远，就发了黑眼晕。"

"你当你才十八二十岁，还赶着时髦看手机。是不是看美女照看迷了，不然怎么连自己的脖子怕吹冷风都记不得？"

"看啥美女照哦？世界小姐几次给我抛来香吻，我都硬是没有接。"

"啧啧啧，就你还能见到世界小姐？"姚连芳说，"不开玩笑，医生讲望闻问切，你没把你当时的感觉给医生说说？"

"说了。医生也是南方人，她初步认为今天的事是因为我颈椎本身有问题，再受窗子缝隙吹来的冷风刺激引起的。她提醒我注意保暖。"

"有句诗叫二月春风似剪刀。齐小丽也说，她们这边有句谚语叫：'老牛老马过一冬，就怕正二月里的摆头风。'都啥年纪了，你还敢靠在窗子上看手机？你以为你是金刚童子身，百毒不侵，是吧？以后出门的时候在衣裳下面系根腰带，在颈脖子上围条围巾，听见没有？"

"每次出门都这样做，那就等于是在暗示自己老了。暗示，你懂吧？心里不能总记挂着自己老了，越记挂就越是老得快。"

"你不说我倒忘了。"姚连芳说，"你说到暗示，这倒提醒我了。你这次必须在医院给我多待几天，安安心心做个全面检查……"

"去去去，你神神道道的，自己吓自己。"

"我不管，今天的事说不准就是在暗示你要注意身体，你给我好好检查一遍。"

"有这个必要吗？"杨梓国说，"我的身体我知道，没有大毛病。医生建议我拍个颈椎、腰椎的片子，我同意了。其他就不用检查了吧？"

"必须全面检查。"姚连芳扭头问坐在一边的万师傅说，"万师傅，你说，他有没有必要全面检查？"

万师傅说："杨哥既然来了，做个全面检查最好。"

两个小时很快就到了，医生过来向杨梓国问了些话，又用听诊器在他身上几个部位听了一遍，最后给他量了一次血压，说："你可以回家了。"

杨梓国起身想下床，姚连芳上前按住他说："等等。"她又转头对医生说："大夫，我想让他住几天医院，做个全面的身体检查，行吗？"

医生说："叫我看，他没什么大问题，可以不用做进一步检查。你们如果想全面检查一遍，倒也不是不可以。至于要不要住院，你们再考虑一下。"

杨梓国刚要说话，姚连芳伸手就捂了他的嘴，代替他对医生说："麻烦大夫，请你一定给他开个住院手续。"

杨梓国住上医院之后，当天做了几项检查，剩下的要第二天做。夫妻俩在医院附近吃过晚饭，杨梓国就要回家，姚连芳阻止说："你今天晚上就歇在医院，明天清早我能赶上就陪你，万一没赶上，你第一个把血抽了，再把 B 超做了，这两项做完才好喝水吃东西。"

杨梓国犟不过，只好在医院歇了。

这天晚上，姚连芳少有的一次独自入睡，没有杨梓国陪在身边。她翻来覆去总也睡不着，心里一遍一遍地假设杨梓国检查出病来怎么办。一会儿想象着是这样，一会儿又想象着是那样，越想越害怕，越害怕越睡不着，在床上翻来滚去总也躺不实在，越不实在就越觉得被子四周都有贼风。春天还处在乍暖还寒的时候，暖气已经停了，开空调又不舒服，姚连芳索性披着棉袄半坐半躺地看手机。看了一会儿，姚连芳又翻出了手机里存的那两幅乐乐的素描画作，也许是夜深人静思想集中的缘故，姚连芳对那幅画了水井和大树的画作特别敏感。她左看一遍想：乐乐为什么把大树画成这个样子而不是那个样子？右看一遍想：他是从什么时候开始画的？虽然她只是从箱子里面从上往下取出了几幅画，仅就这几幅的作画水平看，应该是乐乐在高中阶段甚至之后才画的，那么箱子里还有没有这种内容的画？难道说乐乐心中一直藏着那口井？藏着那棵树？同时也还藏着那块大石头和栽在石头上的杆子？姚连芳后悔当时没把箱子里的画作全部揭起来看一遍。她烦躁地在床上坐了一会儿，索性披衣起床来到乐乐的房间，静静地看着那个棕箱子。令姚连芳不解的是，乐乐并没有给新箱子上锁。这是什么意思呢？姚连芳伫立良久，刚才想要再打开箱子翻看乐乐更多、更早期画作的冲动，现在一点也没有了。她想，乐乐连锁都不上，还偷看他的画干什么？半夜三更起来偷看儿子的画，有这样当母亲的吗？如果被乐乐发现了，那自己不是在他面前毫无诚信了吗？姚连芳摇摇头，重又关掉电灯，退回到自己的床上。

夜更静了，小区西头南北走向的大路上，原来每天晚上都有很多的拉土车，今天晚上居然一辆都没有。小区的路灯静静地泛着白光，偶尔和从小区西头东西走向的那条大路上经过的汽车的大灯相遇时，会折射出一道怪异的光影，在对面那栋楼的墙壁上快速地流荡。姚连芳想尽快睡着，便按手机上教的办法，在床上慢慢地动大脚趾，心里默念"一……"思绪终于归入了单调的重复，人也开始往春天的深处走，多好的阳光啊，多浓的绿色啊，走过一片草地，前面出现了一个小湖。姚连芳乘坐一条小渡船，平静地从这边到了那边。上岸之后，有一条很长很长的青石板小路，路的两边是刚刚插了秧苗的稻田，水清清的，不时传来一阵阵"呱呱呱"的青蛙叫声。周围一个人都没有，但姚连芳并不感到害怕，反而觉得难得享受到城里永远也不可能有的一份宁静。终于，走到了青石板路的尽头，前面有一条小河，水汩汩地流淌着，太阳照在水面，泛着粉红色的光晕。河上没有桥，只有她小时候在家乡见过的那种供人涉水的"跳石"，每隔一尺左右放置一块，大概有六七块。她一步一步地通过跳石过了河，然后爬上了一个小山包，走近了，才发现这是个曾经在生产队里最常见到的集体晒场。晒场边上有座关帝庙，她虔诚地上前向关帝拜了拜，发现关帝好像对她不满意，不，应该是在生气。她紧张地退到了一边，忽然发现在晒场那边的坎下有棵大树。姚连芳第一反应是这棵大树自己见过，但一时又想不起在哪里见过。她口渴得厉害，很想喝水，便匆匆向大树旁的水井处走去。井水很清凛，姚连芳蹲下身子，想用手掬一捧水喝。没想到，那井水看似和井沿齐平，甚至在往出溢，但她的手一到靠近井边，水就陷下去了，似乎永远够不到水。姚连芳仔细观察了一会儿，认为趴下身子用嘴可以够到水。她刚俯下身去要喝水，平地里响起了一个女人的悲哭声："你还我儿子，你还我儿子啊！"

姚连芳连忙抬头看，见是一个浑身沾满了草屑的中年女人两眼直勾勾地盯着她，疯狂地喊叫着。她吃了一惊，定了定神问那女人："你对谁说话？"

"对你。"

"凭什么叫我还你儿子？"

"你的儿子是我的。"

"我的儿子怎么是你的？"

"你的儿子就是我的。"那女人伸手向前指了指说，"不信？你问问他。"

姚连芳左右看了看，并没见到有什么人。

那女人见姚连芳一脸疑惑，就指着水井边上的那棵大树说："它可以做证。"

姚连芳一脸茫然地看着井边那棵似曾相识的大树，但见那大树动了动巨大的树冠，似乎是在向她点头。

"看，它点头了！"那女人突然伸着两只手直向姚连芳扑来。姚连芳急忙后退，不料一脚踏空，"啊呀"一声惊叫坐起来，才发现是做了一个噩梦。

梦醒了，梦里的情景还没有消散。姚连芳发现梦里见到的大树、水井，其实就是乐乐那两幅画作里的景物。她甩一甩头发，再挠了挠头皮，希望尽快把梦忘掉。但任凭她怎样努力，梦中那个女人的形象总是在脑子里挥之不去。那女人是谁？是哪部电视剧里的女人吗？

回忆着刚才的梦境，再想想这一年多家里出现的一些变故，姚连芳对尚且住在医院的杨梓国极度不放心起来。天刚麻麻亮，她就往医院奔，到了医院见杨梓国好好的，她这才把心定下来。

杨梓国是第四天下午出院的。所有的检查化验结果都出来了，主治医生把检查报告交到杨梓国手里之后，问："你做过体检吗？"

杨梓国说："这几年量过几回血压。"

医生说："按体检的标准值对照，你的毛病不少。比较明显的问题主要是颈椎增生、腰椎间盘突出，肝上有个小囊肿，还有个血管瘤，这些都是常见病，没啥大问题。再就是你的尿酸值不能再高了，再高就会患上痛风，也就是说，动物内脏、海鲜等东西不能多吃了。所有的注意事项都写在报告上，回去自己对照着看。总的来说，在这个年龄段的人里，你的身体算是不错的。"

杨梓国问医生："大夫，请问猪蹄子、干煸回肠、爆炒猪肝这类东西，我还能吃吗？"

"实在想吃了可以吃点，能不吃就尽量别吃，不然肯定会痛风。"

"啧！"杨梓国说，"那就没有我最爱吃的东西了。"

医生笑笑说："现在可以放心出院了。"

姚连芳说："我们去办手续。"

这时，躺在那边病床上的一个满脸沧桑的中年人十分羡慕地对杨梓国说："你多有福啊，没有病还能花八千多块钱做检查。我有病想检查，就是掏不起钱。唉，人和人真是不一样啊。"

杨梓国朝那人笑了笑，有心给他掏点钱，又想到同病房还有两个人，便勉强说了句："你好好养着，早点好起来。"

见杨梓国身体没什么大问题，姚连芳悬了几天的那颗心终于放下了。在陪着杨梓国往家里走的时候，她向他讲了那天晚上做的那个梦。讲完之后，姚连芳沉默了好一会儿，才对杨梓国说："我想好了，等合适的时候就把乐乐的身世告诉他。"

　　"想好了？"

　　"再不告诉他，只怕我会得神经病。"

　　"你也莫太紧张。我们当初领养他的时候，是因为聂小英要改嫁，嫌娃累赘。领养他之后，我们也尽了最大的努力，至少到现在，我们没有耽误他，荒废他。就是有一天找到他亲身父母了，我们也说得起话。我跟你说过，乐乐考上大学的时候，我就想把这事告诉他，现在也是时候了。"

　　"你这么一说，我心里倒是安稳一些了。可是，我又害怕，乐乐正在往上走，他的亲生父母会不会拖累他，耽误他呢？"姚连芳为难地说，"真是，往前想发愁，往后想也发愁。"

　　"谁知道呢？"杨梓国说，"你担心的事我也担心。不过，我想了，不管遇到啥样的情况，我们都要鼓励乐乐读完博士。"

　　两个人默默地走着，再不说话，各自在心里回忆着关于乐乐的点点滴滴。在这些回忆里，有焦虑、有喜悦、有期待、有骄傲，同时还有辛苦和劳累。

第
十
六
章

姚连芳家在农村，父母身体都不太好。她初中一毕业，开诊所的亲戚就叫她来帮着晒药、切药、炒药，顺带照看孩子。干了两年，亲戚认为她比较机灵，又把她介绍给另一个卖药的亲戚，出来设点收购药材。在这期间，她认识了也在一家药材收购商家里干活的杨梓国。经过两年多的交往，姚连芳对这个个子中等偏上、圆圆脸、话很少的小伙子产生了爱慕之情，杨梓国也被姚连芳这个中等个子、皮肤不白不黑、一对眼睛熠熠闪光的姑娘所吸引。在一个春夏交替的休息日里，双方老板出面张罗着让他们把婚结了。

杨梓国的老家在湖南，姚连芳的老家在湖北，中间相隔二百多里的路程，要想让两家亲戚见面并不是一件容易的事情。何况两人都是给老板打工的，一切时间都得由老板支配。那时，姚连芳的父母已经不在了，他们在结婚以后才把喜讯告诉给各自的家人。待到这年腊月二十七日，姚连芳第一次跟着杨梓国回家见公婆的时候，她的肚子已经大得掩盖不住了。在杨家过年的那几天，杨梓国的母亲走出走进都在笑。在饭桌上吃年夜饭的时候，老太太边给姚连芳夹菜边说："你怀了我的孙子，体力消耗多，一定要多吃点。我认得出来，你怀的是男孩。"

从杨梓国家里过完年再回到收购点不久，杨梓国的老板把姚连芳的老板请来，一起吃新年饭。在饭桌上，杨梓国的老板对姚连芳说，他们两个老板之间已经协商好了，她到他的公司来打工，和杨梓国一起到他设在陕南安康的收购点，接替原来的一对夫妻。他们到了安康之后，点上的业务进展得非常顺利，老板几次打电话过来表扬他们。然而，就在夫妻二人满怀信心地憧憬着家庭和事业双丰收的时候，姚连芳却在一次骑自行车外出办事时意外掉进水沟而不幸小产。小产的孩子正如婆婆所料，是个男孩。怎么办呢？这个突如其来的祸事把杨梓国难住了！家里的父母已经好几次在电话里催问，姚连芳的预产期在什么时候，要不要他们过来。如今，孩子没了，他们怎么受得了？上个月，母亲已经提前把她一针一线给孙子做的棉衣、单衣都寄来了，如今出了这样的事情，母亲肯定会受到重大打击……思前想后，杨梓国和姚连芳商量，把这件事对父母隐瞒起来。反正他们现在离家远，等到一年以后，姚连芳再怀上小孩，或者再生下小孩之后，再说出这次不幸，对老人来说打击就会小得多。对，就这样，瞒着！预产期到了，父亲打来电话，问姚连芳什么时候临盆，还说母亲病了来不了，要不要他来一趟。一听说母亲病了，杨梓国很着急，抬头看了眼日历，见今日是农历五月初六，便说："初二就生了，跟妈说的一样，是男娃。一切都好，莫操心。"

父亲说："我今天就去给娃上户口。你作根叔叔昨天在我们这儿吃饭，还问这事哪。"

杨梓国说："什么手续都还没给你，怎么上户口？"

父亲说："你没有当过家，不懂这些。我们乡下都是在家里生娃，有啥手续呢？左邻右舍的眼睛就是手续。有的娃都快上学了，大人还没给上户口。连芳生的是头胎，头胎什么手续也不要。我一会儿就到村上去给你作根叔叔散喜糖，叫他给我孙子乐乐上户口。我还要请他帮我拿主意，看是给乐乐做十天还是做满月，反正是一定要请大家吃席的。"

杨梓国知道，村上的文书兼会计作根叔叔是个能人，他曾经同时担任两个行政村共十六个生产队的会计兼文书，在当地很有威信。家里但凡有重要的事情，父亲都要请他拿主意。

晚上，当杨梓国把白大向父亲撒谎的事学给姚连芳的时候，姚连芳又"呜呜呜"地痛哭了一场。

"一个谎话要用十个谎话来掩盖。"现在，杨梓国是真正懂得这句话的含义了。自从他对母亲报喜说姚连芳的确生了个男孩之后，母亲就经常打电话来问孩子有没有奶吃，头发好不好，胳膊腿有劲没有。还有一次，母亲突发奇想，非要听听她孙子的哭声洪亮不洪亮。逼得杨梓国先是说姚连芳把孩子抱出去玩了，然后又设法把邻居家的孩子抱来，对着电话哭了几声，叫她老人家听。此后，杨梓国每向母亲撒一次谎，心里就为姚连芳还没能怀上孩子而着一次急。然而，一年过去了没怀上，两年过去了没怀上，三年过去了还是没怀上。杨梓国和姚连芳都怀疑自己的身体出了问题，趁着一次去省城的机会，夫妻俩到全省最权威的医院进行了检查。专家遗憾地告诉他们，姚连芳不能再生育了。真是一道晴天霹雳，两个人坐在医院的沙发上几乎瘫了。过了很久，杨梓国才拉起姚连芳说："没什么，只要我们平平安安的，一辈子也很好。"姚连芳"哇"的一声哭出来，说："怎么向你爸你妈交代呢？"

是啊，怎么向老人交代？杨梓国实在是作难了。他们"生"了孩子的第一年，杨梓国对母亲说姚连芳感冒了，他们回不去；第二年，杨梓国对母亲说姚连芳的姐姐到安康，陪他们过年了，他们回不去；第三年，杨梓国说老板一家人到西安旅游，准备顺路到安康过年……过了三个年，撒了三次谎，母亲心心念念的孙子也三岁了。孩子三岁了，难道还不让爷爷奶奶看看吗？今年过年怎么办？

杨梓国和姚连芳在万般熬煎中，又过了一些日子。这天天气好，收购点也没啥事，杨梓国对无精打采的姚连芳说："都说这城南的香溪洞森林公园有历史、有文化，更有风景，我们来了几年还没去过。今天，我陪你转转去。"

姚连芳不想去，杨梓国就强行把她推出去，锁了门，又在对门老吴家烧鸡店买了一只姚连芳爱吃的烧鸡和一包爆米花，准备在山上吃。走了一段路，杨梓国想到姚连芳酒量好，便又买了一瓶当地人爱喝的半斤装的瓷瓶泸康老窖，随身带上。

香溪洞在城南的山上，树木森森，流水潺潺，空气尤其清新，惹人陶醉。两人从沟底的小路上山，累得满身大汗，才走到了"遇仙桥"景点之下的台阶上。杨梓国计划上完台阶，在凉亭中的石凳子上歇一歇，再继续登"天梯"，上"玉皇阁"，最后登上山顶，来个一览众山小。眼前的几步石阶很陡，姚连芳说："站一站再上。"杨梓国说："还剩几级台阶了，能不能坚持一下？"姚连芳说："站一会儿再走。"

两人的说话声被凉亭里的人听到了，那人打招呼问："是小杨、小姚吧？坚持一下，快上来喝啤酒。"

两人同时听出来，上面说话的人是弹棉花铺的牟师傅，就放弃休息，走完了最后的几级台阶。上了凉亭，见牟师傅正和另一个中年人坐在石头凳子上喝啤酒。见杨梓国他们来了，牟师傅首先把杨梓国拉到身旁的石凳子上，说："来来来，我们都不是安康人，难得在香溪洞遇到。莫嫌弃，就着牛肉、花生米喝瓶啤酒。"

牟师傅叫牟祖云，人很和气。有两次，姚连芳把床上的被套拿去，请牟师傅加新棉花，他说什么都不肯收钱。今天天赐良机，正好酬个人情。姚连芳对杨梓国说："你快把烧鸡、爆米花取出来，我们请牟师傅喝白酒。"

虽说弹棉花铺距离他们的药材收购点不远，但平时都是各人忙各人的事，还从来没有在一块儿吃过饭。牟祖云听姚连芳说要一块儿吃饭，自然满心欢喜，赶紧腾挪地方，说："太好了，太好了，我们四个人一起打平伙！"

幸好杨梓国是个细心人，他刚才买烧鸡的时候，正好向吴师傅要了几个一次性杯子和几双一次性筷子，没想到这么快就派上了用场。双方加在一起正好四个人四个菜，现在是白酒、啤酒都有了，四个人自然也是越喝越投机。在喝酒的过程中，牟祖云介绍另一个人姓付，从四川老家过来。也是因为有客人从老家来，所以牟师傅才第一次忙里偷闲来逛香溪洞。

也就是那天晚上，杨梓国接到了公司电话的正式通知，说根据市场和公司经营策略的调整，决定停止安康收购点的业务，待将现有药材发往公司之后即告关门。这个消息虽然此前透露过，但真到了要关门停业时，两人仍是接受不了。杨梓国焦急地向公司打听将对他和姚连芳怎么安排。公司计划让他们到下属的一个制药厂去，如果不愿意去制药厂，公司给予一定补偿，可以自行择业。

放下电话，杨梓国和姚连芳在屋里闷坐了很久。他们知道，给别人打工本就不稳定，但真的面临转岗失业，心里还是很难受。再难受也必须接受。第二天一大早，杨梓国和姚连芳就着手将库房里的药材进行打包，第三天就将其全部发往了公司。不再收购新的药材了，已经收购的药材也发走了，看着空空荡荡的房子，杨梓国和姚连芳失落得只想大哭一场。这可是夫妻二人开始独立经营的第一站啊！四年的时间，他们付出了很多，也收获了很多，如今说关门就关门了，经营多年的事业就这样终止了。虽说公司答应安排他们去制药厂上班，但药材收购业务和制药厂的制药业务完全是两回事。抛开制药厂肯定没有收购点的收入高、灵活性强不说，关键是自己去了能干什么？连续几天，杨梓国和姚连芳都为要不要到制药厂去上班委决不下。迷茫之际，杨梓国给他初中时期的好同学黑子打了个诉苦电话。黑子断然道："你们啥技术都没有，到工厂去干啥？再说，你们这几年独立惯了，工厂一般是半军事化管理，你们受不了。你听我说，都过三十岁了还打什么工？快点出来自己当老板。"

"当老板？我能当老板？"

"过来，咱俩合伙开餐馆。我这里工地多，餐馆生意好得很。你有做厨师的基础，厨房里的事归你操心，租房子、装修、办手续的事归我操心。你赶紧把收购点的事情处理完了就过来。"

开餐馆的想法，杨梓国曾经有过，只是下不了决心，他叫姚连芳帮他拿主意。姚连芳说："这个主意我拿不了。你反正闲着，不如去跟牟师傅说说，我听他说事情有板有眼的。"

杨梓国眼前一亮，说："对，牟师傅见识多，四川人开餐馆的也多，我去请他当当军师。"

杨梓国一去就是几个小时，待回到家里已经是下午一点多了。他一进门就把姚连芳拉到睡房里，说："来来来，我有个重要的事情要给你说。"

"啥子重要事？"

"牟师傅引荐我们抱养一个娃娃！"

"抱养娃娃？"姚连芳惊问，"抱哪个的娃娃？"

杨梓国说："刚才牟师傅留我一起吃饭，饭桌子上有那天在香溪洞见的那个姓付的，叫付玉鼎。付玉鼎说他有个亲戚，叫聂小林。聂小林的妹子聂小英不成器，在外面打工跟人同居，生了个男娃。这个女子原来在家里是跟人订过婚的，男方家里还对女方家里有恩。现在，女子在外面跟别人家同居有了娃，她父母赌气，坚决不准那个男的上门。这样一拖就是好几年。哪晓得那个男的命短，去年十月间害病死了，欠了一屁股债。这个女的独自带着娃过不下去，别人就给她介绍了一个对象，人家说啥也不愿意她带娃娃进门，她愁得没主意了。妹子本来舍不得把娃给人，但又没办法，现在唯一的心愿就是能给娃找个好人家。牟师傅听说了这件事之后，马上就想到了我们，他把我们的情况对付玉鼎一说，付玉鼎觉得难得找到我们这么好的人家，就让牟师傅来给我们引荐。牟师傅正说来找我，我自己就上门了。你说巧不巧？我看牟师傅说的也有道理。他说，这娃跟我们没了的娃同年，我们抱养了娃，同时也帮了那个人的忙。"

"娃要是拐卖来的，怎么办？"

"我说了，偷的、拐的我不要。到时候，让那个妹子再给我们写一个协议，有名有姓的，随时可以出面对证。"

"这么说应该是真的。"姚连芳又问，"人家把娃白送我们？"

"牟师傅说，人家不是卖娃的，我们领养，是帮了她一把。只是她欠了人家的债，想叫我们给一些抚养费，帮她把账还了。"

"会不会是病娃？"

"付玉鼎保证不是。如果我们有这个意思，他可以让我们看看娃再定夺。"

"啥时候能见到娃？"

"要的话今天就做决断。"杨梓国说，"付玉鼎说了，娃长得好，也聪明，想领养的人多。因为他亲戚一心想给娃找个好人家，他又听牟师傅说我们人好。他那天见了我们印象也好，才打算优先等我们的消息。"

姚连芳心动了，急切地说："你这就去跟牟师傅说，叫付玉鼎带你去看娃。"

杨梓国出门以后，姚连芳的眼前仿佛真的就有一个胖乎乎的男孩在晃来晃去，她就在屋里这里看看，那里比比，设想着把娃领回来以后，要不要给他支张床？如果要，那么支在哪里？还有，孩子进门哭闹着要妈妈，怎么办？乱七八糟的想法越来越多，也越来越复杂，姚连芳一时间反倒不知道眼下第一件事该做什么了。她干脆靠在卧室的门框上，叮咛自己说："你心里不能乱！事情得一件一件地做，那么第一件是什么？对了，孩子离了娘肯定会闹；他要闹，我们就得哄着他不闹；要哄他不闹，就得给吃的……有了，小孩子爱吃糖，先买糖去。"一想到买糖，姚连芳就记起东大街东方红百货商城刚刚搞了改扩建之后的盛大开业活动，那里面的糖果糕点最新颖、最时髦。姚连芳立刻直奔商场而去。

东方红商场离姚连芳租住的房子不远，但她还一次没去逛过，现在走进来才发现，这里的商品之多完全超出了她的想象。到了糖果糕点专属区，姚连芳更是觉得眼睛花得不行。她出生在农村，家里又不富裕，从小到大虽然也吃过为数不多的几次糖，但都是在乡下的小卖部里买的。进城打工后，她一个大人，怎么会到商场去买糖吃？面对眼花缭乱、花花绿绿的水果糖，姚连芳在心里说："我的乖乖！糖果品种太多了嘛，买什么？怎么买？孩子喜欢吃啥样的？这叫人从哪里下手呢？"无奈之下，姚连芳只好拉住一个营业员姑娘问："小妹，打扰打扰，请你帮我推荐一下，给三四岁的男孩子该买哪些糖和糕点？"

营业员当下牵了她的手，热情地推荐了一些相对高档的水果糖和糕点。见营业员推荐的东西的确看起来很上档次，姚连芳就说："水果糖和糕点，我各要五斤。"营业员满脸是笑，马上就帮她挑选。各样包装精致的糖果和糕点，装进袋子里花花绿绿的，很是好看。

姚连芳又在营业员的指引下，到服装专柜和玩具专柜看了一遍，规划着把孩子领回来之后如何如何，然后才回到家里。她前脚进门，杨梓国后脚就跟进来了。姚连芳问："怎么样？"杨梓国说："聂小林带我隔着玻璃门，偷偷看了那娃娃。娃叫涛涛，长得好，也灵光，不像有病的样子，只是被管得太严了，很怕他妈。协议书写好了，我只改了几个字。说定了协议由我和娃他妈签，付玉鼎做中人。因为没结婚，娃是在家里生的，他们在乡卫生所开了出生证明。我看了那张证明，那娃今年三岁半，跟我们没的孩子同岁。只是因为没结婚，娃的户口就没有上。不过我想了，户口这个问题不大。你还记得吗？我们那会儿跟屋里老人说孩子生下来了，爸以为是真的，就通过村上给那个孩子上了户口。爸当时问我们给娃取的啥名字，我随口说叫乐乐，他们就用乐乐这个名字上了户口。我们如果把娃领过来，把涛涛改成乐乐，户口就是现成的了。农村人家生孩子都是在家里生，又不需要什么手续。"

"这么巧啊，如果我们的娃娃生下来，也像他这么大了。把他接回来，我们就再也不用对爸妈撒谎了。"提起儿子，姚连芳显得有些伤感。

"你同意了？"

"同意了。"

杨梓国看看手表，时针正好指向下午三点半，便问："屋里能凑多少钱？"

"不多。"姚连芳问，"怎么，就想去领孩子？"

杨梓国说："我真看上了那娃娃，怕他们反悔。"

姚连芳说："你去给牟师傅说，这娃我们养了，我立刻去银行取钱。"

杨梓国说："你准备钱，我这就去说。"

第十七章

姚连芳刚从银行把钱取回来，杨梓国就兴冲冲从外面进来说："说好了，他们还想最后再带孩子玩玩，天黑以后由牟师傅带路，把娃送来。"

姚连芳心里很激动，一会儿挑选好看的水果糖，一会儿又煮盐茶鸡蛋，再一会儿又到老吴家烧鸡店买回半只烧鸡。反正，她把设想到的孩子可能爱吃的东西都准备了一些。与此同时，她还指使杨梓国把屋子收拾了一气，又把床铺整理了一遍，希望孩子头一天晚上能够安宁地度过。待这一切准备工作做完，天也就黑了。杨梓国看看约定的时间到了，就到门口去探望，结果正好迎面和牟师傅、付玉鼎、聂小英相遇。牟师傅也不说话，只分别看了杨梓国和付玉鼎一眼，就转身走掉了。

聂小英一进屋，就把正打瞌睡的孩子从背上放下来，送到姚连芳面前，说："涛涛，别瞌睡了。看，阿姨等着带你玩呢。"

姚连芳赶忙上前，牵起孩子的手，说："来，阿姨抱！"

孩子除了怯生还是怯生，胖嘟嘟的小圆脸一直苦吊着，见姚连芳很友好地向他笑，他就惊异地看了聂小英一眼，再看了姚连芳一眼，站在屋中央不动。姚连芳把孩子牵到小桌子旁，从糖果盘子里挑了几颗她认为好看又好吃的水果糖给孩子，孩子惊奇地把糖看了看，然后就怯怯地伸手接了。姚连芳心里一喜，赶紧又剥了一颗糖喂孩子，孩子只是稍微犹豫了一下，就把嘴张开了。姚连芳很顺利地把孩子从聂小英的身边领走，然后又很顺利地带进了她的卧室。进了卧室之后，姚连芳从柜子上取出烧鸡，撕了一片肉喂孩子吃，孩子竟然张口就把鸡肉接了，并且马上就狼吞虎咽起来。看着孩子的这副模样，姚连芳心里疑惑地想："他们今天给孩子吃过饭了吗？"心里虽然产生了疑问，但姚连芳已经喜欢上了眼前这个孩子，她再也不允许这个孩子从自己的身边离开了。

趁姚连芳带着孩子在卧室里吃东西、玩玩具的工夫，聂小英和杨梓国完成了协议签字和交钱仪式。签完字，聂小英泪如雨下，深深地给杨梓国鞠了一躬，用几乎听不到的声音说："拜托大哥善待我的孩子！"

杨梓国轻声说："你放心，我一定尽心养育他，给他最好的教育！"

交接手续履行完毕后，按照约定，姚连芳就抱着孩子说："让妈妈在这里玩，我们到商场买汽车、坦克、机枪去。"

孩子听不懂，疑惑地看着姚连芳。姚连芳心里想，这孩子是私生子，父母又是打工的，可能是没见过这些东西，就用手比画着说："汽车'呜呜呜'地跑，坦克'嗡嗡嗡'地往敌人堆里冲，机关枪'啪啪啪'地打敌人。"

孩子像是听懂了，虽然还是很胆怯，但脸上露出了一丝丝笑。姚连芳就背着孩子出门了。付玉鼎在门口看着姚连芳和孩子越走越远，直至完全不见，就对聂小英说："我们走。"

聂小英带着悲戚的表情站起身来，对杨梓国说："大哥，孩子就托付给你了！"然后就紧跟在付玉鼎的身后，朝着与姚连芳相反的方向行去，匆匆消失在了电灯朦胧的树荫中。

姚连芳担心的孩子哭闹的事情，自始至终没有发生。

孩子从出门的那一刻起，就不停地在东张西望，及至进了商场，两只眼睛马上就睁得圆溜溜的，像是被眼前琳琅满目的商品惊呆了。在糖果专柜和玩具专柜，孩子都流连了很久。从商场出来，姚连芳又把孩子带到拴在江上的夜市船上，吃了烤肉和麻辣串。孩子吃得非常投入，看得出他是第一次吃到这些东西。当他们回到家里的时候，已经是晚上十点了。进门之后，孩子怯怯地站在屋子中间，默默地看着姚连芳和杨梓国，却自始至终没有提出要找妈妈。怪了，孩子怎么不恋他娘呢？待到姚连芳给孩子擦洗完身子抱到床上之后，孩子警惕地看着姚连芳，就是不倒下去睡。姚连芳就坐在他身边陪着，慢慢地，孩子眼睛眯一下又赶紧睁开，眯一下又赶紧睁开，最后终于撑不住，倒在床上睡了。等孩子睡着了，姚连芳悄悄把杨梓国拉到外屋，说："我断定这个孩子不叫涛涛。还有，这孩子肯定是乡下来的，他好像很饿，也很害怕那个聂小英。"

"那怎么办？"杨梓国想了想说，"我很喜欢这个孩子。真是凑巧了，没想到他会跟我们的孩子同龄，而且还都是男娃。"

"犯法不犯法呢？"姚连芳紧张地说，"万一……"

"我们手里有协议的。"

姚连芳不安地问："我不懂，领养人家的娃是不是还要办手续？"

"我先问问我爸。"杨梓国当即打电话问道，"爸，乐乐该上幼儿园了。我记得，那年，你在家里给他上户口了吧？"

父亲说："当天，我就让你作根叔叔给娃报上户口了。我记得办满月酒的时候，还跟你说了。那天，村里的干部都来了，你作根叔叔还把乡上的文书也拉来喝了酒，我们都喝醉了哪。你们一定要回来敬作根叔叔的酒！"

杨梓国兴奋地说："今年，我们一家三口一定回去过年。哪怕天上下刀子，我们都回去！"

"好，好，好！"父亲高兴地说，"我们早些做准备。"

挂了父亲的电话，杨梓国高兴地对姚连芳说："不用再办手续了。现在，国家开始关注小城镇建设了，一些县城都鼓励人们去投资、务工、开店、经商，一个农村户口转城镇居民户口只要两千块钱左右。看情况，咱们两人转户口没用，但乐乐的要转，牵涉以后上学的问题。"

杨梓国想了想，拿定主意说："我跟黑子开餐馆去。"

"啥时候走？"

"我抓紧把这里的事情处理完毕，尽快到江西那边去。黑子说房子已经找好了。"

"可是，"姚连芳担心说，"如果街上的熟人问孩子的事，我怎么说？"

"你姐的娃呀。她出差经过，托你帮忙带几天。"杨梓国想想说，"你不是没事了吗？我明天清早去给你买火车票，你带孩子到北京玩去。我尽快把这里的扫尾做完就走，你在外面多玩一段时间，让孩子跟你亲近起来，也让他忘掉以往的事。还有，想办法叫他记住他叫乐乐。玩够了，你就直接到江西那边去。"

这一夜，杨梓国和姚连芳都没有睡好，他们无数次地起床，要么给孩子披被子，要么招呼孩子撒尿、喝水，要么在黑暗中静静地盯着孩子看。中途孩子动了一下，他们就马上警惕地观察他的动静。天快要亮的时候，窗子外的街上，忽然传来一个四川口音的女人的喊声："平平，平平！莫跑。"

床上睡着的孩子一咕噜坐起来，揉揉眼睛，静静地望着窗外，像是在等候谁再叫一声"平平"。发了一会儿呆，他又转过脸来不解地看看姚连芳，再看看杨梓国，然后又坐在那儿听街上的动静。街上再没有人喊"平平"，只有越来越稠密的脚步声。

第二天，因为下雨不便出门，姚连芳正好就省去了外出与人打招呼的烦恼。她让杨梓国到书店去，买了几本娃娃书回来。孩子对娃娃书比较有兴趣，拿了书一个人坐在地上，背靠着墙看。姚连芳提了把矮椅子过去，想让孩子坐，杨梓国却示意她，不要打扰孩子。于是，她就静静地退到了一边。这一天，姚连芳和杨梓国总是不断地叫着"乐乐，乐乐"，开始，孩子对"乐乐"没有反应，到下午的时候，他好像接受了这个称呼，比如喊他吃饭、喊他换新衣服的时候，他就循着喊声往姚连芳身边走来，脸上的表情也轻松了许多。天快黑的时候，街上又传来了清早那个喊"平平"的声音，孩子愣怔了一下，马上就跑到门口，趴在窗框上向街道上看。姚连芳吓了一跳，追过去看时，发现那是一个胖胖的年轻女人在呼叫一个四五岁的小姑娘。

这天夜里一点钟，姚连芳带着孩子上了去北京的火车。到北京一住下，姚连芳就带着孩子去逛商场。在玩具柜旁，面对众多带轮子的玩具，孩子一眼就看上了一个安着四个轮子的小猪造型的电动小汽车。孩子不说话，只是痴痴地看着那"猪猪车"。姚连芳说："乐乐，妈妈把这个猪啰啰买回家好不好？"孩子迟疑地看着她，缓缓露出一个笑。姚连芳很高兴，当下就把车买了。回到宾馆后，见孩子很喜欢这台玩具车，姚连芳就在一旁助兴地说："猪啰啰笑啰，猪啰啰笑啰。"猪啰啰，乐乐，啰啰，乐乐……"唉，有了！"姚连芳灵机一动地想，"我来编个歌，把乐乐编进去，让他不断地听到'乐乐'这两个字。"她想起了上小学时学唱的《卖报谣》，决定就用那个调子唱。乐乐跟着车子满屋子跑，姚连芳就触景生情地在心里编歌子，不一会儿就编出了一首歌谣：

> 猪乐（啰）乐，猪乐乐，
> 健康快乐的猪乐乐。
> 它是乐乐的好朋友，
> 它是乐乐的小车车儿。
> 乐乐跟着它叮叮咣咣地跑，
> 猪乐乐它高兴得张着嘴巴笑。

行啦，行啦！就叫《乐乐歌》。姚连芳对自己的即兴创作非常满意，当即就开始唱起了《乐乐歌》。为了强化孩子对"乐乐"这两个字的记忆，姚连芳几乎随时随地都在哼哼《乐乐歌》。努力终于有了回报，突然有一天，乐乐自己也哼哼起了《乐乐歌》。初听到的那一瞬间，姚连芳很是吃了一惊，当她确认孩子是在哼哼这首歌之后，马上就装作不在意的样子，跟他一起哼唱起来。又过了一天，孩子因为上厕所没有手纸，第一次喊了一句："妈，给我拿纸来。"

姚连芳激动得眼泪都快要流出来了！

杨梓国和黑子合开的餐馆生意很好，第一年下来，他分得的红利就比过去打工两年所得工资总和还多。第二年开春之后，黑子对杨梓国说："我要离开这里做别的生意了，餐馆你独自开吧。"

杨梓国说："你忙你的，餐馆还是我们合伙开，挣得的钱我们一人一半。"

"你就别客气了。"黑子实话实说道，"小时候，有一回下河洗澡，你救过我。我当初拉你合伙开餐馆，就是想还那份人情。现在，我在餐馆的投资已经收回来了，餐馆也已经上了路，我该全力以赴干我的事了。"

杨梓国说："我哪里救过你？"

黑子说："你忘了，我可记着啦。"

过年以后，附近又增加了两片工地，餐馆根本不愁没人光顾。加上杨梓国经常一个人到城里的一些饭店去品尝人家的特色菜，然后，将其改造成适合打工者消费的小菜，在店内推出。因而，他的餐馆也越来越受到附近居民和打工者的喜爱。独立经营到第三年，杨梓国就把原来的一间铺面变成了两间铺面。有了这两年挣得的家底，杨梓国总算在城里扎根了。

时光荏苒，转眼乐乐就到了该上学的年纪。在送乐乐去学校的头一天晚上，杨梓国认真地对姚连芳说："我们当年勉勉强强上了个初中，注定这一辈子要靠双手吃饭，可是我心里不甘。你的功课底子比我强，我想让你从明天开始，当全职母亲，陪乐乐上学，在外面打拼挣钱的事，我一个人包了。我想的是，只要他学得进去，哪怕他以后到外国去上学，我们都供养。"

姚连芳说："我听那些家里有学生的人说，现在孩子上学跟我们那会儿完全不一样，对家长的要求很高。学校要求家长每天晚上都要给孩子改作业，我行吗？"

"你肯定行。"杨梓国说，"你虽然跟我一样是初中毕业，可是你的底子比我扎实多了。你不是说你当过学习委员吗？你不是说你看过十几本小说吗？呃，对了，你还说你参加过赛诗会。我不管，我爷不识字，我爸识得很少几个字，我们杨家到现在还没有一个大学生。我等着乐乐考上大学的那一天，我回老家去请客摆大席，叫村里人都知道，老杨家终于也出大学生了。"

杨梓国有这种心思，姚连芳又何尝没有这种心思呢？她从小就知道学习的重要性，如果儿子乐乐将来能考上大学，找到一份称心如意的工作，也算是对自己一生遗憾的补偿。这么说来，在乐乐上学的这件事情上，承载着杨梓国的未竟心愿，也同样承载着她姚连芳的未竟心愿啊。既然乐乐从一开始就背负着一种使命，她姚连芳还推辞什么，还犹豫什么？第二天，姚连芳再没有去杨梓国的餐馆帮忙，她用一天的时间向别人借来了小学的全套课本，也买回了自己用于家庭练习的作业本，硬是从第一课开始，一课接一课地学习。功夫没有白费，整个小学阶段，乐乐的学习成绩一直拔尖。当乐乐小学毕业，顺利考上理想的中学的那天晚上，姚连芳抱着杨梓国痛痛快快地哭了一场。

在姚连芳的记忆里，乐乐从小学到高中，总的来说，算是乖孩子，没有给她惹过祸事。烦恼是免不了的，但现在回想起来，其实也算不上什么烦恼，只是小孩子在成长过程中必然会遇到的一些小小的插曲。一件是乐乐上到二年级的时候，特别喜欢乱写乱画。当时租住在人家的三楼，乐乐每天出出进进总爱在别人家的门上、墙上乱画，招来好几家人嘀嘀咕咕的咒骂。乐乐很倔，谁骂他，他在人家门上、墙上画得更厉害。姚连芳制止乐乐，乐乐却不予理会。特别是二楼那个老太太，有一次她还跑上门来骂乐乐，更招致乐乐报复性地在她家墙上、门上画得更多、更难看。姚连芳生气地打了乐乐，乐乐就闹着往大门外跑。她费了好大的劲才劝回来。正当姚连芳没主意的时候，一楼的一个老汉自己找上门来，说："我要见见你们家的孩子。"

姚连芳吓了一跳，以为是来找乐乐麻烦的。正在屋里写作业的乐乐听得有人要找他，也吓得赶紧把门闩上了。

老汉自报家门说："我姓袁，住在一楼，是个退休老师。我会画画。我看见你们家孩子喜欢画画，想收他为徒，教他画画。你看，我还给他买了彩笔，买了画谱。"

乐乐听得门外有人说要教他画画，不等母亲叫，他自己就开门出来了。袁老师拉着乐乐的手，摸着乐乐的头，走进乐乐的小卧室，开始了第一堂画画的课。临走的时候，袁老师还给乐乐布置了家庭作业。从此以后，乐乐就再也没有乱写乱画过。

袁老师连续几次带乐乐在院子里、公园里写生。写过几次生之后，乐乐就开始学着画家里的东西，还给爸爸、妈妈画过像。这期间，每逢姚连芳带乐乐出去玩，乐乐总爱指着房子、汽车、大树、小草，说那个应该如何如何观察，如何如何描摹，云云。也就是在这一年的某个早上，乐乐上学后，姚连芳打扫他的房间时，看见了他放在抽屉里的两幅画。记得好像一幅画的是几个孩子坐在稻草垛子边仰望着天空，另一幅画的是一个人坐在乡下才有的石头对窝子旁舂米的情景。姚连芳就想，乐乐一直跟他们在城里住着，他在哪里见到过稻草垛子和用对窝子舂米这类场景的呢？等乐乐回来后，姚连芳就拿出那两幅画，问："你在哪里见到过这个的呢？"

乐乐呆呆地看了她一会儿，突然爆发似的喊："你偷看我的画！"他一边哭一边把姚连芳从他的房间里推出来，然后"砰"的一声把门闩了。到了吃饭的时候他也不出来，到了该上学的时候他还是不出来。姚连芳没办法，只好向正在下棋的袁老师求援。没想到袁老师在外面一声叫唤，乐乐就出来了。为了顺乐乐一口气，袁老师还对姚连芳挤挤眼睛说："小姚，以后没经乐乐允许，你可不能再偷看他的作品哦。乐乐画的画将来都是有大用场的，要参加全国展览的，不，要参加全世界展览的。所以，在正式参加展览之前，不能让任何人看。"

"对对对，我一定不看了。"从这以后，姚连芳真的再没看过乐乐的东西。

"乐乐小的时候，我打过他没有呢？哦，打过的，他还记不记得我曾经打过他呢？我打过乐乐几次啊？嗯，应该是好几次吧……"姚连芳记起来了，有一次，因为乐乐用铅笔把一个同学的脸戳破了，那同学的家长带着孩子来家里闹得没办法，非逼得她把乐乐打了，才带着孩子离开。打过以后，她又很心疼。"还有没有呢？肯定还有！"想了一会儿，姚连芳又记起，有一次，因为乐乐跟别的孩子一块儿连续两次到网吧去上网，她也打过他，而且当着乐乐的面，对那个孩子说："以后坚决不准你跟杨欣乐一块儿玩！"这件事伤了乐乐的自尊心。乐乐闹着不上学，最后还是请袁老师出面，才把乐乐劝进了学校的。"唉，那时候还是怪自己没经验，放到现在，我才不打他呢。"

除了对乐乐那两幅反映乡下生活场景的画有过疑问外，姚连芳也曾对乐乐说的一种现象担心过。记得有一天，乐乐忽然问道："妈，你说我上辈子是不是住在乡下的？"

姚连芳说："那是迷信，人哪里来的上辈子？"

乐乐说："不对，我看过我同学的一本连环画。那里边说了好几个孩子记得上辈子事情的故事。"

姚连芳说："那是童话，是虚构的故事。"

乐乐说："不对，书上说这种事情在很多国家都发生过，科学家正在研究啦。"

"这应该跟梦差不多，有科学家一直在研究人的梦。"姚连芳鼓励乐乐说，"我看书了，按照科学家的意见，不管你说的那种情况是真的还是假的，从科学的角度说，都是值得研究的。你作为学生，凡事多问为什么是对的。"

乐乐困惑地说："我想，我上辈子一定是乡下的。要不，为什么我一做梦就尽是乡下的事呢？有时候梦醒了想想，弄不清楚我到底是做的梦还是真的见过那些东西。妈，我总是梦到一个水井，井边还有好大好大一棵树。一个石头上有根杆子，我们几个孩子就扯着一根绳子，把一个玻璃灯往上面拉。我还记得有个跟我玩的大孩子，他后脑勺上有一个小辫子，好像我们一块儿做游戏的时候，我总是从后面抓着他的衣角跳。对于这些场景，我醒来了记不得，可梦里见到的时候却很熟悉，你说怪不怪？"

"梦是很奇怪的东西，我也经常做梦。它能把很多乱七八糟的东西拉扯到一起，真是怪得很。"姚连芳把乐乐拉进怀里，一面摸着他的小脑袋一面安慰说，"人是没有上辈子的，梦境更是很复杂的。我也在看书，对梦这个东西，到现在，科学家也没有一致的结论。你莫在意那些乱七八糟的梦。"

嘴里这样说，姚连芳心里还是觉得不踏实。晚上，她悄悄对杨梓国说："乐乐给我说，他经常在梦里梦到一口水井，井边上还有一棵大树，还说梦到的地方好像都是乡下的东西，他怀疑他上辈子住在乡下。听他说这种事，让我又想起了曾经看到过的两幅画。一幅画的是稻草垛子，一幅画的是乡下人家坐在对窝子边上舂米的场景。这就怪了，他是在哪里见到过这些东西的呢？也是在梦里吗？我们又没带他在乡下住过，他怎么会梦到乡下的生活场景？"

杨梓国说："会不会是袁老师带他到乡下写过生？"

"袁老师每次带他出去都给我说了的，没有去过乡下。"姚连芳提醒说，"我那时候就对你说过，乐乐一定是从乡下来的，会不会在他的脑子里还有对乡下生活的记忆？"

"你是想要抹掉他脑子里对乡下的记忆？"杨梓国想想说，"我们这个城小，出城就是乡下，也许是出城玩的时候，他看到的那些。要不，我们换到更大的城里去？"

姚连芳说："我看这样更好。"

经过一段时间的准备，他们趁着乐乐放暑假，搬去了一个更大一些的城市，让乐乐进了一所更好的学校。到了新的城市之后，他们除了还跟原来楼下的袁老师保持着联系之外，再没跟那座城市有过任何来往。在这座新的城市里，姚连芳继续当她的专职母亲，顺利地陪着乐乐上完了初中、高中，直至乐乐考上了大学。

第
十
八
章

西安的春天有点刻意跟人开玩笑的意思，连续出几个太阳，仿佛就是夏天了，忽来一阵风雨，刹那间又会把人拖回到三九寒天。又到了每周一节塑体走秀课的日子。早上出门的时候，姚连芳判断今天是个大晴天，然而，当她和姐妹们上完课从楼里出来，准备赶公交车时，骤然发现天气变了。呜呜吼叫的西北风劈头盖脸地一阵狂袭，使她们不得不退回了原来的教室。好在报名来这个班上课的人都是衣食无忧且有大把空闲时间的中老年女士，聚在一块儿永远会有说不完的话，只要不散伴，谁也不会感到寂寞。此时为寒风所困，大家一面叽叽喳喳地说着闲话，一面用手机打电话叫家里人赶紧给自己送御寒的衣物或者开车来接。姚连芳瑟缩着身子，上齿叩下齿地给杨梓国打电话说："喂，我们下课了，冻得不敢出教室，你快来接我！"

杨梓国说："你在教室莫动，我正准备和万师傅一块儿到你们楼下，尝人家的美味猪蹄，你也跟着饱饱口福。"

打完电话，姚连芳和姐妹们的第一个话题还没说完，杨梓国就抱着他放在茶馆的备用大衣，把教室门推开一条缝，挤了进来。苦于教室里有五十多个女人，一个个穿得大红大绿，他把她们从左到右又从右向左地辨认了一通，居然找不出姚连芳来，只好借助手机寻找。姚连芳接了电话，才发现杨梓国和她近在咫尺，便匆匆跑过来说："我好悲哀呀，几十年的老公站在面前竟然分辨不出我来！"

杨梓国玩笑说："没见过那么多美女，我不敢看你们的脸。"

吃完饭，杨梓国把万师傅送回菜馆，再送姚连芳回家。路过新苑小区时，因为等红灯，杨梓国问姚连芳："那个栗志呢？今年还在这里吗？"

"我年后打过一次电话，那会儿他还在老家，说今年不来西安，要到煤矿去。"

"煤矿？"杨梓国说，"煤矿会不会不安全？"

"我也这样跟他说，可他说家里需要钱，想到煤矿去多挣点工资。"姚连芳随即说，"我来问问他去哪个煤矿了。"

电话没拨通，对方一直处于关机状态。

"算了，莫再给人家打电话了。你没看那娃在我们跟前很拘束的吗？人家说不定是不想再跟我们联系，换了手机哩。"杨梓国想了想又提醒姚连芳说，"你跟人家无亲无故，你能知道他心里想的啥？人家怎么知道你也穷困过？人家怎么知道你的钱是在灶台上一铲子一勺子舀出来的？说不准人家在心里就认为我们是那种走了狗屎运、赚了黑心钱的人，是该遭人咒、遭人恨的人。所以，你莫一厢情愿地同情人家。你认为你是好心，可人家不一定就认为你是好心。你给人家东西，说不一定人家会认为你是居高临下看不起人家，是施舍人家。我说这么多，意思就是说，以后人家不主动跟你联系，你就不要再打扰人家了。"

"年前给他爸准备的那份东西没送出去，我心里总觉得欠他的。"

"我们心尽到了，人家躲着我们不愿意收，有啥办法？"杨梓国又提醒说，"你能断定他真的不在西安城里了吗？会不会是人家想摆脱你呢？"

"嗯，你说的有些道理，以后不再主动联系就是了。"

杨梓国把姚连芳送到小区门口，就开车折回了菜馆。姚连芳一个人在家没事，心里还是想知道栗志究竟在哪个煤矿打工。她不顾杨梓国的提醒，又一次给栗志打了个电话，结果，对方的电话仍然处在关机状态。这次，姚连芳不得不想到杨梓国的分析也许是对的，心想："算了，人家不想跟我联系，就不要再一厢情愿了。"一个人坐了一会儿，姚连芳感到心里太过空虚，就给安康的杨大姐打了个电话。杨大姐热情相邀说："过来，过来，我们这边天气好得很，向阳的地方已经有很多野树开了花，草也一天比一天绿了，说句套话就叫又是一年好光景。快来！"

姚连芳被杨大姐把心说热了，等杨梓国晚上回来就问："菜馆走得开吗？"

"走得开。"

"哎，"姚连芳靠近杨梓国坐着，低声说，"我们去安康探探网上说的那个汉阴县黄板梁火车站，怎么样？"

"我明天把车收拾一下，后天去。"

"不开车。"姚连芳说，"一路上尽是桥啊洞的，我们还不如坐班车省心。"

"你怀疑我的技术？"

"开车这技术，谁能说得准？"姚连芳说，"反正自从我把乐乐箱子弄坏以后，心里一直就没踏实过，你乖乖地跟我坐班车。"

杨梓国一年四季都守着菜馆出不了门，今天趁着春光乘班车出一次远门，觉得挺新鲜的，一路上都在抢拍照片。车到安康站，姚连芳一眼就看见杨大姐在旋转门那边等她，就对杨梓国说："杨大姐等着。一会儿，你负责取行李，我直接和杨大姐打招呼。"

两个女士一见面，不用握手就直接来了个热烈拥抱。杨大姐说："热烈欢迎！中午饭就在前面不远的小吃城里吃，住就住在我家里，下午我给你做安康饭。"

"不了，大姐，我已经在网上把乐乐佳酒店的房子订好了。"姚连芳见杨梓国提着行李出来了，就为他跟杨大姐做了相互介绍。杨梓国马上就把手里的礼品递给杨大姐，说："我们给大姐带了点西安的土特产。"

杨大姐用手去接，姚连芳连忙阻拦道："让他给你提着！"

姚连芳又埋怨杨梓国说："你见过哪个男人跟女人走一路，让女人提东西的？"

杨梓国不说话，只是笑着跟在两个女人身后慢慢地走。小吃城离车站不远，姚连芳和杨大姐因为有说不完的话，足足走了有一个小时。

吃完饭乘七路公交车进城，两个女人还是没有停止说话，直到杨梓国在乐乐佳酒店吧台办完了入住手续，姚连芳才顾得对杨梓国说："你到房间休息，我直接去大姐的家。"

杨梓国在客房等了很久，姚连芳才从杨大姐家里回来。杨梓国问："有瞌睡没有？"

"没有，你是不是想出去转？"

"想看看我们当年住的地方。"

时隔二十多年，重又回到了昔日的住地，两个人的心情都很复杂。他们先找到了鼓楼街十字路口，然后以这里为坐标点，选中一个方向走去，很快就找到了他们曾经居住、经营合一的老地方。尽管岁月远去，旧屋不再，但记忆的底片仍然储存了很多的信息。两人往老地方一站，一些淡忘了的事情重又一幕幕回到了眼前。遗憾的是，昔日的老房子不在了，他们只能在新建的住宅小区大门外，一个不太引人注目的地方，默默地伫立了很久，才一步一回头地离开。他们复又往前走去，通过一条窄小老旧的街巷，又过了一个十字路口，便找到了牟祖云曾经的弹棉花铺的大概位置，那里也已经变成了一个新式的住宅小区。离开那里之后，杨梓国不说话，姚连芳也就不说话，只是默默跟在杨梓国身后，退回到东大街，再转弯向鼓楼街走，最后在十字路口的西南角站住了。原来，杨梓国是想找到当年付玉鼎曾经住过的那家小旅社。到了街道十字的西北角，杨梓国站住说："当时，付玉鼎住在群芳旅社，聂小林、聂小英住在对门的友缘旅社。现在街道还是原来的名字，可街道四周的房子全部是拆了重盖的。"

姚连芳说："我后来越想越觉得这里面有问题。"

杨梓国说："凭我的感觉，就算牟祖云还在，也不一定知道付玉鼎的情况。"

两个人在这里站了一会儿，才顺着来路往酒店走，经过杨大姐家门口时，正好被杨大姐看见，便被招呼进屋吃饭。饭吃毕了，杨大姐抱歉地说："对不起啊，我明天后天要带孙子，不能陪你们玩。"

"不用陪，我们两人随便转转挺好。"姚连芳心想不陪正好，他们两个人可以坐车到汉阴县，去探探那个叫黄板梁的地方。

杨大姐为明天陪不了客人一事心里过意不去。当姚连芳提出告辞的时候，她就主动地说："明天后天我陪不了你，现在陪你们再到城里多转转。"于是，两个女人胳膊挽着胳膊在前面边走边说话，一个男人在后面静静地跟着，始终插不上话。这样走走停停就是两个多小时。杨梓国平时走路少，这种亦步亦趋漫无目的的枯燥走法，硬是把他累得有点抬不起脚了。他刚想开口说他一个人先回酒店，杨大姐接了一个电话，他听出是有人问她上不上汉阴。杨大姐说她要带孙子，去不了，刚说完，她突然又改口说："你等等，我来了两个西安的朋友，我问问他们想不想去。"杨大姐遂转过脸来问姚连芳："我侄子明天清早开车到汉阴去，我去不了，建议你们跟着去一趟。我给你们说，汉阴有我们安康十个县区的白菜心之称，外地来的人说它跟江西婺源的田园风光很相似，值得去哦！"

姚连芳问："不方便吧？"

杨大姐说："我侄子说他就一个人，你们去，我就让他把你们捎上。"

杨梓国上前拍了一下姚连芳的膀子，姚连芳会意道："不麻烦的话，我们去。"

杨大姐遂对着电话那头说："树青，那就麻烦你明天把我两个朋友捎去。哦，好，我跟他们说。"

杨大姐挂断电话，说："跟我侄子说好了，你们早上八点整在酒店门口等，他准时来接。我到时候也会在门口送你们。"过了一会儿，杨大姐又补充说："我侄子姓胡，年龄还小，是搞工程的，你们叫他小胡就是。"

次日早上八点，杨大姐的侄子准时把车停在了酒店门口。听杨大姐说，姚连芳他们是从省城来的好朋友，小胡就表现得很客气。车一出安康城，姚连芳就被沿途月河两岸的田园风光迷住了，不断地拍照。小胡见他们对沿途的风景很感兴趣，就主动向他们介绍了月河川道的有关情况。姚连芳心想，小胡一个生意人，没想到居然有这么宽的知识面。为了不让小胡小瞧她，她把拍摄的任务交给杨梓国，腾出心思来，凭着她陪乐乐读书时积累的一点历史和地理知识，以及当年在安康时听到的一些故事，不失时机插话提些问题，这又助长了小胡的谈兴。因为谈兴都浓，六十公里的高速路很快就走完了。快到收费站时，小胡解释说："我在汉阴有个项目，一会儿要处理些事情，处理完我还得返回安康。我只能负责让你们住下，后面就不能陪你们了。"

姚连芳赶紧说："谢谢，谢谢，我们没有目标，是随便转。到了汉阴，我们随便在哪里下车都行，剩下的你别管了。"

"谁说的？我至少得安排你们住下嘛。"

说到做到，小胡直接把车开到了福将来酒店门口。小胡从车里刚一探出身子，马上就有两个姑娘上前打招呼："胡总，你来啦！"

小胡对两个姑娘说："替我为这两位客人好好安排一下，吃的、住的都记在我的账上。"

姚连芳赶紧说："不行，不行，我们自己结账！"

"阿姨，你别为难她们了，她们没人敢收你的钱。"小胡想帮姚连芳提行李，却被其中一个姑娘从他手里抢了去。小胡就一面陪姚连芳和杨梓国往大厅里走一面说："阿姨，你莫管，我常年在这里包房间，你在这里想玩几天玩儿天，吃的住的都不要管，这两个姑娘会照顾你们。"

"不不不，我们自己结账！"

"阿姨，你别客气。你们是我姑的客人，那就跟我姑本人来了一样。你说，我姑来了，我能叫她花钱吗？"

"那多不好意思。"

"没事的，阿姨。"

正说话，有人在小胡肩上拍了一掌，说："几时来的？为什么不给老哥报到？"

小胡不用转身就说："曾哥，不好意思，我刚到，还没顾得向你申领绿卡。"

"中午喝酒还是下午喝酒？"

小胡说："开车期间不能喝酒的，我中午喝不成。"

"晚上喝。给你说，我弄了一罐大麦酒，人家用泥巴封着在红苕窖里存二十年了。我一直想等你来了，找几个人把它打开，一起喝。"

小胡换了认真的口气说："曾哥，今天不行，我项目上有些急事要处理，处理完我还得返回安康。等把手头的事情忙完了，我专门来陪曾哥。"

小胡把曾哥拉到姚连芳和杨梓国面前，介绍说："我的曾哥，曾老板，他的何须愁小菜馆在汉阴城里名气很大，是文人雅士聚会的地方。我常说那里是神仙聚会的地方。"小胡又把杨梓国介绍给曾老板，说："杨老板，在省城里开了一家湘楚秦百姓特色菜馆。厉害吧，曾哥？三个省老百姓喜欢的特色菜馆啊，厉害吧？我今天陪不了杨老板他们，请曾哥帮我招待一下。"

"你开的是三个省百姓特色菜，我开的只是汉阴一个县百姓喜欢的特色菜，地域性也是特色性。我的菜馆虽小，可是我做菜挺认真的哟。"曾老板干脆拉着杨梓国到门外，指着斜对面不远处说，"就是那家。小餐馆，莫见笑。你经营的是三个省的特色菜，我们汉阴菜也是荟萃了湘楚秦川闽越多省风味的，很有意思的。你大老远来了，一定要尝尝哦。这样吧，你们先上楼休息，十一点整，我到大厅来接你们。"

"不用接，不用接，我们自己来。"杨梓国说，"曾老板，我可是尝了别人的菜，就有偷菜的毛病。"

"那我不怕。"曾老板说，"你要是能偷我的菜，说明我的菜有值得行家偷的价值。菜没特色，哪个肯偷？"

"行家，行家！"杨梓国说，"我一定好好向曾老板讨教！"

"那就说定了，我中午代表胡总请你们。"

小胡和曾老板出了大门以后，就肩膀碰着肩膀地向大街那边走。杨梓国就指着两个人的背影对姚连芳说："你看，那两个人走在一起多有意思。"

听杨梓国这样说，姚连芳就顺着杨梓国的手指一路追着小胡和曾老板的背影看，看着看着，禁不住就笑了说："都是中等身材，小胡年纪轻轻，三十大点，西装革履，白白净净，头发稀少，背影看有点书生样；曾老板大小胡一个辈分还超一大截，对襟便衣配布鞋，头发浓密，自然带卷，从那架势看，像是练过武的人。一左一右，一少一老，嘻嘻哈哈，亲热得像一对娃娃兄弟，嘿嘿。"

折转身，姚连芳抬头看到了"福将来酒店"几个字，就跟杨梓国打赌说："这家酒店的老板应该姓胡，名字叫江来。"

杨梓国说："不一定。"

"不信，到吧台去问。"姚连芳就问吧台的姑娘，"请问这酒店的老板是不是叫胡江来？"

"是啊，酒店的名字就是我们董事长名字的谐音。"

姚连芳高兴地对杨梓国说："怎么样？研究生他妈是不是还有些墨水？"

杨梓国说："看把你高兴的。"

才见了一面，杨梓国就很认可曾老板这个人了。他草草地洗漱完毕就催促姚连芳说："走，看曾老板去！"

"太早了吧。"

"早点去。"杨梓国说，"说不准能从曾老板口里打听到我们想要的消息。"

还没有到单位下班、学校放学的时候，何须愁餐馆没有顾客，很安静。杨梓国和姚连芳就先站在门外看招牌。杨梓国喃喃自语地感叹道："何须愁？何须愁？这哪像餐馆的招牌呢？不过，倒是有点意思。愁什么呢？愁又有什么用呢？问题是世上的人谁又敢说自己没有愁呢？愁是经常有的，不愁是装给别人看的。都知道愁没有用，可是又不能愁啊，有点意思。"

看完招牌，两口子又开始读门上挂着的对联。上联写的是"饭吃七分饱留三分饥饿蓄体魄"，下联是"酒喝五成酣存一半清醒守德行"，横批是"莫遭人厌"。

姚连芳和杨梓国正在欣赏对联，曾老板从里面看到他们了，就跑出来说："啊呀，贵客到了，快请进屋！"

杨梓国说："曾老板的店名有意思，对联更有意思，到了我们这个年纪，越琢磨越觉得有味道。"

"见笑，见笑。"曾老板说，"杨老板，不怕你笑话，我是光腿杆苦出身，凭我多少年的体会，人生在世，愁事不断，不愁不行，可是再愁也没用，该来的总是会来，该受的终究得受。只要还能吃能喝能干点事，那就表示福还没有到尽头。既然福还没有到尽头，那就要利用还能动弹的时候不断地向前奔，哪天奔不动了，福也就到了尽头了，人也就成了废人了。我给店子起这个名字、编这副对子的时候，心里还真是'咚咚'地跳，生怕别人说我弄醋卖酸，没想到挂上去之后反映还挺好。嘿嘿，见笑，见笑。"

杨梓国说："曾老板对世事见解很深啊。"

姚连芳在一旁说："这对子的书法也很见功力。"

"见笑，见笑。"曾老板很得意地说，"在我这里吃饭的有很多文化人，有写书的、画画的、写字的、谱曲的、唱歌的、摄影的，反正是啥样的人都有。见他们高兴了爱吟几句、爱写几笔，我就在屋里支了个案子，置备了笔墨纸砚，兴趣来了的时候，自己也跟着他们胡咧咧几句歪诗，胡写几笔丑字。写着写着，他们就说我的字上了墙比平放着还耐看，所以我就把它们挂到门上、墙上了，嘿嘿。人家说：'满罐罐不响，半罐罐疙哩咕咚。'我有点卖弄了，是不是？这样哦，你们是胡总的客人也就是我老曾的客人，在汉阴期间吃饭的事，我包了。汉阴特色小吃多，我保证你们每天吃的不重样。还有，你们想见什么人，只要给我说一声，我保证都能找到。我这个店，价最高的一席是五百块钱，价最低的盒饭是十块钱。包五百块钱一席的，我笑脸相迎，买十块钱盒饭的，我也笑脸相迎。所以，我认识的啥样的人都有，嘿嘿。"

"不简单，不简单！"杨梓国说，"看到你的店文化味这么浓，都叫人不敢进去了。我们是初中文化哟。"

"我也是初中毕业。"曾老板说，"说实话，我刚从山那边到县城的时候，心里总担心别人瞧不起我，就一方面挣钱一方面暗地里看书偷着学。后来手里有些钱了，认识的人也多了，慢慢地就从原来仰着脖子看人变成了平着眼睛看人，结果你猜我看到了啥？我看到有些文凭高、身份高的人，其实做人做得很不怎么样。我文化水平低，可是我赞赏人家说的那句话：'人有净气，风雅自来；人若油腻，必遭厌弃。'所以，我这副对联的横批就写成了'莫遭人厌'。这店名、这对联是不是酸腐气有点重啊？不过，正是因为酸腐气有点重，反倒引起很多人注意。我的孩子都大了，不用我多操心。我开这个饭馆更主要的是图热闹。我喜欢在做菜上面找心得、下功夫，所以我既是老板，也是大师傅。菜馆不大，就一楼这一个大间，隔了几个包间。我只请了一个大师傅和两个服务员。店子虽小，可菜品精致，经常能在汉阴的传统菜品上来点新花样。我虽然是个小生意人，但我心里的信条是守正、有净气、不油腻。怎么样？杨老板？我有点意思吧？"

姚连芳先答道："我们老杨也很喜欢琢磨菜，这一点上你们像，只是我们老杨没有你这么有文化。"

曾老板说："我没有文化，是文化人爱在我这里吃饭，把我也吃出了一点业余文化。"

杨梓国见曾老板这么健谈，就开玩笑说："我是个大老粗，不过，我家的这位倒是被她们那伙姐妹封成了文化人。"

姚连芳一听"文化人"脸就红了，她打了杨梓国一巴掌，斥道："胡乱说！"

谁知，曾老板却对杨梓国的话认了真，说："那好，那好，请尊夫人对我这屋子的布置指点指点。"他把杨梓国和姚连芳让进屋，指着正面墙上的一幅书法作品，说："'但品酒菜味，莫论人短长'，这幅字我写了至少有十遍，最后对这幅比较满意，就挂上去了，请夫人指点。"

姚连芳说："我哪有本事指点啰。不过，倒是隐隐看出了曾老板喜欢赵孟頫的字。"

"夫人说对了，我就是喜欢赵孟頫的字。"

姚连芳初说这话时心里本来惴惴不安，听曾老板说他喜欢赵孟頫的字，心里顿时得意起来，就随着曾老板的指点，细看四个包间门上挂着的书法作品，发现四个包间所挂牌匾上的字也出自曾老板之手，分别是：舒心阁、愉悦阁、恬淡阁、飘逸阁。除了牌匾，每个包间门的上方还挂了一幅一尺见方的山水画，分别是：人文汉阴、山水汉阴、宜居汉阴、幸福汉阴。整个餐馆的装饰都是中式仿古的。姚连芳不禁赞道："曾老板是个高人啊，见识了，见识了。"

曾老板说："承蒙夸奖，承蒙夸奖，因为店子太小，就想整出点特色，一会儿，还请两位贵客品鉴品鉴我的小菜。"

"曾掌柜的，出来接客！"外面有人怪腔怪调地喊着曾老板，喊毕，那人自己先哈哈大笑起来。

曾老板看都不看就大声地回道："张老师，过完年你又长一岁了，怎么还这么不庄重？你自己快快进来。"曾老板转而对杨梓国夫妇轻声说："莫见笑，他们玩笑惯了。"

说话间，外面的人已经进来了。这人也是中等个子，偏瘦，看起来很有精神。当他发现曾老板有客人时，就愣了一下，说："哦！不好意思，我不知道有客人。"

"一句不好意思就想过关？一会儿罚酒。"曾老板笑着把来人介绍给杨梓国夫妇，"这是张老师，老朋友，喜欢摄影，尤其喜欢一个人在乡下田坎上乱转。"

来人顺手在曾老板腰上擂了一拳，轻声说："怎么说话呢？"

曾老板也不管那人，自顾自地又把杨梓国夫妇介绍给张老师，说："这二位是从省城来的，我好朋友的好朋友，杨老板，姚大姐，都是大老板，文化人。"

张老师上前握手说："幸会，幸会。"

曾老板接着就给张老师下任务说："张老师，你听着，老曾给你下个任务，杨老板和姚大姐在汉阴期间的陪护导游工作完全交给你。"

"曾大哥这叫知人善任，我保证完成任务。"张老师马上问杨梓国，"请问杨老板来过汉阴没有？你们想到哪些地方，我都全程陪你们。"

杨梓国因为心里想打听姚连芳说的"黄板梁"，就撒谎说："我们是听说汉阴好，想来随便看看。要问来过没有，可以说又来过又没来过。说来过，是好多年前我从成都坐火车经过这里，因为路上出了事，我们坐的火车在一个叫黄板梁的车站上停了两个多小时，我们下车转了转。说没来过嘛，说实话，那个叫黄板梁的火车站究竟是在县城的西边还是在县城东边，我都弄不清楚。"

张老师说："黄板梁在县城西边，故地重游，我建议杨老板再到黄板梁去一趟。你从省城来，关中大平原跟我们汉阴的风光完全是两个概念。"

曾老板在一旁鼓动说："张老师就是黄板梁那一带的人，让他陪你们去，很值得去哪。我们汉阴真的是个好地方，城南有凤凰山，城北有龙岗、龙垭子，还有麒麟沟，月河又是个产沙金的地方。我出门少，缺见识，我听专程从外地到汉阴来摄影的人说，大家公认中国田园风光属江西婺源最好，但汉阴的田园风光和婺源又有互相补充的效果。每年春秋两季，慕名而来的人多得很。"

"这么神奇的地方啊！"姚连芳马上助兴说，"我们一定要多歇几个晚上。"

见大家都还在站着说话，曾老板就招呼大家说："看看，光顾着说话了，快进舒心阁坐下喝茶。"

把大家让到舒心阁坐下之后，曾老板对张老师说："你陪两位贵客说话，我去给你们亲自做几个小菜。"

毕竟是县城，流动人口有限，虽说包间连后天晚上的都预订出去了，但中午吃饭的人却并不多。张老师陪杨梓国夫妇聊了没多久，服务员就提进来一壶煲热了的酒，曾老板自己则用掌盘亲自端进来了四道小盘菜，放到桌子上，说："莫多心啊，不是我皮薄，是人少，我把菜的量放得小。我先上四道菜，一会儿还有四菜一汤，基本上都是我们这儿的特色菜，杨老板多多指导。"

杨梓国见曾老板很真诚，于是从尝第一道菜开始，就先把这道菜从怎么做到先后放了什么调料，分解着说了出来，然后再说自己对这个菜的评价。曾老板捏着筷子，认真地听完之后说："我算找到了知音！不瞒杨老板，好些在我这里吃饭的人吹牛说他做菜怎么怎么有心得，我叫他评我的菜，他连一半工序都说不准。知音，来，我们先喝一个满杯。"

一顿饭吃了两个多钟头，其间，姚连芳偷着去结了一次账，张老师也偷着去结了一次账，都被服务员拒收了。曾老板最后做了一小碗汤，端进来说："杨夫人、张老师，都见外了，你们结啥子账吗？抛开远近不说，仅仅凭你们是过年以后第一次来吃饭这一点，我就不能收你们的钱。张老师你是知道的，凡是熟人，年后第一次在我这里吃饭的，我收过哪个的钱？你们莫再去为难服务员了。"

张老师见杨梓国已有了几分醉意，就说："杨老板，今天晚了，我们明天再去黄板梁。我已经看过天气预报，明天是大晴天，我早上八点来接你们。你们看是我开车好，还是咱们坐公交车好？"

姚连芳问："远不远？"

张老师说："不远，十几里路。"

"坐公交车吧。"姚连芳问，"张老师，你有没有空啊？"

曾老板代张老师说："他当家的到广州带孙子去了，他就是闲云野鹤一个。能陪你们一起看风景，他高兴还来不及咧。"

张老师说："曾哥说的对，我退休了，一个人在家玩。再说了，曾哥指示我陪你们，我就是没空也得腾出空来。"

曾老板拍了张老师一巴掌，说："态度端正，打九十分。"

第
十
九
章

月河川道的春天比关中地区要早二十多天。此时，河边低凹处，大凡
背风向阳的地方都已经能看到树尖吐芽，野草泛绿了。公交车穿行其间，
顿时给这幅大自然的水墨画平添了几分流动的妩媚。因为是早上，公交车
上只坐了四五个人，杨梓国和姚连芳就不断地变换地方，用手机抓拍车窗
外的景物。本来，杨梓国脖颈上挂的照相机只是做摆设的，现在却真的充
当了记录自然的田园风景之美的工具，"咔嚓咔嚓"的快门声始终响个不
停。突然，张老师喊道："到了，我们下车。"

下车的地方是一个高高的垭口，无论是向西还是向东，都能看得很
远。张老师把两人带到公路里边一处宽阔的草坪上，说："我们多坐了两
站，专门选的这个地方。为啥呢？因为这里是通过公路所能到达的最高地
方。从这里往东是十八里川道田间的下坡路，向西是十二里山沟峡谷的下
坡路。所以，往西看是山，往东看是田园，很有特色。你们在这里往周围
看一看，然后我们掉头往回走两站，过了河就能看到黄板梁火车站。"

受汽车环境所困，他们之前看到的景物极其有限，现在从高处往低处

看，月河川道特有的自然风光别有一番韵致。杨梓国很陶醉地把上下左右看了一气，然后跟姚连芳开玩笑说："文化人，你不是说你有文采吗？我看这个地方很值得描写一下，你没有纸笔，有没有本事用嘴把这里的美景描述描述？也算你帮着咱老杨同志，把想要说可又没本事说的赞美话说出来。"

"你以为你能把我难住，是吧？"姚连芳就装腔作势地运了一口气，扎了势子，面向东方站着，半闭了眼睛，半举着双手，用做作和夸张的神态吟诵道："高高低低的丘陵山峦，蜿蜒东去的月河清泉，炊烟袅袅的农家房舍，宛如明镜的水库池塘，蛛网般密布的乡间道路。啊，一切的一切搭配得是如此的和谐，如此的自然，如若不是我身临其境，怎么也想象不到汉阴的农村竟会是这般的迷人！啊！我要醉了，我要化了，我整个的整个啊，都已经融进了汉阴的春天！哈哈哈！"

姚连芳笑得几乎快要岔气了。笑毕，她打了杨梓国一拳，说："本小姐至少比你这个老杨同志有文采吧？"

"见识，见识，真是浪费你了！不过，我提醒你也不要骄傲自满。"杨梓国拍拍自己的胸脯，"真正的高人在这里，知道吧？凭我杨梓国的智商，谁要是能在这个时候给我喝一斤五百年前的好酒，我敢保证，我站在这里连眼睛都不眨一下，就能写出一篇汉阴风光赋来，而且保证是千古流传的奇文。"

"废话，废话！你这话能成立吗？"姚连芳说，"五百年前的好酒，谁能让你糟蹋了？不如通过拍卖把它换成现金，恐怕修一座图书馆都用不完咧！"

杨梓国得意地笑着说："看看看，是你姚连芳舍不得酒，对吧？只要你舍得那瓶五百年前的好酒，我就能写出好文章来！"

三个人都笑了。笑了一阵，姚连芳对张老师道歉说："对不起啊，张老师。我们太放肆了，献丑，献丑。"

"没事的，出来玩，越开心越好。"张老师说，"说实话，我真没想到，你刚才即兴说出来的那段话能那么有文采。"

"哪里呀，张老师见笑啦。"姚连芳说，"我是初中毕业的家庭主妇，一时高兴，纯粹胡乱说。"

三个人说说笑笑间又向前走了一段路，过了小河，眼前出现了一片竹林，其间有几只叫不上名字的小鸟，正在飞来飞去地追逐嬉戏。姚连芳蹑手蹑脚地走到近前去拍照，无意间透过竹林发现水塘边有一头水牛，周围还有几只白鹤边走边在湿漉漉的地上觅食。她便半蹲下身子，给杨梓国和张老师打手势，叫他们不要惊动它们。

杨梓国和张老师也跟着望过去。杨梓国说："多静啊，我都几十年没见到水牛和白鹤了。"

张老师则说："我从小生活在这种乡土环境中，早已经是眼前无景物了。"

等杨梓国夫妇拍完照，张老师就领着他们通过既是引水槽又是横跨高速公路和铁路的天桥，来到了火车站的月台上。他们刚站定，东边就远远地驶过来一列火车，三人赶紧往后退了几米远。杨梓国赶紧抓拍了火车的照片。等火车远去了，杨梓国煞有介事地说："我那年坐的那列火车，车厢就在我现在站的这个位置，我下车还活动了一阵腿脚，附近好像有个崖头。"

张老师说："对，崖头在涵洞子上面，我们一会儿就从那里往前走。"

杨梓国在站台上来回走了走，说："故地重游，转眼二十多年过去了，人都成老汉了。"

张老师说："你恐怕做梦也没想到，还会再来一次。"

杨梓国说："绝对没想到。"

张老师说："既然这么有缘分，今天天气好，时间也充裕，我们不走回头路。就从车站顺水泥大路往镇上走，到了镇上再坐车回县城。水泥路是顺黄板梁修的，黄板梁的地势比两边的川道高出许多，尤其比北边月河两岸的田坝子高，走在这条路上能尽情领略这一片田坝子的风光。最关键的一点是，走这条路能看到一棵古槐树。这棵树名气很大哟。树边上还有一口水井，名气也很大。你们看，怎么样？"

张老师的提议正中杨梓国夫妇的下怀，姚连芳忙不迭地叫好说："太好了，一定领我们看看大树和水井！"

张老师在前面带路，经一段斜坡下到了涵洞口，再顺洞口往前走了一段，就指着前方说："你们看，那边坎下面露出的树尖尖，就是我说的古槐树。"

顺着张老师指的方向看去，杨梓国和姚连芳同时看到了树尖，于是就不由自主地加快了步伐。他们越往前走，树尖露出的部分就越多，杨梓国夫妇的心里却突然紧张起来。姚连芳正打算悄悄地把手机上乐乐的画作调出来看看，张老师却接着介绍说："崖下这条河叫月河，忽左忽右、弯弯拐拐地一直到安康才汇入汉江。整个月河两岸是安康辖内农业条件最好的地方。"

姚连芳的心怦怦直跳，嘴里却不得不附和说："月河两岸真是好地方。"

大树的全貌已经完全展露出来了。虽然相距尚远，姚连芳还是惊奇地发现，它几乎跟乐乐画的大树一模一样！于是，她在心中问道："这么神！乐乐是照着照片画的呢，还是真像他说的那样，在梦里见过这棵树？"

这是一个十字路口，东西方向是水泥路，南边是村庄，向北是一条小路，通过很长的一段斜坡，然后可以过河到更远的地方去。那棵树、那口井，都要经过小路下的一段坡路才能到达。

杨梓国和姚连芳正看着面前的一切出神，张老师却顺势在路边一块有牛身子那么大的石头上坐下，说："鞋子里进沙子了。"说着话，他就脱了右脚的鞋子，想将里面的沙子倒出来。姚连芳趁机想休息一下，就把脚搭在石头边，弯着身子向前看，忽然发现石头顶上有一个人工凿成的很深的窝，窝里填满了土，土中还长出了一株野蔷薇。石头眼里毕竟土少，又存不住水，蔷薇长得很艰难。崖壁上的各种荆棘都长出叶子了，它才开始露出一点点绿色。姚连芳好奇地说："这是哪个人好心情啊，在石头上开凿窝子栽蔷薇。"

"你们想得太浪漫了。"张老师看都没看就说，"哪个会栽它？是过去栽木头杆子的时候留下的。"

木头杆子？姚连芳的身子不禁颤抖了一下。她联想到了乐乐画的那幅画，但却不敢打探究竟。

张老师把鞋子里的沙子倒尽以后，站起来说："坎下这口井里的水冬暖夏凉，外地人专门来打这井水回去洗眼睛。既然来了，我们也去洗洗。"

到了井边，杨梓国他们才发现槐树的叶子发得晚，树枝的尖尖才现出鹅黄色。树上凡是人能够得着的地方都挂满了红布条，这足以见得，早已有人来此许愿参拜。于是，他们便不约而同地把树和井都照了下来。照毕，他们又请张老师以井和树为背景，为他们照了张合影。合完影，姚连芳就痴痴地看着大树，看着看着，眼前仿佛出现了一个小男孩……

"张老师，你怎么不进屋呢？"一个女人的声音把姚连芳从幻觉中拉回神来。她抬头一看，见一个将近六十的女人在向张老师打招呼。

"美荣啊，你在家里？"张老师说，"我陪朋友随便逛逛。"

"都请到屋里嘛。"

张老师指着那女人，对杨梓国他们说："她叫高美荣，她爱人是我的学生。走，到屋里去坐会儿。"

杨梓国说："不打扰吧？"

张老师说："说不上打扰。我每次路过这里，都要到他们家坐坐的。"

高美荣住的是一个很普通的农村简易二层小楼，屋外收拾得挺整齐。张老师看看天，说："我们就坐在院坝里，晒晒太阳。"

大家刚坐下，从南边村子里钻出来一辆摩托车。车行至院坝边上，突然停了，骑车人向张老师打招呼道："张老师来了？"

"哦，栗序方啊。你今年没出去？"

"今年出不去了。"那人说，"张老师，到我们家里去。"

"不了，你忙你的，我陪朋友闲逛，坐会儿就走了。"

"来都来了，哪能不去我家坐坐？"

"下次吧。你快忙去。"

那人见高美荣端茶出来了，就问："美荣，我进城哪，带啥不？"

"不带啥。你忙你的，我招呼张老师他们。"

杨梓国和姚连芳都痴痴愣愣地目送骑车人走远，总觉得他和谁有点相像。

等高美荣坐下了，张老师问："老人家好些了吗？"

"好些了，解手晓得叫人了，手上也有力了。今天有些咳嗽，才喝完药，睡着了。"

"你是大孝子啊，好，应该这样。"

"啥孝子哟，没办法。"

"序茂呢？"

"到云南修路去了，跟小富一路走的。"

"叫我看，序茂就不要出去了，快六十了。"

"我也操心他。"高美荣面色凄然地说，"也是没办法。张老师，有些话我不能给外人说，可是不能瞒你。采采得了贫血病，要是做手术移植骨髓的话，要花很多钱，她爸只好出去。"

"不会吧？"张老师惊讶地站起来问，"啥时候的事？"

"年前在省城检查的。"

"弄错了吧？"

"不会，三家医院的检查结果都一样。"

"找到骨髓了吗？"

"没有，他爸去配了型，我跟小富也去配了型，都不行。医生建议先保守治疗，等消息。"

"怎么会这样呢？"张老师问，"哪个带她去的省城？"

"她爸，还有小贵。现在医院搞网上预约挂号，她爸不会，小贵帮的忙。"

"怎么会这样呢？"张老师急得手足无措，对杨梓国他们说，"你们是不知道啊，我开始到镇上的初中当代课老师的时候，才十九岁。我第一次当班主任，带的就是她爱人那个班。我当了两年班主任，她爱人当了两年班长。他字写得好，人很诚实，又很负责任。我们是师生关系，也是兄弟关系，这么多年了，我们一直还来往着。他们结婚的时候，还是我亲手写的对子。刚才说话的那个人也是我的学生，他的儿子——就是我们刚才说到的小贵，也是我的学生。在这一带，一家两代人我都教过。我的外婆家原来也在这个院子里，我们跟栗家是甥舅关系。但要说亲近，我还是跟他们一家最亲近。唉！怎么会这样呢？美荣，我能帮你们做点啥事呢？"

"张老师有这份心，我们就很感激了。"高美荣对张老师说，"我给你们做饭吃，好吗？"

　　张老师说："不用了，等哪天有好消息了，我再来吃饭。等采采的病好了，我来祝贺。哦，我想起来了，我有两个朋友是医生，你把病历取来叫我看看，说不准在哪里能帮上点忙。"

　　高美荣从屋里拿来一沓医院的病历和检查资料，交给张老师，张老师就用手机拍了下来。见张老师拍照，姚连芳一时心软，想："齐小丽说她小叔子是一家医院的副院长，我也把病历拍下来，回去请她帮帮忙。"于是，她就对高美荣说："我也拍下来，回去试试看能不能找到帮忙的人。"

　　高美荣便把那沓资料又交给姚连芳，说："谢谢你有心！"

　　见姚连芳拍完照了，张老师站起来说："美荣，已经这样了，你们急也没用。安慰和照顾好采采，叫她莫急，要听专家的。既然专家说还不严重，那就让她好好配合治疗，保持良好心态。我们趁天气好，再转转去。"

　　张老师不让高美荣送，但高美荣坚持要送。一行四人走到了前面路边的一个大场坝子上，张老师指着北沿的崖壁对杨梓国说："你们看，从铁路下面的涵洞子一直往东，整个河岸高台上的崖壁都是红黄色，所以这里就叫黄板梁。如果站在北边，用长焦镜头照下来，那景观也是很美的。"

　　正说话，背后又有人招呼说："张老师上来了。"

　　张老师转身向前走几步，回道："小朱啊，老板当得可以吧？"

　　小朱答道："混碗饭吃。张老师，这一批米很好，我送你一袋子，好吧？"

　　"谢谢！我眼下一个人在屋里吃饭，吃不动，不要。"张老师指着小朱，对杨梓国他们说："这也是我的学生，他开了个打米厂，专门给县城的一个公司加工大米，周围乡亲也在这里打米。你们不知道，这一带都是黄泥田，种出的米非常好，名气大，供不应求。"

　　寒暄了一阵，张老师就告别了高美荣和小朱，一副心情沉重的样子，带着杨梓国和姚连芳继续默默地往前走。走了一段路，见周围没人了，他站住脚说："我这些年一直有一个心结，就是觉得当时不该促成栗序茂和高美荣的婚事。唉！"张老师停了一下，最后还是忍不住说，"你们不知道啊，当初栗序茂的父母说什么都不同意他娶高美荣。栗序茂就找了很多人上门做工作，光找我就找了两次。高美荣做活是把好手，但没上过学，最令人恼火的是她那个母亲太差劲了，说话做事都不知道高低轻重。高美荣的儿子快四岁的时候，被她母亲带进城里玩。这个老婆子喜欢显摆，她见外孙子长得好，一直闹着要带出去讨别人的夸奖。每一次都是栗序茂的父母找各种理由，不让她带到远地方去。没想到，这次高美荣自己同意了——你个高美荣啊，别人不知道你妈是啥样的人，你难道也不知道吗？糊涂啊！老婆子把孩子带进城以后，只顾得跟熟人说闲话。你们是不了解，她只要一说话，别人就插不上嘴，甩都甩不掉她。她在人山人海的大街上跟人说闲话，小孩啥时候走丢的，她都不知道。发现小孩子丢了以后，她也不知道报警，还一边骂孩子一边去看大戏，一直拖到天黑了才回家。唉，她一回家，大家都问孩子呢，可她不但不怪自己没带好，反而骂孩子不争气。她还撒谎说孩子是回来的时候在镇子上丢的，白白浪费了寻找的最佳时间。这，这，算了，说着那个老婆子我就气不打一处来。"

　　张老师喘了一阵气，才又翻着两只手掌，十分自责地说："我都干的什么事吗？我为啥要迁就栗序茂？唉，真是的！我怎么能同意他娶高美荣？那孩子长得好又聪明，就这么莫名其妙地丢了。栗序茂的父母怄了气，一年不到，两个老人都过世了。刚才，骑摩托车的那个栗序方，跟栗序茂关系好，就把他的二儿子过继给了栗序茂。过了几年，高美荣才又生了个女儿，哪想到现在她又得了这样严重的病。栗序茂多好一个人啊，硬是毁了，唉！"

听张老师这么说，姚连芳心里就越揪越紧，越揪越紧。

第
二
十
章

人真是极其复杂的生物有机体，面对同一件事情，在此一环境下，可能激动得慷慨激昂，泪流满面；转身进入彼一环境，又可能变得静如处子，冷若冰霜。

姚连芳久居城市，刚到汉阴，觉得什么都新鲜，什么都值得拍摄，而且还恨不得把拍摄的照片悉数发布天下，让全世界的人都能为汉阴的美景所倾倒。到了黄板梁以后，姚连芳因为见到了水井和大树而激动，所以在得知高美荣女儿患病的时候，她也跟着激动。平心而论，当时姚连芳还真不是做样子，她真是希望能给那患病的孩子帮上忙。然而，一旦离开汉阴坐上班车，再回到省城，她那颗炽热的心就慢慢冷却下来了。在回看手机上拍的照片的时候，姚连芳把采采的病历看了一遍，也保留了下来，但托人帮忙的冲动却没有了。她给自己开脱道："三家大医院已经确诊了病情，病人现在需要的是等候医院的通知，做骨髓移植的手术。我一个家庭主妇、社会闲人，有什么能耐替人家操心，给人家帮忙？充其量，我就是能帮个一两千块钱，但一两千块钱对这个病人来说，可能只是杯水车薪。再说，人家也不会找到咱们头上来。同情归同情，可天下值得同情的人又何止千千万万。"

在和张老师、曾老板道别的时候，姚连芳也曾充满激情地说："不枉此行，不枉此行！这一趟汉阴之行，我收获很多，每一件都值得永久珍藏。我回到省城的第一件事，就是把我们在汉阴拍的照片送到照相馆去制作成册，把你们两位永远收藏在我们的记忆当中。我还要利用一切机会宣传汉阴。"及至回到省城，熟悉的环境马上就让姚连芳恢复了平静，虽然不能说胸中的那簇火苗已成灰烬，但其热度的确已经大打折扣，至于将照片制作成册这件事情，她也没有再想起。

一天，姚连芳蓦然想起自己有一阵子没见齐小丽了，她赶紧把电话打过去："小丽，今天天气好，我们到沣惠渠公园玩去。"

"啊，你从哪里冒出来的？"齐小丽高兴地说，"我还以为你找到了什么桃源乡，乐不思蜀了呢？"

姚连芳说："老啦，在外面见到了再美的风景，也禁不住想家。"

"哈哈哈，我马上出门，十字路口见。"

姚连芳笑着问："带不带纱巾？"

"带呀，多带几条纱巾，要不然照出相来也是黄脸婆。"

姚连芳刚到十字路口，齐小丽就大幅度地扭着身子往这边走来。姚连芳看着齐小丽那夸张的动作，就开玩笑说："你看你浪得哟！"

"现在不浪还等几时？"齐小丽一闪身就往前面跑，姚连芳追上去，两个人一前一后摇摇摆摆地往公园方向走。好在是上班的时间，路上并没有多少人，两个人尽管扭得幅度有些大，但并不影响别人通行。这个时间，公园里基本没有人，一长溜高大茂密的白杨树见两个半老徐娘说说笑笑地穿行在身边，便把一大团一大团的如同棉花的花絮往她们头上、身上、脚上抛去。齐小丽就故意在地上跳一跳，再把脚跺一跺，杨花团子也就跟着她在空中翻滚。姚连芳的情绪被齐小丽带动起来了，也跟着乱跳乱跺。于是，四条裤腿刮起的旋风就把聚集在道路两边的杨花絮团刮得满世界飞舞。姚连芳兴奋极了，喘着气对齐小丽说："小丽，你看这杨花像不像冬天下的大朵朵雪？你边跳边唱《北风吹》，我给你拍个视频玩玩。"齐小丽说："等等，让我把纱巾披上再照。"姚连芳赶紧从自己的小挎包里掏出一条红纱巾，递给齐小丽。齐小丽披了红纱巾，就学着《白毛女》中喜儿的样子，边跳边唱《北风吹》。跳毕，两个人就把手机上拍下的视频看了一遍，比较满意，便又换了姚连芳且唱且跳，齐小丽拍照。唱完跳完，两个人都有些累了，就在路边的长条凳上坐下，一边休息一边欣赏刚才拍的视频。看着看着，姚连芳觉得小腿上好像有个什么东西在爬动，她先是用手隔着裤子大面积揉了几下，继而捞起裤腿看了看，并没发现有什么东西，只看见椅子下有一群蚂蚁在匆匆忙忙地跑动。见蚂蚁太多，姚连芳一面把脚提起来轻轻地晃动，一面对齐小丽说："蚂蚁太多，我们走。"

两个人小心翼翼地选了没有蚂蚁的地方下了脚，然后起身继续往前走。

公园里有很多种类的树木，也有很多种类的花卉，可谓一树一景致，百花百颜色，每一处景物都有它不可替代的取景之处。两个人就变换着不同颜色的纱巾，摆着不同的造型，拍"美照"，一直玩到太阳把影子藏在两个人的脚下时，她们才胳膊挽着胳膊，一会儿窃窃私语一会儿哈哈大笑地踏上归途。

还在公园玩的时候，姚连芳就觉得右边的小腿时不时发痒，只是那会儿玩得高兴，精神处在亢奋的状态，心里没怎么在意。回到家里，她才顾得腾出手来尽情尽意地挠了一阵。谁知不挠还好，越挠越痒得出奇。姚连芳打开家里的外用药箱，翻了好一阵并没找到什么止痒的药，只发现有一小袋药膏，好像是某个洗脚店送的。她看了看说明，说可以治疗包括脚癣在内的真菌引起的感染，遂挤了一些涂抹在痒处。过了一会儿，发现那药不仅不能止痒，反而使患处越来越烫。姚连芳心想，也许是药起作用了，便打开电视看连续剧。待连续看完两集，中间插播广告的时候，姚连芳才顾得捞起裤腿察看患处。真是不看不知道，一看吓一跳，刚才还不曾连片的红疹子，现在不仅连成了一片，而且颜色比用药之前更深了。"奇了怪了！"姚连芳嘴里骂着，再到外用药箱里去翻，勉强找到了一支不知是何年何月用剩下的药膏。她勉强挤出一些涂抹到患处，接着又看起了电视。

待到四集电视剧都播完了，姚连芳卷起裤腿看了看患处，红肿似乎还在蔓延。正在她心里烦躁之际，杨梓国回来了。她忍不住说："你看，我腿上莫名其妙地长了红疹子，痒得很，抹了好几种药，还都不起作用。"

"药要对症才起作用。"杨梓国问，"怎么办，到医院去？"

"明天再说吧。"姚连芳说，"就从那件事开始，尽遇些莫名其妙的事。"

"春天嘛，让人过敏的东西多，正常现象。"

自从沣惠公园一别，姚连芳一直没见齐小丽来广场跳舞。小腿不痒了，姚连芳又有了心情，就给齐小丽打去电话，问："怎么不见你来跳舞？"

齐小丽用半认真半玩笑的口气说："我差一点就牺牲了。"

"你能牺牲了？"

"真的，我现在还躺在医院里。"

"你怎么啦？"

"没怎么，正做着全面检查。"

"我去医院看你？"

"看我？"齐小丽想了想说，"你来。"

姚连芳赶到医院，老远就看见齐小丽在住院部楼下的小公园入口处等她，就小跑着过来开玩笑说："你没地方去了，疯到医院来玩？"

齐小丽迎面给了姚连芳一个拥抱，说："珍惜，珍惜！我发现人有的时候真是脆弱得很，说不准你正高兴得忘乎所以，甚至以为自己正在享受人生呢，一口气上不来就呜呼哀哉了。"

姚连芳推开齐小丽认真地看着她问："怎么说这种话？"

"真的是那样。"齐小丽说，"我们坐下来慢慢地说。"

于是，两个好朋友在公园里的椅子上肩膀挨着肩膀地坐了。姚连芳就认真地看齐小丽，问："你到底怎么回事？"

"那天和你分手以后，我在十字口碰到了我的铁杆闺蜜。当年，我们班上从初中到高中毕业的同学中间，只成了两对夫妻，一对是我和老左，一对是她和老陶。我们有一阵没见了，就一起喝酒聊天，直到很晚才散。不知是玩得太累还是睡得太晚，我心脏跳得比平常快，脑子里面还有点嗡嗡响的感觉。第二天起床了以后还是这样，我心里害怕，叫老左送我去了医院。谁知，到了医院，我又没有什么不舒服了，本打算就此回家，可我看老左关心则乱的样子，心里一动，想着既然已经来了，不如做个全面检查，也让他多关心关心我。"

姚连芳松了口气，又问："检查结果没有问题吧？"

"你看有问题吗？"

姚连芳说："你满面春风的，能有什么问题？"

齐小丽说："我给你说，你也该来检查一下。以往的体检主要是查妇科，再就是抽抽血、照照彩超、拍个胸片什么的。这一次，我们老左叫我做了最先进的全面检查，结果，不检查不知道，一检查吓一跳，发现了一大堆的病，很多指标都到了临界点。"

姚连芳说："我听人家说，每个人都有差别，不能按一个数据衡量。"

"不对。"齐小丽说，"你听我的，你赶紧也到医院做个全面的检查。"

"我？没那个必要吧？"

"唉。你看啊，你的情况跟我基本上一样。你听我的，赶紧做个全面的检查。"

姚连芳觉得齐小丽说的有道理，就把那些话听进心里去了。晚上，姚连芳早早地就洗了澡，换上睡袍，躺在沙发上看电视。杨梓国一进门，她就说："我刚洗完澡，屋子还热的，快洗去。"

等杨梓国洗漱完了，穿着睡袍出来，姚连芳就装出腿痒的样子，将两条腿互相搓着，搓了一会儿，见杨梓国没什么反应，就说："腿还痒，给我挠挠。"

杨梓国就坐到姚连芳腿边，帮她挠痒。挠着挠着，她凑过身子，依偎到他的身边，说："我今天去医院看齐小丽了。"

"齐小丽？她怎么在医院？"

"齐小丽说她心跳得快，还心慌，到医院一检查，查出了一大堆毛病。"

杨梓国说："齐小丽那么精神，能有啥毛病？"

姚连芳反问说："你说齐小丽精神？"

杨梓国老实地说："我看她挺精神的。"

姚连芳说："老实坦白，你是不是也觉得齐小丽有精神、有活力、吸引人？"

杨梓国说："我只是看她不像有病的样子。"

姚连芳笑了起来，想了想又说："岁月不饶人啊，孩子长大了，我们也老了。今年，我就觉得身体确实不如以前，总是心烦意乱，睡眠质量也不好。就说这次，我的小腿突然红肿一片，也没查出是什么原因，我心里总归不踏实。"

"你啊，就爱胡思乱想。明天，我就带你去医院做个全面体检。"

杨梓国开车把姚连芳送到齐小丽住的那家医院的体检中心，办理了各种项目的检查手续。检查扎扎实实地进行了一天，从现场情况看，没发现有什么疑难问题。体检报告一个星期就出来了，结果是各项指标基本上正常，只是窦状心律不齐；右边脖颈动脉血管跟一般人的有点不一样，但那是先天性的；冠状动脉有粥样硬化，且有个很小的斑块；脖子上有个很小的结节；血糖指数已经超标；胆囊有点毛糙。

姚连芳把结果给杨梓国一说，杨梓国不假思索地说："我建议，你明天就把齐小丽她们叫上，出门旅游去。"

"有道理。"姚连芳说，"我问问齐小丽回家没有。"

电话打通了，齐小丽说她回家了，但心结并没有解开。

姚连芳说："你又没病，还纠结什么？不检查了，我们出去旅游怎么样？"

齐小丽说："我先不旅游，身体要紧，我已经预约了两家医院的中医专家。要不我们一块儿去？"

姚连芳说："你等我想想再说。"

挂了齐小丽的电话，姚连芳冲杨梓国伸伸舌头，说："她约我跟她再去看中医，我去不去？"

"叫我看，没必要。"杨梓国说，"你再问问别人，有没有愿意旅游的？"

话音刚落，杨大姐的电话来了。她直截了当地问："连芳，天热了，我邀请你过来住一段时间，怎么样？"

"在哪里？安康城里吗？"

"乡下，就是黄板梁火车站。我给你说，我老伴原来是火车站的，站上给我们分了房子。我老汉前年过世以后，站上说不收我们的房子，留给我想住多少年就住多少年。我去年整个夏天都在那里过的。你能来，就我们两人住，你不能来，我就另外约一个人。那地方可好啦，想去的人多着哪，你尽快给我回话。那里离镇上、县城都很近，离凤凰山更近。我们在山上采些蘑菇、地软、金银花、麦冬、薄荷，收拾干净，再从网上买些好看的瓶子或者袋子，把它们装好了送亲戚朋友，很受欢迎的。来吧，可好啦！"

杨梓国在一旁听见了杨大姐的话，就不断地打手势叫姚连芳应允。姚连芳点了点头愉快地答道："大姐，我去，不过要等几天。"

杨大姐说："好的，我等你。"

放下电话，姚连芳对杨梓国说："上次跟人家张老师和曾老板说，要把汉阴之行所拍的照片制作成册，回来以后把这件事放下了，到现在也没做，这次见了人家怎么说呢？"

照片是在汉阴的时候就已经选择好了的，姚连芳说办就办，当即就拉着杨梓国去照相馆。照相馆正准备打烊，听说他们急着要，老板就对一个年轻人说："怎么样？你今天晚上加班？"那青年说："行，我加班，明天上午十一点前制作出来。"

等杨梓国办完了特快手续，那个负责制作的青年就问："取什么名字？"姚连芳说："叫春满月河川，月是月亮的月，川是四川的川。"杨梓国拍姚连芳一下，说："有点诗意嘛。"姚连芳说："你当研究生她妈是白当的？至少文学水平比你高。"杨梓国说："我用汗水浇灌文明花。"姚连芳说："哟，看不出你能说出这么风雅的话。"

见两口子斗嘴，青年师傅就边操作电脑边笑着说："叔叔阿姨好有情趣啊！"

姚连芳说："见笑，见笑。"

照片的事落实了之后，姚连芳又想起了上次在黄板梁答应给人家姑娘帮忙找医生的事。她问杨梓国说："上次答应说给人家小姑娘帮忙找医生的事，怎么办？"

杨梓国说："你不是说想让齐小丽帮忙吗？"

姚连芳说："我没有正面说，但是从侧面问了。齐小丽说她小叔子所在的那家医院并不擅长治那种病。"

"那就算了吧。"

"你晓得我这人搁不住事，这次要是见到高美荣，我会觉得哄了人家。"姚连芳问，"找找宁栓牢怎么样？"

"他是当律师的。再说了，人家现在又不急着找医生，是急着找能配得上型的骨髓。"

姚连芳没主意了。沉默了很久，她突然一拍大腿说："有了，乐乐不是说他有个女同学的父亲是大医生吗？我把栗家姑娘的病历整理一下发给乐乐，叫他问问女同学能不能帮上忙？"

"叫他求女同学啊？"杨梓国担心地说，"这样好吗？"

"叫他试试嘛。"姚连芳说，"不是正好给他找一个和女同学说话的理由吗？"

"嗯，你给乐乐说一声，叫他莫要太为难。"

"我晓得。"

第
二
十
一
章

杨大姐在车站接到姚连芳后，问："你是想在县城住一夜呢，还是现在就上黄板梁？"

姚连芳说："我给两个朋友带了点礼物，想先送给他们。"

"那就明天再去。"杨大姐说，"我是上午来的，洗漱用品还在福将来酒店放着。房子是现成的，我们两个人住一间标间。"

行李一放下，姚连芳就提着给曾老板准备的礼物，去了何须愁餐馆。这时，曾老板正忙着准备下午的菜，见姚连芳带着礼物来看他，心里很高兴。他征求姚连芳的意见说："下午，我请你吃饭，把张老师叫来作陪，好吗？"

姚连芳说："你下午客多，我不占你的位子，我跟杨大姐去吃蕨粉皮子。"

曾老板说："包间是没有了，可我有工作室啊。无论如何，饭必须在我这里吃！"

姚连芳说："你别客气，我这次是陪杨大姐到黄板梁火车站来度暑的，有的是时间。"

"到黄板梁火车站？"曾老板好奇地问，"你说的是哪个杨大姐？"

"杨正莲，杨老师啊。"

"她来了？她来了，怎么不跟你一块儿到我这里来？哼，我回头要问问她，我老曾什么时候把她得罪了，回了汉阴都不到我这里来？"

"我不知道你们认识，所以就没告诉她，我是来看你的。"姚连芳说，"曾老板，说真的，下午我们去吃蕨粉皮子，改日再来吃你的饭。"

曾老板见姚连芳言语恳切，就说："那也行，改天我请你。"

待姚连芳回到酒店，猛然发现，她正准备联系的张老师竟然坐在房间里，跟杨大姐说话。当下，两个人都愣住了。还是张老师抢先说："杨老师说她陪省城一个朋友回来住，原来是你呀！"

姚连芳说："真是太高兴了，我正说进房间给你打电话，没想到你跟杨大姐认识。"

杨大姐拉着姚连芳坐下以后，介绍说："我跟张老师是多年的同事，相处得一直很好。我上次没顾得跟你说，别看我出生在安康城里，其实我早已经是汉阴人了。我现在在安康城里认识的人很少，只有帮姑娘带带小孩子的时候，才能觉得自己还有一点点社会价值。回到汉阴就不一样了，只要听到有人叫我杨老师，我就能骄傲地意识到，我曾经为这个社会做出过贡献。正因为这样，我每过一段时间就回来住几天。除了冬天，这里的其他季节都很好。"

等杨大姐介绍完了，姚连芳就把早已准备好的礼物拿出来，送给了张老师，又从行李箱里把相册取出来，请杨大姐和张老师欣赏。杨大姐和张老师看了这本册子都赞不绝口，问有没有电子版，能不能通过手机转发给他们。姚连芳得意地说："我早就准备好了，就是想转发给你们留个纪念哩！"

黄板梁火车站是个小站，铁路外面的斜坡上都是多少年以前建的砖瓦房。见杨大姐回来了，就有几个老头子老太太一块儿过来打招呼。走在最前面的一个山东口音的老汉问她："有没有什么需要出力的？有的话，尽管说。"

杨大姐说："有有有，下午就请你们！"

老汉问："说，出什么力？我们一起动手。"

"拿筷子，端酒盅子。"杨大姐说，"请大家下午一块儿过来吃顿饭。"

老汉说："不行，不行，你刚回来，我们应该先请你才对。"

杨大姐说："大家别客气了，我从安康、汉阴买了一大堆熟菜，你们要是不来帮忙，那可就坏了。"

老汉转身对大家说："杨老师总是这样客气，我提议，恭敬不如从命，下午我们准时来。"

送走了邻居，杨大姐就和姚连芳一块儿准备下午请客的饭菜。姚连芳问："按多少人准备？"杨大姐说："等我到各家去统计一下再说。"

过了一会儿，杨大姐回来说："满打满算九个人，加上我们两个，一共十一个人。"

姚连芳说："大姐，你人缘好啊。大哥退休了，人又不在了，单位还把房子给你留着。"

杨大姐说："人缘好只是一方面，站上房子不紧张也是一方面。这站上的年轻人都在城里有房子，有的甚至把家安在了省城。现在交通方便，五十岁以下有工作的人几乎都买了小汽车，只要有一点点空，就会开车往城里钻。铁路系统是半军事化管理，职工们还算能坚守在基层一线。其他单位下班以后，基本上除了看门的，就没有人会在这里住了。哪像我们当

230

年，工作在这里，吃住在这里，天天和这里打交道，对乡村的一草一木都有感情，对农民的喜怒哀乐都感同身受。唉，我师范毕业分配到这里教书的时候才十九岁，后来在这里成了家，今年六十五了，一想起刚来时的情景，一切都像是刚刚发生过的事情。这附近好几个村子很多人一家两代甚至三代，都喊我老师，有不少人结婚的时候，我都随过份子、喝过喜酒，我觉得自己就是他们的亲戚。到现在，只要做梦，梦到的也尽是这附近的村子、附近的人。说来奇怪，我做梦如果找不到我住的房子了，或者梦见我离开黄板梁这一带了，即便梦醒了，我这心里也十分不舒服，总觉得空落落的。相反，我只要梦到了黄板梁，只要看到了我住的房子，就身心舒畅，心里有底，精神满满，身体自然也康健。你说这是什么心结呢？所以，我跟女儿女婿说，等我死了，就把我的骨灰往汉江里撒一半，剩下的一半撒在这一带。"

姚连芳羡慕地说："大姐，我真羡慕你们这些有工作单位的人，一辈子能有给社会做贡献的机会。可惜我这辈子是没机会了，老了也没个想头。"

"不对！"杨大姐看着姚连芳认真地说，"有想头。你怎么没有想头？你虽然没有单位，但你也一直在给社会做贡献啊。你看，你支持你爱人办菜馆，解决了一些人的就业问题。你陪儿子读书，把儿子陪成了名牌大学的研究生，这更是贡献。你还说过，儿子连续两年论文得了一等奖，这也是贡献。好的学习习惯，是一个人进步和成功的金钥匙。你陪儿子读书，从小就给他创造了良好的学习环境，培养了他良好的学习习惯，他以后说不准就能做出了不起的贡献。想想，如果儿子将来有了大成就，那不就是你们当父母的给社会做出了大贡献吗？"

"大姐，听你这么一说，我马上觉得腰板直了。"姚连芳说，"大姐，你不知道啊，儿子考上了大学，我确实很高兴。但从他离开家去上学的那天起，我也很失落啊。过去，我看见儿子一天天长高，我心里骄傲，觉得我有成绩。一学期结束，儿子把优异的成绩单交给我，我骄傲。可他上大学了，饭不要我做了，衣服不要我洗了，学习也不要我陪了，我一下子就觉得自己成了多余的人。"

"这种心情我很理解。我自从办完退休手续的那一天，心里就有这种感觉。特别是在安康城里，我好像完全成了多余的人。"杨大姐感慨地说，"可是，每一个人都躲不过这一天。"

和杨大姐谈话，姚连芳感到心里很愉快。这么多年来，她第一次遇到杨大姐这样一位知己。过去，姚连芳除了因为照顾儿子的生活和学习，没机会和更多的人交往，而且她心里也不希望有人窥探到乐乐的秘密。如今，儿子已经长大了，她终于可以拾起自己的生活了，但到了这个年纪，她又是从外地来到这个城市的，很难融进别人的圈子。虽说也交到了齐小丽这么一个好朋友，但同她所想所说的都是吃喝玩乐。也就是说，齐小丽只能算是一个好玩伴，而杨大姐不一样，她是第一个郑重指出她和杨梓国的社会价值所在的人。

姚连芳深情地对杨大姐说："大姐，开始认识你，只是觉得跟你在一块儿很愉快。现在，发现你对这个地方这么有感情，你的思想境界又这么深远，令我既感动又感慨。只可惜我不会写文章，要不然，我就写一篇题目叫《一个乡村女教师的情怀》的文章，发表出去。"

杨大姐说："说不上情怀，我没那么高尚。只是我在这里工作久了，生活久了，对这里的山山水水有了感情，对这里的人们有了感情。"

两人一边说话一边忙活着下午的饭菜，不知不觉就到了与客人约定的聚餐时间。姚连芳协助杨大姐刚把桌筷铺好，九位被请的客人就嘻嘻哈哈地走进屋来。来客基本上都是老人或者准老人，姚连芳从他们说话的口音中听出，这九个人至少来自七个地方。天南地北这么多人在这里聚餐，难道不是冥冥中自有一种缘分吗？故旧重逢，总有说不尽的话，姚连芳从杨大姐他们十个人的谈话中分享了不少的喜悦，也承受了好几起心酸，而真正最触动她的事情只有一件——彼此之间的缘分到底还能存续多久。是啊，人世沧桑，谁又能保证下一次相聚的时候自己还有机会参加呢？好在老人们都把人生参悟得透了，在座的每一个人都很投入，酒喝得微醺，饭吃得微饱，话说得却极其投机，聚餐一直进行到夜里八点才依依不舍地结束。令姚连芳惊讶的是，这一夜，她实现了头刚一落枕头，人马上入梦乡的愿望。

一连几天，姚连芳陪着杨大姐早上七点钟起床，步行半小时到公路上，坐公交车到镇子上买菜。买完菜回来，吃过饭，就陪杨大姐在乡间小路上走走停停，看熟人，拉家常。夏种最忙的时节已经过去，杨大姐每遇到一个干活的农民，就会站住脚，跟人家说几句话。姚连芳本是农村出身，但在城市待得太久了，对田地里的这些作物，以及精心培育这些作物生长的农民，已经没有多少印象了，如今再见到这一幕幕，心里就不断地涌起一阵阵对往事的回忆和联想。尤其是当她一连几次见到和杨大姐打招呼攀谈的干活人，年龄可能跟她差不多，甚至还小几岁，但已经腰伸不直、腿站不稳了，一副老态龙钟的样子，她心里就禁不住地想："我和杨梓国的起点跟他们一样，因为种种机缘，我们做成了生意，成了城市有业有房一族，要不然，我们两人也和他们现在的情形一样……"

大概是在来黄板梁的第三天，姚连芳陪杨大姐一块儿去了高美荣家。当时，高美荣家大门紧闭着，不像有人的样子。杨大姐就对姚连芳说：

"别敲门,回头再来。"她把姚连芳带到水井边上,说:"捧点水洗洗眼睛,挺舒服的。"洗完了眼睛,杨大姐拿出她随身准备好的小折叠布袋,说:"快到小暑节令了,每年这个时候都有人来捡槐树花做药引子。我去年捡的槐花,前几天才叫人拿完。今天花落得多,我们多捡点,说不准哪天就有人找上门来相求。"

两个人边说话边捡槐花,忽然听得高美荣在坎上的大路上招呼道:"杨老师,你上来了怎么不到屋里呢?"

姚连芳赶紧站起身来抢先招呼说:"你好啊。"

高美荣发现招呼她的是姚连芳,很是惊讶地说:"啊呀,姚大姐,你,你们认识啊!快进屋!"

杨大姐说:"刚才到你们院坝里见门关着,心想你肯定在忙,就没有敲门。美荣,你有事你先忙,我们在站上住着,回头再来。"

高美荣肩上担着箩筐,看样子是刚忙完什么活从这里路过。见杨大姐她们捡槐花,就放下肩上的箩筐,下来帮忙。杨大姐说:"听张老师说序茂、小富都到云南打工去了,屋里没人照顾你妈,你快回去。等你有空的时候,我们再来。"

高美荣说:"我不忙,我妈这阵睡着了,没事。"

姚连芳边捡槐花边对高美荣说:"我把姑娘的病历送给别人了,我托他帮忙,等有消息了我再给你说。"

"啊呀,姚大姐太有心了!"

不一会儿,杨大姐的小布袋就装满了槐花。她认真地对高美荣说:"美荣,真的,你今天先忙你的,我们两个回头再专门到你家里来玩。我们这就顺着河坎子路往回走了。"

有天下雨,高美荣早早地就来到杨大姐家,说:"今天下午请两位大姐到我家里吃顿家常饭，我昨天晚上给张老师也打电话了，请他来陪你们。"

杨大姐毫不推辞地说："好的，说好了啊，四菜一汤，要不就啥菜也不要，包抄手吃。"

"杨老师看你说的，农村能有啥，就是点家常菜。你们这么远来了，说啥也得到家里吃顿家常饭。"

高美荣真的只请了杨大姐、姚连芳和张老师三个客人。正准备开席的时候，打米厂老板栗小朱进屋来找高美荣，见张老师和杨大姐在这里，就主动到门口来打招呼。打完招呼，他对从厨房那边往进走的高美荣说："美荣娘，把你家钱凿借我用一下。我爸明天祭日，我想打些火纸给他烧去。"

高美荣马上推着栗小朱往桌子那边去，说："快上桌，陪杨老师他们喝酒。"

栗小朱说："不了，我还有事。"

高美荣责怪说："杨老师、张老师又不是外人，这位姚大姐，你上次在晒场上也见过的。快坐下来，帮我敬酒。"

栗小朱说："那多不好意思，好像赶着来吃饭似的。"

"喊你陪陪客，你还扭扭捏捏的？"高美荣说，"我也晓得，你序茂叔不在的时候，没哪个愿意到我们屋里来。我请不来你，遇到了还不肯上桌子啊？"

见高美荣是真心想让栗小朱入席，张老师就说："小朱，你美荣娘真心实意地让你，你不快些入席还扭捏啥咧？"

杨大姐也就搭话说："栗小朱，你就坐下嘛。"

栗小朱见都这样让他，只好在张老师旁边坐了。

高美荣只敬了客人一杯酒，脸就红纸似的，对栗小朱说："小朱，你来得好，你陪杨老师他们喝酒，我到厨房去弄菜。"

连续喝了几杯酒，张老师就说："小朱表现好，是个孝子，我很尊敬孝子。小朱啊，你爸在你身上确实是操碎了心。好在你们一猪三牛都很成器，长大以后都没让父母怄过气，个个都有出息。"

"就我搞得最差。"栗小朱说，"大牛苑子牛，人家吃公家饭，在市报当记者；二牛栗小满，人家跑大车，家事搞得好；三牛栗小豪，人家包工程，也搞得好。就我守在家里，没出息。"

"谁说你没出息？"张老师说，"你开着打米厂，既方便了周围的乡亲，又满足了城里粮食经销公司的需要，尤其难能可贵的是，你们两口子能在母亲跟前尽孝。这就足够了。如今，愿意留在家里照顾父母的人太少太少了。来，我诚心诚意地敬你一杯酒。"

两人碰杯喝完酒，张老师对姚连芳说："你不知道情况，杨老师知道，小朱他爸那时候恨不能把小朱含在嘴里。"他又转向小朱说："正因为你爸特别心疼你，你小时候玩得不自在，对吧？"

栗小朱说："那时候，我下个水田他都打我。看着人家学游泳，我想学得很，我爸硬是不让我下水，我一下水就挨打。"

张老师又对杨大姐说："杨老师，你记得吧？小朱都多高了，后脑勺还留着小辫子。小朱非要剪掉，他爸妈坚决不同意。后来，还是你上门做工作，他才剪掉的，对吧？"

杨大姐说："我那时候年轻，对小朱他爸那样疼小朱有些不太理解，觉得太过了。尤其是不理解点天灯的事，认为那是迷信，其实是在强化一种保护意识。一点就是一年啊，费油不说，光是每天挂灯、收灯都不容易，可他爸硬是让他点了一整年啊！后来，我理解他爸了。我相信，小朱现在也理解了，对吧？"

栗小朱说："杨老师说对了，我那时候蛮怪我爸跟别人不一样，为啥要把我看得那么死？有些情感，确实是要等到自己有小娃了，才能理解。"

张老师见姚连芳听不懂他和杨老师说的话，就解释说："是这样，小朱前面有两个哥哥都没带起来，他爸很伤心。小朱身体弱，经常害病，小朱他爸就到庙里掐算。看的人建议他在十字路口点一年的天灯，给晚上过路的人照明行方便，积善积福，煞自然就解了。小朱他爸就在我上次坐着倒沙子的那个石头上，栽了根木杆子，在上面点了盏老式的四方玻璃阳灯。那时候，每天下午天快黑的时候，他们几个小的，就站在树下，用绳子把灯拉下来加油、点亮，再拉上去。"

厨房在整栋房子的后面，栗小朱站起身来到门口，向那边看了看，才回来神情凝重地轻声说："我每次天黑的时候，走到这里心里就不舒服，总觉得平平还在。张老师，杨老师，你们还记得吧？那时候，在我们一猪三牛后面还拖了一条小尾巴，那个尾巴就是美荣娘的平平。那时候，二牛个子最高，耍狮子的时候，他总是头上顶个稻草环，耍狮子头。我个子矮，后脑勺又有辫子，就总是耍狮子屁股。我们在平平的腰上拴一把草，叫他扯着我的衣裳，跟在我后面当尾巴。所以，他跟我在一起耍的时候最多。好多次，看到太阳快搭山了，平平就跑到我们家里，拉着我过来点天灯。太可惜了！平平要是不丢，肯定也该接媳妇了。你们不知道啊，平平小时候长得好看，记性特别好，我们随便教他个啥，他都能学会。"

未及听完栗小朱的讲述，姚连芳心里先是一惊，顿时就想起了二十年前的早上，乐乐隔窗侧耳倾听那个喊叫"平平"的声音时的情形，也想起了乐乐画的那幅五个孩子仰着头看天灯的画。她心里下意识地觉得，那个平平很可能就是她家的乐乐，于是心里感到一股难言的酸楚，泪水一下子就涌了上来，她赶紧掩饰性地抬起手来揉了揉眼睛。

杨大姐可能也是心里不好受，就轻声制止说："小朱，别提这件伤心的事。"

听见高美荣的脚步声过来了，栗小朱赶紧端起酒杯说："来，我们再喝一个。"

等高美荣再到厨房去了，张老师对姚连芳说："刚才说的一猪三牛，其实是四家人。一猪就是这个小朱，他小名叫猪娃子。三牛呢，大牛是水井坎河对岸麻园子苑家的，栗家是他们的外家——外家，你懂吧？"

姚连芳说："懂，我们家乡也把舅舅家叫外家。"

张老师说："有一年，对门苑家最先生了个儿子，取名叫大牛，接着相隔一两个月，这院子的三家人又先后生了三个男娃，先出生的叫二牛，后出生的就叫三牛。到了年底，院子里又添了个小朱。小朱他爸开始想叫他四牛，有人建议说：'改一下，不能一直都叫牛啊牛的。'小朱他爸就叫他猪娃子，说名字越贱越好养，说起来怪有意思的。"

姚连芳说："要是有人能把这些故事写出来，倒是挺温馨的。"

吃完饭，栗小朱和大家打了招呼，就拿着打冥钞的钱凿走了，剩下的三人陪着高美荣说话。张老师问："现在侦破案件的手段多了，有娃的线索吗？"

高美荣答："年前，派出所的戴所长跟栗序茂说，我们的娃是被一个叫祝珠翠的人拐走的……"高美荣把戴所长的话复述了一遍。

姚连芳听后想了想，小心地问："你们报案的时候，有没有把孩子身体上的特征告诉他们呢？"

高美荣说："我们都跟警察说了。他头上有两个旋，左屁股蛋子上有酒盅子大的一块紫红色的痣疤子。"

姚连芳心里猛一颤，这些特征乐乐也有！

门外有一辆拖拉机正在经过，啪啪嗒嗒的声音盖过了屋里的说话声。紧接着，又有一辆摩托车经过。等拖拉机和摩托车的声音都远去了，姚连芳才安慰高美荣说："莫急，说不准哪一天孩子自己就出现在你们面前了。"

屋里沉静下来，感伤的情绪笼罩在每一个人的心头。大家默默地坐了一会儿，还是杨大姐打破沉默问："栗序茂现在还动笔写东西吗？"

高美荣说："在写。"

"都写些啥呢？"

"我不识字，也不问他。"高美荣说，"我见他准备写东西了，就关了门避开，免得打扰他。"

"他写的东西放在哪里？"

"写完就放进他上学时候用的小箱子里。"

"锁吗？"

"锁，因为那里头还放了一些发票、卡之类的。"高美荣补充说，"钥匙在屋里放着。"

"序茂的文笔不知道退步了没有？"杨大姐想了想，试探地问，"美荣，问句不该问的话啊，能不能把序茂写的东西拿给我看看？"

"那有啥不能的？"高美荣说，"他说过好多次，他对不起杨老师哪。他说，毕业的时候，你一再鼓励他坚持写下去，怪他自己没好好写。杨老师，你莫怪他。这都怪我，怪我们家里拖了他的后腿。"

"美荣，你快莫这样说，你也不容易。"杨大姐心里过意不去，又补充说，"你也莫太累太操心了，都会好起来的。"

"谢谢杨老师。"高美荣红着眼睛起身说，"我去取他的本子。"

过了一会儿，高美荣拿着一个红皮的日记本走过来，把它递给杨大姐。杨大姐明显有些动情，她双手捧着笔记本，仔细看了看，说："这是临毕业的时候，我送他的。那天下午，他拿着一个自己手工做的厚纸本子到宿舍来，请我给他留言，我就把学校奖励我的这个笔记本从抽屉取出来，送给了他。我记得我还写了几句。"

杨大姐小心翼翼地翻开一页，突然就红了脸，说："啊呀，这是我赠给他的留言诗。羞死人了，什么跛脚诗啊！"

"叫我看看你的大作。"张老师赶紧凑到杨大姐身边，把诗看了一遍说，"写得挺不错嘛，怎么啦？"

"哪里是诗啊，顺口溜都不算，像是口号。"

"叫我欣赏欣赏！"姚连芳也凑过去看，但见杨大姐在笔记本的扉页上写的四句诗是：

文苑逢春花盛开

民族精华待开采

更喜马列主大志

新辈才俊累累来

祝栗序茂同学扎根农村沃土，投身火热生活，坚持笔耕，写出锦绣文章。

杨正莲　1976 年 1 月 15 日赠

姚连芳说："杨大姐，我文化水平虽不高，但我看得出你写得好着呢！还有，杨大姐这钢笔字比男同志写得还有力。"

张老师也说："挺好的嘛，有啥羞的。"

杨大姐说："太直白了，既没有文采，又缺乏意境。诗嘛，是最优美、最精练的语言，讲究要有隽永深邃的意境，这有什么呀？那时候刚入社会，初生牛犊不畏虎，放到现在，我才不敢写这种水平的诗送人咧！等我认真看看。"

大家都不说话了，但见杨大姐细心地把日记本向后翻去，见到有一沓折叠着的稿纸，便将本子平放在腿上，小心翼翼地先把上面一份展开看了看，惊讶地说："序茂是个有心人啊，如果他能继续深造该有多好。看看，这是他上学的时候，我给他们布置的一道命题作文，题目是《最值得骄傲的》。栗序茂写的是他们这里的水井和大槐树，写得挺好。我给他写的评语是：'感情真挚，想象丰富，细节描写得好，充满了乡土气息，抒发了作者对家乡故土的热爱之情。'我再看看第二份写的啥？"杨大姐遂把第二份折叠纸展开，马上就惊喜地说："这篇是他毕业回家以后写的，题目是《我们的好支书》，写的是欧支书。欧支书是个好人，工作扎实，为人正派，群众威信高，等等，再让我看看下面这份。哦，这篇文章也是毕业后写的。文章的题目是《红旗插上了汤家山》，写的是水库工地上的火热生活。这三篇都有我用红笔批改过的痕迹。哦，我想起来了，这三份稿子，我曾经推荐给了县上的广播站。栗序茂留着这三份稿子，是想留一段青春的记忆。还有吗？哦，没有了，后面再没有了。是的，好像栗序茂后来没有找我给他改过稿子了。可惜，可惜！"

杨大姐小心翼翼地重又把那三份稿子按原有的折痕折好，原样夹进本子里，又向后翻了一阵就轻轻地合了本子，对高美荣说："美荣啊，你们这些年一路走来真是不容易，年龄都老大不小了，你要珍惜栗序茂。可惜序茂没能继续读书，要不然，他一定大有发展。他有写文章的天赋，有想象力，善于捕捉细节，只可惜没有机会学习提高。从日记里看，好几篇都是夸你的哦。美荣，把本子借我看一夜，行吧？我明天原封不动地还给你。"

高美荣爽快地说："杨老师又不是外人，怎么不能看？"

　　杨大姐从高美荣家里出来以后，心情还久久地沉浸在对栗序茂的惋惜之中。直到走到了涵洞口那面的斜坡上，她才开口对姚连芳说："栗序茂当初想和高美荣结婚，他父母说什么都不同意。栗序茂还请我去给他父母做过工作。说来好笑，我当时一上场，就给栗序茂的父母讲《婚姻法》，讲婚姻自主、恋爱自由的大道理。栗序茂的母亲听完后说：'杨老师，你讲的道理我都懂，我也承认它对。早些年，我也当过妇女干部，那时候也遇到过这种事情，我也是这样劝说人家的。可是，杨老师，等你儿子大了要接媳妇的时候，你肯定也不愿意你儿子找一个像高美荣她妈那样的丈母娘！'听老人这样说，我当时心里很不服气。直到栗序茂和高美荣结婚以后，连续发生了一系列的事情，我才理解了栗序茂他妈当初对我说的那一席话。唉，年轻的时候，如果谁对我说理论和现实距离很远，理想和现实距离更远，我一定会认为这个人太消极、太悲观。可等到自己也这么认为的时候，才发现自己已经老了，没有机会从头再来了。我当时劝栗序茂父母的时候，觉得他们固执，对高美荣她妈有偏见。栗序茂是跟高美荣结婚，跟她妈不受人待见有多大关系？及至后来，高美荣她妈惹了是非，害得栗序茂挨了几次莫名其妙的骂之后，我才发现当初栗序茂父母的顾虑不是多余的。特别是，在听到高美荣她妈把孩子弄丢了之后的种种表现，我心里那个自责呀。唉！欣慰的是高美荣除了不识字，其他方面都还算不错，要不然，我心里的自责将会更深。"

"婚姻的事情，谁又能说得清楚是对还是错呢？"姚连芳说，"我看，大姐是真的跟这里的人们打成一片了。"

"多少年了，再说，我平时就住在火车站的，与这里的人有情分了。"

想到杨大姐要读栗序茂的日记，姚连芳早早地就关了自己房间的门，半躺在床上想心事。多么安静的地方啊。虽说是住在火车站，但由于现在的铁轨都换成了无缝的长轨道，火车又是电力机车，汽笛声变成了喇叭声，基本上听不到过去火车通过时特有的"呜——哐当当，哐当当"了。一个人躺在床上，听着外面的蛙鸣、鸟叫、狗吠、水响，尤其是听到牛的哞哞声和鸡的咯咯声，姚连芳的思绪就一次又一次地飞回到了遥远的家乡——长江以南那个靠山的小村子。家乡啊，现在应该已经到了稻谷孕穗扬花的时节了吧？小的时候，每逢这个季节，她正跟男孩子们一块儿捉螃蟹、抓鱼、逮知了。偶尔看到马路上有辆汽车经过，小伙伴就猜想那辆车是来自县城还是省城。那时候，她只要听说谁谁从城里回来，马上就会在心里想象这个人有多么了不起。后来，随着年龄一天天增大，她愈发渴望能到离家很远的地方去打拼事业，享受生活，当然最好是在城市，而且是最大最热闹的城市。后来真的进了城，入了市，才知道其实城里人讨生活也很不容易。曾经的一切，仿佛只是眨眼之间的事，然而，岁月无情，她已经快六十岁了，人生的旅途也已接近尾声。蓦然回首，竟忽然发觉家乡是那么可爱。可爱在哪里呢？在自然吗？在淳朴吗？在静谧吗？可是，自己从年轻的时候开始，苦苦向往、追求的好像并不是自然、淳朴、安静，而是热闹、热闹更热闹。因为向往热闹，少小便离开了靠山的小村庄，进了城市，再进了更大的城市，如今已经在西安这样的历史名城安家落户，却忽然发现自己骨子里头更向往自然、淳朴和安静。难道不是吗？在西安，经常是有睡意没瞌睡，处在似醒非醒、似睡非睡、似梦非梦的状态，自己总怀疑是身体出了问题。现在看来，有什么病呢？在黄板梁的这几天，因为杨大姐每天都带着她或走村串户，或到山边捡蘑菇、拾地软、摘金银花、剜麦冬、采薄荷、割荆芥……身体忙碌，心里充实，那些曾困扰她良久的病症，好像都逃之夭夭了。刚才，姚连芳已经有好几次差一点就睡着了，只是因为担心杨大姐有事找她，才勉强撑着没敢睡。坚持到晚上十一点，到了保健专家最推崇的"子午觉"入睡时间了，她从门缝看杨大姐卧室的灯还亮着，便以上厕所的名义出来，想和杨大姐打个招呼。杨大姐听到动静就搭话说："你先睡，我再坐会儿。我推荐你明天也把这本日记看一看。"

有了杨大姐这句话，姚连芳马上就安睡了。

次日又是个大晴天。早上洗漱完毕，杨大姐把栗序茂的日记本递给姚连芳说："我今天去镇上看看我们的老校长，中午肯定会在他们家吃饭，你自己做饭吃，顺便看看栗序茂的日记。看完了，我们下午还回去。"

"谢谢大姐！"姚连芳说，"我能看吗？"

"能看，但愿你看了不会像我一样心情沉重。"

"那是因为大姐把感情融进这一片热土了。"

杨大姐认真地看着姚连芳问："你一直跟我说，你只有初中文凭，还说你是家庭妇女，可是通过这些天的相处来看，你至少应该读了不少的文学作品，对吧？"

"大姐抬举我了。"姚连芳说,"我真的是初中毕业。只是儿子上学以后,我一直陪读,那期间连电视都没敢看。他初中之前的所有课本,我都先他一步学了一遍。到高中,数理化和英语,我再怎么也学不进去了,就只读语文、历史这些课本,包括学校指定的课外读物,我都读完了。还有儿子买的字帖、画谱,我也读了。不过,读是读了,都不甚了了。"

"那你读的书可不少。我敢说,要是有哪个作家能读到栗序茂的这些日记,说不准就能获得创作灵感。"

杨大姐出门之后,姚连芳就迫不及待地打开了栗序茂的日记。她先大概翻了翻,发现本子写得只剩不到十页白纸了,就没打算全读,下意识地寻找自己想要知道的信息。姚连芳先把本子中夹着的单页稿子展开,匆匆浏览了一下,就只留下了《最值得骄傲的》一篇,虽然杨大姐在不少地方用红笔做了修改,但读起来还是不用费力的。下面摘录的便是这篇文章:

最值得骄傲的

我们黄板梁是个很平凡的小村子,既没有出过大领导,也没有出过有钱的人,更没有出过很大的事,但它的名字却是响当当的。为什么呢?因为我们有两个最值得骄傲的宝贝。宝贝?一个普普通通的村子会有什么宝贝?好,我告诉你,我们的宝贝就是村子南边那口神奇的水井和水井旁边的那棵大——槐——树。

提起我们那口水井,那可是远近闻名。从我记事起,就不知道见过多少人从老远老远的地方提着罐子,抱着瓶子,来我们的水井打水。我们水井的水冬暖夏凉,吃肥肉喝生水也不用担心拉肚子,洗眼睛更是越洗越明亮。那些远道而来取水的人一到井边，总是弯下腰来，先捧一捧水一仰脖子喝进肚里，然后眯着眼睛大叫一声："真是好喝啊！"喊过了，那人就再捧一捧水，转过身子去洗一把脸，马上就会喊一嗓子："确实舒服啊！"

　　说了水井，再说我们水井旁边的那棵大槐树。听老人说槐树不止一种，我们水井旁边的这棵槐树叫中国槐。它粗略算起来也有几百岁了。我们曾经三个人去抱它，还是没有抱住。到现在，槐树还是长得很茂盛，刮风下雨它不怕，冬天夏天都适宜，从来就没发现它有打不起精神的时候。老人们常说这棵槐树能入药治病。前来给槐树披红放炮表示感谢的人也总说，他们自己或者家里的人能痊愈，要么是喝了槐树叶子、槐树花、槐树角角泡的水，要么是用槐树身上的东西做了药引子或者熬水洗了害病的地方。这其中，有槐树入药确有实效的原因，也有患病者心理作用的原因，但大槐树身上挂的那么多红绸子，就是人们对它最好的夸赞。槐树年年夏天都会开淡黄色的花，花谢了以后，就会挂满很像缩小了身子的豆角一样的角角。槐树的花、果实、叶子都能入药治病，听说最有药用价值的是槐树的根和皮，但这两样东西坚决不能叫人动它。我爷爷说了，根本，根本，动了根本还怎么活？根本都没有了还要人干什么？我奶奶说了，人活脸，树活皮，动了树皮，槐树还能活吗？修阳平关到安康的铁路的时候，我们黄板梁住了一个连的铁道兵。那年秋天下连阴雨，一下就是两个月，战士们没柴烧，做不成饭，眼看着一百多个子弟兵就要挨饿了。公社的干部提出可以把大槐树砍倒，给战士们做柴烧。老队长却找到我父亲说："第一，不能叫为我们修铁路的子弟兵挨饿；第二，不能把守护了我们不知道多少辈子的大槐树砍掉。

怎么办呢？我带头把我家放杂物的棚子拆掉，把檩条送给战士们做柴烧。"我父亲说："算我一个！"

那天下午，当老队长和我父亲扛着檩条走进军营的时候，战士们都激动得哭了。见老队长和我父亲舍得把棚子上的檩条都送战士们做柴烧，村子里凡是家里还有柴火的人，都不约而同地担着担子，踏着泥水，把柴火送到了军营。等到雨住天晴的时候，战士们连续上山砍了两天的柴火，加倍偿还了老队长和我们家的檩条以及乡亲们的柴火。通过这件事情，我深深地理解了什么叫军民鱼水一家亲。

我们家离水井和槐树最近，据说爷爷的爷爷就立了规矩，凡是外地人来讨井水、敬槐树，我们家的人必须亲自出面去招待他们。我的爷爷、奶奶每年都会捡一些槐树叶、槐树花、槐树角角放在家里，他们说万一有人上门讨要这些东西回去做药，好给人家行方便救急。

大家说，我们黄板梁的那口水井、那棵槐树，难道不是最值得我骄傲的吗？

鉴于日记本大且厚，姚连芳便每一页只快速瞟一下，认为有用的再细看。浏览了一遍之后，她从中选出了五篇打算细看。因为栗序茂所写的日记带有随意性，像是心绪烦乱时候的兴之所至随意为之，既没有题目，也没有落款日期，甚至还有明显的错别字。为了记述方便，姚连芳给它们加了题目。

下面是姚连芳挑选出来的五则日记：

明亮的眼睛

我每次从打米厂出来，总发现有双扑闪扑闪的眼睛在偷偷地看我，这已经不是一次两次，而是十次八次甚至更多了。我有什么好呢？个子达不到一米七，人家说男人没有一米七就是半个残废哪。可是，她好像很在乎我。我应该有所表示吧？

那双眼睛更亮了

她那双眼睛一直没有缺席，一直在追赶我。我也认为她挺好的。矛盾的是我爸我妈坚决反对我们来往，他们说找对象绝对不能太近，说太近了不好相处，亲戚是远来香。他们尤其害怕她的母亲将来给我带来麻烦。怎么办？她没什么不好啊！她就是没上过学，但这又不是她的错。对着，她妈是个不开窍的人，可正因为她妈这人到处招人讨厌，她才更值得同情啦。我要不要请杨老师，还有张老师，做做我家两个大人的工作？

孩子丢了

天啊，孩子丢了？丢了？丢了？丢了？怎么会这样呢？好一个当外婆的，孩子丢了还说假话！到这个时候了，还劳劳刀刀（唠唠叨叨）骂孩子不听话……我爸我妈当初担心的事情，现在都兑现了……

那是谁家的孩子

怪了，离开学校都这么久了，从省城回来也这么久了，那个学生的样子有时候还会在眼前闪啊闪的。

那天，我在打饭窗口第一眼看见他就觉得认识他一样。我敢说，他也产生了那种第一眼就认识我的感觉。要不然，怎么我向他点头笑了笑，他就要直直地看着我呢？看了一眼，他也点头笑了笑。当时我看出那学生年龄不小了，应该是研究生，后来知道他还真是研究生。过了没多久，我已经不在学校煮饭了，我到医院去，路上远远看见那孩子叫三轮车弄倒了。我很着急，就往那边跑。我跑到跟前他已经起来了，说没事。我不放心，硬是叫他到医院去看了医生。还好，医生也说他没事。

真应了人家说的那句老话，天天在身边转的人，你不一定对他有感觉，从来就没见过面的人，倒是第一眼看到他就觉的（得）八百年前就认得他。

那是谁家的孩子呢？真是叫人一看就喜欢啊。

我问过他是从哪里考来的？他说他是从江西考来的。

他要是真的会画画多好啊

今天，麻园子大牛回来给我说了一件怪事。他说他有天晚上用电脑上网，突然看到有人在网上晒了两幅画。一张画上画的是一个水井，井边上有棵大树。一幅是一个大石头，石头顶上有根杆子，上面挂了盏灯，杆子下有四个大孩子一个小孩扬着头，在看杆子上的灯。他主动跟对方打招呼，对方没回答，画也不见了。大牛说这事很奇怪。他跟我说，会不会是平平长大了，学的是美术，脑子里还记得小时候的一些事，就画了这么两幅画。要说平平小的时候记性好，我相信，可二十多年了，他不可能还记得这些。在（再）说了，黄板梁这个地方是十字路口，见过井、

250

见过树、见过点天灯的人不晓得有多少。还有背着画夹子坐在对门给黄板梁画画写生的人，也不晓得有多少，哪个晓得是哪个画的呢？不过，从我心里说，我太希望那是平平画的了。他既然能画画，证明他上了学，他既然能上学，证明他遇到了好人家。我最怕最怕的是他叫坏人偷去，乞讨为生。这些年，我在县城，在镇子上辨认的年轻叫花子总不下二十个了，每一次又想他是平平，又怕他是平平。

平平啊，哪怕你落到山里当农民，哪怕你落到海岛上当渔民，哪怕那家人穷困一点都不要紧，就是莫叫坏人把你弄成了残疾。

听说，科学家在研究亲人跟亲人之间是不是有心电感应，也不知道到底有没有。

姚连芳把折了角的五则日记读完之后，已经是泪流满面了。她让泪水尽情地流着，再把本子翻了一遍，确信再没有类似的日记了，才把它轻轻地合上。日记本合上了，姚连芳的心情却迟迟不能平静。她心绪烦乱地在窗前站了一会儿，突然产生了一个要把选出的这篇文章及日记拍下来给杨梓国看的想法，于是，就又忙乱地拍了一气。待把手机上所拍照片细看了一遍，确认能看得清楚了，她才重又把日记本合上。

杨大姐从镇上一回来就问姚连芳："读了日记吧？"

"读了。"姚连芳说，"栗序茂真是不容易！"

杨大姐说："我在想，如果我当年多给他一些帮助，说不准他会走出农村，生活得更好些。"

姚连芳说："大姐，你别自责了。你能帮他什么呢？"

"倒也是。"

一列火车直接过站开走了，车站重又恢复了平静。

姚连芳问杨大姐："听张老师说，栗序茂领养了他堂伯大哥的儿子，日记里怎么没提到呢？"

"提到过一次，就是年前写的儿媳妇马玲玲打电话回家过年的那段。"

"就是'小富媳妇玲玲说'那段吗？他儿子叫小富？"

"对，他上学期间一直叫栗小富。现在听说改名了，是叫栗志还是叫个啥，我说不准，听说他打工以后把名字改了。"

"栗志？"姚连芳又是一个战栗，赶忙掩饰说，"姓栗，名志，栗志，励志，倒挺阳光的。"

姚连芳虽然一直很想探寻到有关乐乐的准确信息，但当已经获得的信息可以初步证实栗序茂和高美荣就是乐乐生身父母这个事实的时候，她的内心却又剧烈地斗争起来。她一遍又一遍地猜想：乐乐知道真相之后会号啕大哭；会负气而走；会不再叫她妈，不再喊杨梓国爸；会到公安局去控告他们，收养身份不明的孩子……如果出现这些情况，她和杨梓国应该怎么样应对？从白天到晚上，姚连芳几乎都在想着这些事情，以致有两次杨大姐跟她说话时，她都走了神。这天晚上，姚连芳自从到黄板梁以来第一次出现了睡不好觉的现象。她几次坐起来，想打电话把她在黄板梁获得的最新的也是最有价值的信息，告诉杨梓国，但最终还是忍着没有拨出电话。她担心自己不在家里，万一杨梓国听到消息以后心里激动而发黑眼晕——那次在菜馆，他不就突然晕倒了吗？可是，这么重要的信息若是不能及时告诉杨梓国，她的心里又觉得堵得厉害。思前想后，姚连芳决定回家，面对面把自己的判断告诉杨梓国。第二天吃过午饭，姚连芳把碗筷都收拾完了，才对杨大姐说："大姐，不好意思，我得提前回西安。"

"家里有事？"

"杨梓国说有事。"

"你想什么时候走呢？"

"等你另外叫一个伴儿来，我就走。"

"没关系，你赶紧回吧。想来的时候，随时给我打电话。"

"那我就明天回。"

杨大姐说："现在我们就一起动手，把劳动果实收拾收拾，选些带回去送好朋友。这东西绝对比你在药店里买的更新鲜，更环保。"

在和杨大姐一块儿将金银花装袋的时候，姚连芳忍不住问："大姐，黄板梁考上大学的人多吗？"

"到现在为止，还没有考上本科的。"杨大姐说，"我昨天在老校长家，听学校的几个老师说，从目前的情况看，黄板梁近几年唯一有希望考上本科院校的，只有栗序茂家的采采。"

"哦，那一定要抓紧把采采的病治好。"姚连芳嘴里这样说，心里不禁就联想到了乐乐是研究生这件事情上。

第
二
十
三
章

姚连芳回家以后，才给杨梓国发微信说："我回家了。"

"回家了？怎么不叫我接站？"

"你菜馆事多，我怕你分心。"

"我接你出来吃饭？"

"你忙你的。"姚连芳解释说，"我约齐小丽吃小吃。"

姚连芳马上就给齐小丽打电话，说要将亲手采的金银花、麦冬等药茶，送些给她。

十几天没见面了，两姐妹都有说不完的私密话。她们吃完饭，到附近新开的两家超市逛了逛，见天还没黑，便又到咖啡街的茶吧里坐了坐，直到姚连芳估计杨梓国快要回家了，才和齐小丽分手。她刚进门不久，杨梓国果然就回来了。

"啥意思？"杨梓国玩笑说，"你是电视剧看多了，也学人家'突击检查'，是吧？"

姚连芳跟着玩笑说："我就是突然袭击，查查老汉的岗。"

"你莫真是这样想吧？"

"好啦，别真的钻进电视剧里了。"姚连芳把杨梓国上下打量一通说，"老汉精神挺好。实话说吧，我闲的时间多，你忙的时间多，闲人不应该让忙的人分心。叫你接站？接啥呢？我又不是外出搞采购，就只带了一个行李箱，还是拉杆的，早一小时回家，晚一小时回家，都是一样的。"

"我感动得快要流眼泪了。"

"赶紧再抹些辣子面。"

"实话说，我下午还真忙得够呛。"杨梓国关切地问，"怎么样？在那里还过得惯吗？"

"那才真是脑壳一挨枕头，马上就入梦乡。"

"那怎么不多住几天？等到哪天想回来的时候打个电话，我去接你呀。"

"有重要情况必须尽快说给你听。"

"真有这么重要？"

"真的重要。"姚连芳把杨梓国就势按在身边的一把餐椅上，自己则面对面骑在杨梓国腿上，将两只手撑在杨梓国的两个肩头，两只眼睛直直地看着杨梓国叫他拿主意。这个坐姿，这个动作，这个表情，都起自于多少年前在长江边上的那个夜晚。从那以后，每逢姚连芳在外面受了委屈，或者有重要的事情想不通的时候，她就这样坐着看杨梓国。姚连芳知道，在别人眼里，这个家里是她强势，杨梓国弱势，其实她心里明白，自己并没有杨梓国那样坚强。关键的时候，只有从他嘴里说出的话，才能给她勇气，给她力量，给她主意。此时，姚连芳觉得自己又站到十字路口了，很想听听杨梓国的主意。她就这么坐着，一动不动地看着杨梓国。杨梓国很久没看到姚连芳这种眼神了，就开玩笑说："小姚姑娘，是谁欺负你啦？"

"你还有心思笑呢！"姚连芳含着两泡眼泪说，"乐乐的事我越想越害怕！"

"有啥害怕的呢？"

"乐乐怕是要离开我们了！"姚连芳说，"事情已经明了，乐乐一直还记得黄板梁——他知道真相以后会不会恨我们呢？"

"又有新发现？"

"那天，高美荣请我跟杨大姐到家里去吃饭了……"姚连芳把这次吃饭的过程详细地述说了一遍，然后做出判断说，"我看，乐乐小时候说他梦里梦到的那个后脑勺有小辫子的孩子就是猪娃子，站在木杆子下看灯的孩子就是一猪三牛和乐乐这个小尾巴。春米的石头对窝子我看见了，还在高美荣家的房檐下，上面堆了些杂物。这就是说，乐乐小时候就生活在那里。他画的东西，他做的梦，都是小时候的一些模模糊糊的记忆。再一个，高美荣说她丢的孩子头上有两个旋，左边屁股上有紫红色的胎记，乐乐也有这两样。还有，我从杨大姐嘴里听说，栗家过继的孩子栗小富，出来打工以后改名为栗志。"

"栗志？难道就是我们认识的那个栗志？"

"唉，还有，你看我手机上拍的！"

姚连芳把她用手机拍下来的栗序茂的那篇作文及其五则日记，递给杨梓国看，自己则趁着这会儿去卫生间洗漱。待她洗完了出来，杨梓国也刚好看完。姚连芳把高美荣转述的戴所长的话，又对杨梓国讲了一遍。两人一同回忆了聂小英的长相，发现跟戴所长说的那个苟丽丽很像。

姚连芳叹了口气，说："当年那张出生证明定是他们伪造的。"

杨梓国感慨地说："我同意你的判断，乐乐就是栗家走丢了的那个平平。巧啊，不可思议，不可思议！"

姚连芳说:"看来,乐乐那次没有送出去的那件羊毛衫,还有机会送出去。"

"这是好事啊,你害怕啥呢?"杨梓国征求姚连芳的意见,说,"你说,什么时候把这些告诉乐乐?"

"他学习忙,等放了暑假再说。"姚连芳见杨梓国还呆呆地坐在餐椅上没有动,复又问,"我是真怕!你说,乐乐知道了真相,会不会离开我们?"

"什么叫离开呀?"杨梓国说,"他就是不知道真相,不是也终究要离开我们吗?"

姚连芳流着眼泪说:"我心里难受!真相一告诉他,我们成了养父母,人家才是亲生父母!"

"生了孩子没机会养,那有多难受啊。"杨梓国说,"自从乐乐上大学以后,我一直在观察和思考一个问题,你猜我观察思考的结果是啥?"

"是啥?"

杨梓国说:"现代社会,特别是独生子女这一代人,父母养育儿女主要是在享受孩子成长的这个过程。在这个过程中,父母把全部的感情都放在孩子的身上,总是累死累活地想给孩子多挣些财产。至于儿女以后是不是孝顺,能孝顺到什么程度,好像根本就没有想过。就这一点而言,乐乐也让我们精神了二十多年。怎么精神的呢?就是你刚才说的,为他担惊受怕,为他起早贪黑。我在想,这些年如果没有乐乐,我们又会怎样过呢?所以,我想得通,我已经很知足了。因为我们领养了乐乐,首先让我们的父母高兴了一场。最关键的是,乐乐给了我们证明自己能力的机会。这些年,为了把乐乐养大、养好,我努力办菜馆,每年都给国家交十几万元的税收,还为十几个人提供了就业岗位。我们除了给乐乐提供良好的教育条件，还在省城给他购置了结婚用房。你呢？从乐乐上小学开始，除了保证他的一日三餐，还一直陪读，帮助他顺利考上了理想的大学。我们应该知足啦！你想想，是不是这样？"

"还是你的思路宽。"姚连芳忧伤地说，"你说，乐乐知道了真相以后，还会认我们吗？"

"二十多年共同生活的感情能割得断吗？"杨梓国说，"我想，我们已经很好地陪护他经历了成长的全部过程。"

"嗯，可是一下子要叫我全部放下又还做不到。"姚连芳追忆似的说，"小的时候，我们村里发生过这样一件事，有一家人抱养了另一家人的一个孩子，这个孩子长大以后却只认亲生父母，不认养父母。"

"乐乐是那种人吗？"杨梓国进一步开导说，"你再换个角度想一想，我倒是替乐乐高兴，他有栗序茂这样一个挺不错的父亲。我虽然还没见到栗序茂，但我敢断定，他绝对会从心底里感谢我们。"

姚连芳转忧为喜地说："我告诉你啊，我问杨大姐了，黄板梁到现在为止还没有考上本科院校的。我们乐乐可是研究生呢！"

杨梓国说："这种心思千万不能流露，这会伤人心的。"

"我听你的。"姚连芳感叹道，"奔啊奔，到头来还是只剩下我们两口子。"

"也许，做父母的在意的就是这个为儿女奔波的过程吧。"杨梓国开导说，"你看了那么多电视剧，难道就没发现吗？古往今来，所有父母都盼着自己的子女成龙成凤，可问题是，子女越是有出息，能够守在父母身边的机会就越少。我们乐乐现在是硕士，接着还要读博士，已经是国家的人了，你能指望他将来守在我们跟前，忙些油盐酱醋的事吗？"

姚连芳娇嗔地擂了杨梓国一拳说："你这家伙，平时像个闷葫芦，关键时候能给人拨亮一盏灯。”

"谢谢夸奖。"杨梓国说，"论起做母亲，你也很称职啊。"

"这么说，你是承认你做父亲不称职了？"姚连芳用手指刮了一下杨梓国的鼻子，问，"事情都已经明白了，我们是不是应该催一催乐乐，叫他真心实意地给栗家帮帮忙？"

"问问可以，还是不要逼他。"杨梓国说，"要不也等到学校放假了再说。"

"等放假？"姚连芳说，"放了假还怎么说？我现在就问。"

"九点多了，你不怕影响他休息？"

"哦。"姚连芳双手拉起杨梓国说，"我再想想怎么说，你洗澡去吧。"

见杨梓国去洗澡了，姚连芳反锁了入户门，又关掉了客厅的灯，自己先进卧室，打开了床头的迷你小台灯，静静地望着那暖黄色的灯光，回忆乐乐成长过程中的点滴……

姚连芳给乐乐打电话的时候，已经是第二天下午了。她单刀直入地问："乐乐啊，上次我给你说的那个事，怎么样了？有没有一点眉目？要是你那个女同学不肯帮忙的话，能不能请你的导师帮帮忙啊？"

乐乐却开玩笑说："妈，我是言者无意，你听者有心啦。我那会儿是跟你吹牛的。"

"你怎么能吹牛呢？"姚连芳着急地说，"你吹牛不要紧，这不是把你爸和我给架火上烤了吗？我不管，大学是专家成堆的地方，有名堂的人肯定多，我就想叫你给人家帮忙。"

"哈哈哈。"儿子笑毕才说，"妈，我想认真地听听你的意见，你想叫我求女同学帮忙，还是求导师帮忙？"

"求女同学帮忙！"从儿子的反问里，姚连芳已经知道结果了，便故意说，"你笨得很，不懂得怎样讨女同学喜欢。你正好借着这个由头，多跟那个女同学来往几番，说不准到时候忙也帮上了，我的儿媳妇也到家了。"

"嗨哟，看不出老娘同志还这样贪心，请人家帮了忙，还要把人家娶回家。"

"她又不吃亏，我们家杨欣乐那是要模样有模样，要学问有学问。"

"妈，我说的这个女同学，可是比我优秀许多哦！"

"她不优秀，哪有资格进入杨欣乐的视野？"

"妈，不跟你开玩笑了。"儿子认真地说，"你交给我的事，我可不敢怠慢。第二天，我就把病历复制了两份，一份给了我的女同学，一份给了我的导师。他们都没有推辞，估计快有回音了。"

"那好，那好，我说嘛，杨欣乐办事怎会不靠谱。"

姚连芳从乐乐的口气判断，那个女同学将来成为自己儿媳妇的可能性非常大。这一判断使姚连芳在高兴的同时，也平添了几分焦灼。一方面，她为自己的儿子能遇到有缘的女孩而感到喜悦，恨不得明天就赶到学校去亲眼看看那个女同学长什么样。另一方面，她又有些担心，担心自家的情况和对方的不够般配，怕自己和杨梓国在人家父母的面前矮一头。"呸呸呸。"这个想法刚一冒头，姚连芳马上就自己否定了。她觉得，母亲在儿子的婚姻问题上绝对不应该自私，哪怕是自己委曲求全，也一定要支持儿子找真心喜欢的媳妇。有了这个认识，姚连芳就开始期待乐乐能尽快把那个女同学带回家来。想着想着，她甚至考虑起该为那个女孩子准备什么见面礼了。连续两天，姚连芳都去逛了首饰店，当她看到新潮饰品时，就禁不住想打电话问乐乐，她该给那个女孩准备点什么首饰。手机号码点到一半，她终究还是克制了冲动。

在为如何招待乐乐的女同学而焦灼的同时，姚连芳还为将来怎样和大医生亲家相处的问题犯着愁。她想，自己和杨梓国都没有在单位上过班，不懂在单位上班的人都想些啥、忌讳些啥。更何况，他们两口子都是初中毕业，对于深奥的话题是既听不懂，也不会说。杨梓国因为经营酒店，倒是学了些场面上的话，但那些终究只能算江湖用语、世俗套话，一旦跟大知识分子面对面，恐怕一句也用不上。自己虽然在陪乐乐读书期间也读了不少书，但在大医生面前，真不知道该怎么开腔说话。思前想后，姚连芳决定从改变自己每天的生活方式开始，进一步提高自己的文化修养。可是，当她把自己现有的生活方式仔细斟酌一番之后，觉得早上的广场舞不多余，特别是有了自己喜欢的歌或者曲的时候，跳一场舞就能快活整个上午。做饭不多余，看闲书、看手机不多余。而电视连续剧对自己来说，看的时候心被剧情揪得紧紧的，看完了却什么也没学到，所以，这一项可以克制，至少不能一部接一部地看。剩下的一大项就是打麻将，这一项戒不戒掉呢？矛盾再三，姚连芳迟迟下不了戒掉的决心。前天、昨天和今天，姚连芳开始都说不去打麻将了，可随便哪个牌友一打来电话，她便如同弹簧似的，从沙发上蹦起来就出门了。然而，人上了牌桌子，却又无法专心，总担心自己若是戒不掉打麻将的嗜好，以后会被儿媳妇和亲家公、亲家母瞧不起。因为不专心，她这两天总爱出错牌，有时候甚至早就停了牌却忘了胡。姚连芳的精神不集中现象，早就引起了一个人称林大姐的四川人的注意。趁中途换人上洗手间的时候，林大姐紧跟着姚连芳去上洗手间。等到只剩下她们两个人的时候，林大姐就问姚连芳："大妹子，你心里有事，是不是？"

　　"没有啊。"

　　"还没有？"林大姐说，"这两天你总爱打错牌，有几次你明明停牌了，怎么就忘了胡呢？"

　　说实话，姚连芳对这个林大姐的印象不是多么好，所以平时基本上是能不搭腔尽量不搭腔。但在这一时刻，她突然对这个老太太感激起来。一个人对另一个人的关注度是受情感支配的，心里对某个人有好感，记其正面东西的时候就多，心里对某个人没有好感，记其负面东西的时候就多。此前，姚连芳嫌林大姐说话的声音太大，笑起来旁若无人。关于林大姐说什么，别人说林大姐什么，她一律都懒得听。可现在，一旦觉得林大姐可爱了，关于她家庭情况的一二三，忽然间也就记起来一些。对了，曾经有好几个人说过，这个林大姐跟她的儿媳妇及亲家关系都处得很好。半年前，好像他们一家还跟亲家一家出国旅游了相当长的时间——没错，的确有这么回事！姚连芳进一步记起这个老太太的儿媳妇是个研究生，儿媳妇的父亲是大学有名望的教授，母亲在出版社做编审工作。老太太自己呢？她多次说过，她原来是缝纫机厂的机工，老头子是电容器厂的木工，儿子是研究生毕业。还有，三天前，老太太刚打完"一锅"牌就接了个电话。但听她回答说："没问题，随时欢迎。你跟你爸你妈说，早些来，多打几圈牌。"她挂了电话就起身说："我走了啊。我儿子、儿媳妇今后晌要回来吃饭，说我们亲家公、亲家母要跟着一起过来，吃我家的泡菜炒肥肠。"

　　想起这事，姚连芳顿时就心里一亮。等麻将打完各自往回走的时候，姚连芳悄悄把林大姐拉到背静处，试探地问："林大姐，我有事向你讨教，行吗？"

　　"妹子，你莫客气，想问啥子尽管说就是。"

　　"林大姐，听说你儿媳妇，还有你亲家公、亲家母都是知识分子，跟他们相处是不是挺不容易的？"

"哪个说的？"林大姐说，"我的印象里，他们平常过日子的时候跟大老粗一个样，简单得很。"

"我想，他们说的话应该都是云山雾海的，叫一般人听得莫名其妙吧？"

"他们讨论学术问题的时候应该是这样的，但过日子不是这样的。"林大姐说，"刚提说这门亲事的时候，我也是这么想的，觉得我们两家悬殊太大。可真结了亲以后，我发现他们好相处得很，有的时候简直就跟小娃子一样真实。我后来也想，可能是他们要费脑子处理专业上的一些难题，就没心思也没兴趣在一些日常小事情上穷计较，所以平时就很简单，好相处。"

"哦……"

林大姐好奇地问："嘚，是不是你娃儿也要找研究生媳妇了？"

"还没有找，我只是有这种担心。"

"担心啥子！"林大姐说，"我在社会上也走过这么多年了，遇到的事情不少。凭我的看法，有的人嘛，说话爱咬文嚼字，酸唧唧的，在小事情上也爱动心思。可人家真正有学识的人，反而倒不会。当年，我们缝纫机厂的总工程师，那可是全国有名的专家，人家懂几种外语，既能动手解决我们车间遇到的问题，又能一本一本地出书。人家跟我们工人一模一样，好打交道得很。我听我们老汉说，他们厂里最权威的工程师也是这样，一点架子都没有，见人一脸的憨笑。用电视上的话说，真正有大知识大智慧的人，反倒最接地气。他们遇事想得开，看得远，尊重下苦力的人。"

"你亲家他们不反对打麻将啊？"

"他们喜欢打麻将啊。不过他们也说，不能坐得太久，不能误了正事。"林大姐说，"我看，他们节假日跟同事一块儿打麻将的时候，又是喝酒又是抽烟，嘻嘻哈哈，打打闹闹，跟小娃子一样直来直去的。"

姚连芳用手在胸前抚了抚说："这么说，大知识分子不是想象的那么别扭？"

"我看出来了，你娃儿应该是在谈研究生媳妇，那女娃儿的老子、娘也是大知识分子，对不对？"

"现在还不知道，我只是担心，假如要是结了这么个亲，像我们这样门不当户不对的老百姓，该怎样调整我们的生活？"

"调整啥子？"林大姐说，"我反正看明白了。老了，最重要的是尽量把自己的身体照顾好，不给后人添麻烦才是大事。要是再能给他们做做饭，帮他们带带娃儿，准招他们喜欢。"

"做饭，我自认为厨艺还尚可；带娃儿，我也有点经验，我可以再看看带娃儿的书。"

"那好得很。"林大姐说，"你不晓得哟，现在带娃儿跟我们那个时候不一样。我们那个时候带娃儿跟喂猪娃儿一样，只要把娃儿喂饱了、穿暖了就行。现在讲究多，小时候讲究啥子科学育儿。娃儿大一点了，晓得的事情多了，尽问一些稀奇古怪的问题。人越多，他越爱找些怪问题考你，你要是回答不了，他就说：'你怎么连这个都不会呢？'恼火得很，我跟我老头子经常叫孙娃子在人多场合问得丢丑现眼。不过嘛，我们虽然丢了丑，心里快乐啊。他们天上一句，地上一句，有天没日地问，逗得你肚子都会笑痛哟。"

"很简单。""跟个小娃子一样直来直去的。""好相处得很。"

别了林大姐，姚连芳反复咀嚼她对亲家的这些评价，突然就记起了汉阴曾老板说的"不遭人厌"和"不油腻"这两句话来。她弄不清这两句话该怎么解释，但心里揣摩得出是什么意思。于是，她就在心里给自己打气说："不怕，我们文化水平低，可是我们绝对不会'油腻'，也绝对不会'遭人厌'。"

第二十四章

打草机的嗡嗡声又在院子响起来了，姚连芳记得这是夏天以来的第二次打草。她算了算时间，发现离学校放暑假的日子应该不太远了。"怎么回事？乐乐那边怎么一点消息都还没有？该不会是他的女同学和导师听说是给熟人帮忙，就不真心实意吧？也怪我，当时怎么不跟乐乐说是给亲戚帮忙呢？也不行，我们两边的亲戚都很少，乐乐也都知道，哪里来的陕南亲戚？"姚连芳想给乐乐打电话催一下，拿起电话，又想到这是乐乐求别人办事，不是乐乐自己所能决定的，催也是白催，记得哪一本书里曾有过这样的一句话，大意是如果要求到第三个人才能办成的事，千万不要开口。啊哟，这件事情都已经转手求到第几个人了？姚连芳心里有点后悔，是不是不该给乐乐揽这个麻烦？不，以前可以这样想，现在不能这样想了，这一次在黄板梁不是已经把事情基本弄清楚了吗？

虽然没有再催乐乐，但她现在对栗家的事情已经放不下了。焦虑之中，她用手机查了贫血之类的病症。结果发现，贫血是个不太好治的毛病，有的病人甚至终其一生也没治好。不过，姚连芳心里一直侥幸地希望，某一天黄板梁能传来意想不到的好消息。通过手机搜索，她还发现现代科学技术的发展进步是以天、以小时计算的。姚连芳就乐观想，说不准乐乐请的大医生正在琢磨新的治疗办法，今天晚上或者明天早上就会有令人振奋的好消息传来！

看手机也是很累人的，姚连芳累得腰酸脖子疼。为了驱除疲劳，她打开音乐开始闭目养神。然而，音乐刚刚播放，就听得乐乐在门外喊了一声："妈！"不等她起身开门，乐乐自己已经开门进屋来了。趁着乐乐上厕所的时候，姚连芳把沙发快速整理了一下，赶紧到厨房去给他冲蜂蜜水。等乐乐从厕所出来，姚连芳就问："怎么黑了、瘦了？"

"导师带我去高原考察了一回，累是很累，但收获满满。"

"饭量怎么样？"

"嗨哟，在荒原上跑一天，见了石头都想咬几口。"

"你怎么没给我说要到高原去呢？"

"我要是给你说了，还不把你操心坏呀？"

乐乐面对面和母亲站着，等把母亲递过来的蜂蜜水喝了一些，才顾得上从肩上卸下挎包，从里面掏出一沓纸质资料，兴奋地对母亲说："妈，你跟我爸交给我的任务完成了。日今、现在、眼目下，我是专门抽时间回来复命的！"

"等等，等等，饿了没有？"姚连芳问，"想吃点啥？"

"不饿，不饿，还是先听我说好消息吧。"

姚连芳把儿子拉到沙发上坐下才说："看你嘴唇干成啥样咧？先喝水，水喝了再慢慢说。"

喝了几口水，乐乐说："妈，上次给你说过，我把你发给我的病人资料复制了两份，一份给了我的女同学，一份给了我的导师，他们都没有推辞。这后面发生的事情就有点意思了。我那女同学她爸一看资料就吃惊地问：'你同学是哪里人？'她说：'江西的啊。'她爸说：'这个病人是陕南的。你看看，这病历还是我开的哪。你不认得王锦芳啊？'我同学把病历接过手仔细一看，马上就'扑哧'笑了说：'我没看病历，也看不懂，只是晓得我老爸是大专家，想请他帮这个忙。'她爸说：'你都研究生了，还是这么粗心，连病历是我开的都没发现？再看看，诊断结论也是我下的哪。'我同学说：'听我同学说，是他父亲认识的一个熟人。这病人的父亲为了给女儿治病，已经和儿子一起到煤矿打工攒手术费去了。这个女孩挺懂事的，学习成绩也很好。他们把这件事给我同学说了，我同学就把资料拿来叫我帮忙。'她爸问：'同学？是不是你说过的那个叫杨欣乐的同学？'我同学说：'要不是他，我才懒得管咧。'她爸就说：'这个病人年前我见了，挺乖的。他父亲一听说女儿得了这种病，当时差点哭了。我很同情他们，可光同情有什么用？我们做医生的，每天都要面对生死离别的考验，有时候心里很不忍，但就是没办法。至于这个病人，我已经代他们向中华骨髓库申请骨髓了，现在还没消息。这孩子父亲的骨髓和她半相配，目前关于这种情况能不能移植还有争论，稳妥起见，还是应坚持全配。你让我和其他专家就这个病人的具体情况再交流交流，先别跟他说怎么办。等我有确切把握了，再告诉他。'"

姚连芳又递水给乐乐，乐乐喝了水接着说："没想到，导师的弟弟和女同学的父亲都是这方面的专家，很熟，经常在一起讨论问题。导师把病历给弟弟以后，他就一直在琢磨这个病例。有一天，两个专家相约周末聚餐，顺便探讨一个病例。见面以后，当两个人说出病人的名字时，才发现他们说的是同一个人，也就是这个栗采采。两个人都感到惊讶，说：'太巧了，怎么会是同一个人呢？'女同学她爸说：'伙计，我给你说啊，我到安康搞过几次讲座，对那里有感情。对于这个病人，请你务必尽心，我们争取早一点给小姑娘把手术做了，免得影响她明年中考。'导师的弟弟说：'好的，我们目标一致，各自努力。'就这样，两位专家一方面继续为栗采采申请骨髓，一方面多次研究采采和她父亲的半相配能不能移植的问题。为稳妥，两位教授还通过他们自己的渠道和北京、上海的专家进行了沟通交流，最终认为采采这种情况可以移植，不需要再申请骨髓。女同学她爸已经决定，等栗采采一放暑假，就由他亲自主持手术。现在，离学校放假的时间不足一个月了，女同学她爸给栗采采和她父亲开列了一些注意事项，要求他们做好前期配合。"

乐乐喝一大口蜂蜜水，说："情况就是这样。老娘同志，我做事靠不靠谱？"

"太靠谱啦！"姚连芳说，"乐乐我给你说啊，我和你爸本来不想给你添这种麻烦的。只是这家人太特殊了。说起这中间的故事，简直都能拍成电影了。我跟你爸认识他们，也充满了很多的巧合。具体情况等你放假以后有空闲了，再给你慢慢地讲。我现在只能这样对你说，这家人既是普通的农民，又不是普通的农民，很有值得称道的地方。我敢说，你要是见到了他们，也一定会主动地帮他们一把。"

"妈，你心里也没必要太过意不去了。他们做医生的，反正都是给人看病，说不准这个病例对他们而言还有一定的意义。至于那个病人嘛，我们既然遇到了，又能帮得上忙，帮一把是应该的。"乐乐说，"当时，无论是女同学还是导师，都很爽快地就答应帮忙，并没有表示多么为难。"

"你呀，什么女同学她爸，什么导师他弟弟，你说话不累我听的累。"姚连芳埋怨说，"为什么不叫人家什么叔叔、什么教授？你说说，女同学姓个啥？"

"你这叫迂回侦查，对吗？"

"少卖关子，女同学姓啥？"

"姓王啊，我刚才不是说了，她老爸叫王锦芳吗？她爸叫王锦芳，你说她姓啥？你在手机上打出王锦芳这个名字，马上就能搜到相关资料。"

"你还没去见人家呀？"

"没见跟见了一样，他女儿早把我的视频发给他了。"

"人家说啥？"

"嫌我难看，嫌我笨呗。"

"少来骗我，看你那副得意的样子！"姚连芳焦急地问，"我早就想问你了，我该买点啥样的首饰准备着？"

"您就别操心了，八字还没一撇呢。"

"我给你说，到时候可得早点给我打招呼，不要人家进门来了，我什么都没准备，显得我们不懂礼仪！"姚连芳现在才记起问乐乐，"今天还回学校不？"

"明天清早回。"乐乐忍俊不禁地说，"因为还有件喜事，想当着你和老爸的面一起报告。"

"还有件喜事？"姚连芳迫不及待地说，"快，快给我说，还有件什么喜事？"

"等见到老爸了，一起报告。"

"那我现在就打电话，叫你爸回来。"

乐乐按住母亲的手说："不如到老爸那里去下馆子，我们好久没在老爸的馆子里一起吃饭了。"

"对，对，对，你爸好像说正想推出个什么新菜哪。"姚连芳说，"等等，先不忙走，我还是想先知道你有什么大喜事。"

儿子故意调皮地说："不急，不急，等见了我爸，再报告不迟。"

"不行，不行，先叫我猜猜。"姚连芳想了想说，"什么喜事呢？博士已经不用再考了，接着上就是。是什么呢？一定是论文又得奖了！"

"妈，你猜对了！"乐乐说，"我原本想在喝酒的时候，先敬你跟我爸一杯，然后再报告这个消息。跟前两次不一样，我这次得的是全国高校联评的大奖。导师很高兴，他前天亲口对我说，等下学期，他就让我更深度地参与科研攻关项目。他还说，这样也能减轻我们家的经济负担。"

"我就知道，杨欣乐是好样的，一定行！你太给妈争气了！"姚连芳高兴地搂着乐乐说，"跟着导师做学问是大好事啊。至于经济负担的事，你不用操心。我们供你上学，绝对没有问题。走，叫你爸拿出他开发的新菜，好好庆贺一下！"

这天下午，杨梓国亲自下厨炒了几个拿手菜，烫了一壶最好的酒，一家三口在他的总经理室喝了个一醉方休……

次日清早，杨梓国开车和姚连芳一块儿把乐乐送到城西客运站，看着他坐上了去学校的班车。返回的时候，杨梓国在车上问姚连芳："你是回家还是跟我回菜馆？"

"回菜馆。到时候你忙你的，我顺路买点东西往回走。"

直到汽车在车库里安稳地停下了，杨梓国才舒坦地伸了一个懒腰，喊道："第一次遇到全程绿灯。"

姚连芳接过话说："老天知道我们的心思。"

杨梓国问姚连芳："上楼去吗？"

"不了。"姚连芳问，"你说说，乐乐带回来的那些资料，我们怎么交给栗家？"

杨梓国说："办法多得很。打电话告诉他们也行，用快递邮寄也行，通过张老师发微信转告他们也行。"

　　"你说的办法我都想过了，可是我不放心。"姚连芳解释说，"高美荣不识字，我们要是直接把资料寄给她，她不一定相信我们说的话。我想，交通这么方便，未来十天全省又都是晴天，还不如我们亲自去一趟。到时候，把张老师叫上，也许杨大姐现在还住在火车站，再请她出面，然后我们把资料交给高美荣。让她赶紧把栗序茂叫回来，进行手术前的准备。"

　　杨梓国说："这办法稳妥，可我明后天还走不开，要把店里安排一下才能动身。"

　　"你继续你的物质文明建设。我有大把时间，我一个人去。"姚连芳说，"十有八九，杨大姐还住在火车站，我们结伴就行。"

　　"要不要给人家带点东西？"

　　"这种小事还用得着杨总操心？"姚连芳说，"我在想，那娃做手术估计要花一大笔钱，我们是不是得帮一把？"

　　杨梓国玩笑说："回禀夫人，这件事我已经想过了，帮栗家一把是必须的。不过，我想，栗序茂不是那种愿意占人便宜的人。所以，你见到高美荣以后可以把话挑明了说，叫她先不要愁钱的事，快快把栗序茂叫回来要紧。哦，对了，高美荣不识字。干脆这样，你让高美荣给栗序茂打通电话，然后你直接跟栗序茂说，叫他立马动身回来，其他的事情先不要考虑。还有，你这次到了黄板梁，请杨老师陪你去派出所，向戴所长详细回忆一下当年的情况，说不定能对破案有所帮助。"

　　姚连芳说："人家追究怎么办？"

　　杨梓国说："你太看低人家了。现在主动找人家反映情况，看派出所的处理结果"

　　"想得周全，给老汉点个赞。"姚连芳说话间已经打开车门，先下了车。她一面往出走，一面回头，对正在锁车的杨梓国说："杨总，现在分工明确了，目标正前方，我们各忙各的事情。"

后 记

一个夏天的早晨，东边天际才现出鱼肚白，高美荣就开始收拾屋子。她的母亲听到动静就大声地喊："美荣，快把我也搀起来，我要到院坝里等平平。"

"他们要天亮了才从省城走，晌午才能回来。"

"你还是把我搀起来，我要穿新衣裳。"

见母亲执意要起床，高美荣只好先放了扫帚，来给她穿衣服。跟高美荣一样，母亲昨晚也基本上没睡着，中途曾经几次拉电铃叫她。等她到了床前，母亲还是重复那句废话："你说，平平恨我不？"

"你放一百个心，他是大知识分子了，还跟你一样，净记着叫人不喜欢的事啊？"

母亲孩子似的傻笑着说："不恨我就好，就好！"

高美荣刚把母亲搀扶到椅子上坐下，就听到栗序方在外面咳嗽，她赶紧打开大门招呼道："序方哥，怎么不多睡一会儿？"

"我高兴，睡不着！"栗序方说，"湿炉子，我早点把火烧着放心。"

高美荣知道栗序方说的是真话。一个月前，姚连芳从省城过来，一进门就对她说："我是专门过来的。你快给你们栗序茂打电话，我有要紧的事和他说，叫他快回来！"

高美荣打通了栗序茂的电话，姚连芳马上接过电话说："我叫姚连芳，详细情况等我们见了面再说。你现在先听我说，王锦芳教授确定，你的骨髓可以移植给采采。他还给了我一些相关资料，你赶紧回来自己看。王教授说，等采采一放假就可以安排手术。你必须马上回来，不要操心钱的事。万一不够，我们帮你。你一定马上回来。西安那边的事，我们给你安排。"

高美荣听得目瞪口呆，想不明白这个满打满算才见过两三次的人，凭什么对他们一家这么操心？她正想问出心中疑惑，栗序方就从外面一脚跨进来，说："恩人，大恩人，我都听见了。你要是能帮采采治好病，我愿意给你磕头！"他转而对高美荣说："你没准备菜，我家里菜是现成的，下午请恩人到我家吃饭。"

高美荣说："行，下午在大哥家里吃饭，我去把杨老师接来。"

"杨老师还在车站？"

"在，早上我还看见她了。"

"那我和你一起去接她。"姚连芳与高美荣一并朝杨老师家走去。

杨老师一见姚连芳就说："我有种预感，你还会来。"

晚上，姚连芳向杨老师详细谈了乐乐的事，说想到派出所把她了解的情况反映一下，杨老师很支持。第二天，两个人一块去见了戴所长，姚连芳详细回忆了当年的情况，说出了自己的判断和想法。戴所长说："我会尽快把你说的情况反映上去，你们如果有新的线索也及时向我说明。"

考虑到乐乐快放假了，姚连芳陪杨老师住了两天就返回了西安。乐乐放假一回到家里，姚连芳就给他看了自己的"春满月河川"，然后又一步一步地告诉他身世真相。因为有前面的铺垫，乐乐没有出现过激表现，接受了这个现实。等栗序茂带着采采住进医院后，姚连芳又带乐乐前去探望。几人相见，百感交集。在血缘亲情的联系下，父子二人虽分别多年，却觉得分外亲切。保险起见，两人还是做了亲子鉴定，结果自然像预料的那样，他们就是亲生父子。采采的手术也很成功，身体恢复得很快。当栗序茂、采采、乐乐轮流在电话里将这边的情况告诉高美荣后，高美荣大哭了一场，又把好消息告诉了栗序方。栗序方高兴得一个人喝了一壶烧酒。

上周，栗序茂打电话说采采可以出院了，又跟杨家商量，决定利用星期天的时间，招待一下院子里的人，请苑子牛主持仪式，也请张老师、杨老师、戴所长参加。高美荣也说这是应该的。栗序方当即自告奋勇，说："满院子都请到，也不过十五席左右，我做厨！"

当天晚上，栗序方就陪着高美荣挨家挨户地邀请，院子以外只请了河对门的苑子牛父母一家。每到一家，高美荣都说："全家到啊，一个都不能少哦！"

栗序方接了任务后，早早地就做起了准备，亲自垒好了蒸菜的笼锅灶。因为天热，不敢提前做菜，不过他安排的助手多，到时，两三个小时菜就能上桌。趁现在有点空，他对高美荣说："你把香、表、红绸子拿来，我去祭树祭井。"

待栗序方从水井坎回来，院坝里已经站满了人。虽然只是一顿席，栗序方还是用行纸写了支客榜。人们来了都先看榜，了解自己被分配的工作。其实大家都明白，所谓帮忙也就是帮着厨房把菜饭端上桌，吃完饭再把厨房内外收拾干净。高美荣一再强调不准送礼，大家也都是嘻嘻哈哈地吃顿饭，凑个热闹。擅长做菜的人都在厨房帮忙，很快就把饭菜准备好了。

随着太阳的攀升，气温也逐渐升高，酒行的车来了，卸酒的同时，随车而来的工人把彩色帐篷也撑起来了。紧接着，苑子牛的车开到了院坝边，按栗序茂的吩咐，他带来了音响和摄像器材，"一猪三牛"很快凑齐了，现在只等平平这条"小尾巴"早点现身。

在调音响的这会儿，张老师、杨老师、戴所长也先后到了。大家见厨房的菜准备好了，该来的客人也都到了，便开始焦急地掐算时间。有的说，开车从省城过来只要三个小时；有的说，平平第一次经过秦岭，难免这里看那里望，三个小时肯定不够。正在讨论时，一辆银灰色越野车出现在了晒场那边，大家的心也跟着提到了嗓子眼。

越野车在院坝边停下了，栗序茂下车后站在车旁，陪车里的杨梓国、姚连芳说话，采采一面向屋里奔跑一面嘶哑着嗓子喊："妈，我哥回来了！"

听见采采的声音，高美荣从睡房里奔出来，声嘶力竭地喊："平平啊——"她跑到院子中间，正好和哭着跑来的儿子相遇。儿子喊了声："妈！对不起，你受苦了！"母子俩便相拥着哭了一气。

哭罢，高美荣拉着儿子的手说："来，见见你外婆。天不亮，她就起来等你了！"

乐乐一见外婆，便跪在她面前，说："外婆，对不起，我不该乱跑！"

外婆颤抖着手，扶着乐乐的肩膀说："是外婆不好，外婆对不起你！你回来了，我死了能闭上眼睛了！莫听我嘴硬，其实我后悔死了啊！"

很多人都流了泪，纷纷上前把乐乐和老人劝慰了一番。

栗序茂让苑子牛准备开始，苑子牛打开扩音器喊："各位亲朋，各位来宾，中午好！杨欣乐回家认亲团圆仪式开始。第一项，鸣炮！"栗小朱早就把鞭炮平铺在大路边上，听到号召，立刻点燃。

噼噼啪啪的鞭炮声一停，苑子牛说："生父母、养父母，请上前！"栗序茂拉起杨梓国和姚连芳的手，走上前来。苑子牛说："杨欣乐向父母鞠躬。一鞠躬，再鞠躬，三鞠躬。敬茶！"敬茶毕，苑子说："请杨欣乐生父母讲话！"

栗序茂上前，先向杨梓国夫妇鞠了个躬，再向大伙鞠了个躬，才说："今天是个大喜的日子，是我根本没有思想准备的日子。二十多年了，我心里已经没有指望这辈子再见到平平了，我唯一的希望就是他还能健康地活着。这些年，一听说哪里有年轻叫花子，我就赶过去辨认。没想到，他遇到了杨梓国、姚连芳这样的好人。他们把平平抚养成人、成才，成了名牌大学的研究生。为了寻找我们，他们也费了很多周折。这次采采治病，也是他们帮着联系专家，请专家会诊，提供经济援助。我要郑重地说一声，梓国兄、嫂子，谢谢，谢谢！"

苑子牛说："请养父母讲话！"

姚连芳出列，向栗序茂夫妇鞠了一躬，再向大伙鞠躬，说："首先，我要说一声对不起！当年，我们因为法律意识薄弱，存有私心，没能及时认清犯罪分子的真面目，向公安机关报告，错失了破案时机，害栗序茂一家骨肉分离。为这事，我们一直在受着良心折磨！在发现事有蹊跷后，我们一直努力寻找杨欣乐的亲生父母，今天终于重新让他回到了生身父母身边。我们还会一如既往地关心支持杨欣乐！同时，只要栗序茂有需要，我们也一定尽己所能地给予帮助！"

轮到杨欣乐发言了，他"扑通"一声，跪在父母面前叩了三个头，才站起来说："非常对不起，我让父亲母亲受熬煎了，也害得亲戚邻里受累了。我听我爸说，我丢的那天，院子里的人找了我整整一夜。真的很对不起！千言万语汇成一句话，我会努力学习，尽可能多地掌握一些真实本领，做一个对国家有用的人，用我的贡献来感谢父母，报答社会！谢谢！"他再次面向父母，面向大伙，各鞠了一躬。

最后是派出所戴所长讲话，他说："今天的场面令我十分感动，这背后的故事更令我感动。多年前，因为杨梓国夫妇的法制观念不强，没有及时将反常情况向公安机关报告，错失了抓捕犯罪嫌疑人的最佳时机，也使得栗序茂一家骨肉分离，他们自己也一直受良心的拷问。可让人欣慰的是，他们认真负责地把杨欣乐养大成才，又一直在寻找杨欣乐的生身父母，这着实让人感动。我们会按照他们提供的情况，继续侦破这个案件，争取早日抓到犯罪分子！对于杨梓国夫妇的处罚，我们会按照法律程序走。最后，衷心祝愿杨欣乐的生父母、养父母身体健康！衷心祝愿杨欣乐学业有成，将来成为国家栋梁！"

苑子牛说："让我们用热烈的掌声欢迎杨欣乐回家！让我们用热烈的掌声感谢杨欣乐生父母、养父母的所有付出！为了庆祝杨欣乐回家，为了欢迎杨梓国先生、姚连芳女士来黄板梁做客，也为了感谢各位亲朋乡邻多年的关照，栗序茂先生特备薄酒，请大家开怀畅饮！请入席！"

在举行仪式的这会儿，帮忙的人已经把酒席摆好了。苑子牛话音一落，热烈的音乐就响了起来，所有人的脸上都洋溢着喜悦的光彩，栗序茂和高美荣将杨梓国、姚连芳推到了上席，戴所长、杨老师、张老师也被安排坐在他们旁边。杨欣乐则被苑子牛拖到了他们那一席，苑子牛指着另外三个人说："记得吧，当年的'一猪三牛小尾巴'。这么多年，我们每一次相聚都会想到你！"

杨欣乐说："忘不了，我在梦里都记得的……"